陳映真全集

7

1983
—
1985

人間

目次

模仿的文學和心靈的革命

訪問菲律賓作家阿奎拉[1]

雷烏爾・摩利那・阿奎拉(Reuel Molina Aguilla)是一位年輕的菲律賓詩人、戲劇家和文學批評家。一九五三年,他生於一個菲律賓中產階級家庭。他的父親是律師,母親是教師。一九七六年,他畢業於菲律賓大學,主修菲律賓語文學系。大學畢業後,曾任教於中學三年。嗣後任教於菲大,教授菲語和文學創作。目前是情況不十分穩定的專業作家。

他寫過八個劇本,全都在菲律賓上演過,詩文散見於菲律賓重要的報紙和雜誌。他在開始文學生涯之初,就有意識地用菲律賓語(而不是一貫流行的英語)寫作。他在菲律賓著名的反對黨領袖阿奎諾下葬後來到愛荷華,並且和訪問者發展了溫暖的友情。下面是訪談比較精要的部分,可以讓台灣的文學界一窺當代菲律賓文學思潮的一個概況。

陳映真:你是什麼時候開始寫作的?

阿奎拉：一九七三年，我在菲大詩寫作比賽中得了獎。這給了我一定的激勵作用。這以後，我經常在大學的校刊中投稿。這以前，我和大多數中產階級學生一樣，渾渾噩噩。但寫作似乎使我一點一點地找到了自己，我也一點一點地決心以寫作終此一生。一九七六年大學畢業，我開始也寫劇本。舞台劇、電影劇本、電視劇本，都寫過。

陳：為什麼年紀輕輕，英文也很好，怎麼一開始就使用菲語（Tagalo）寫作，而不像其他大多數向來的菲律賓作家那樣，用英語寫？

阿：這必須從現代菲律賓的歷史和政治談起了。

民族主義青年運動

一九七〇年的元月到三月，在當時「民族主義青年」這個團體（Nationalist Youth, Kabatang Makabagan）的領導下，菲律賓人民、青年、知識分子和農工，展開了全面性的反對美國帝國主義，反對菲律賓內部政治專制的運動。這個運動，產生了「菲律賓民主運動」（Movement For Democratic Philippines）這個總的組織。這三個月的運動，後人稱為「第一季風暴」（因為元月到三月是一年中的頭一季quarter，故稱The First Quarter Storm）。這個風暴的衝擊面很大。在運動中，有許多人被捕、被殺。一九七一年，馬可仕總統頒布法令，禁止發布被捕人被捕後的行蹤。一九七二年，他又頒發戒嚴令。那時候，我才進大學不久。我一向是個馬馬虎虎，不問政治，卻自以為聰明清高的青年。但運動一來，好多我的同學、老師被捕了……，再不問世事的青年，都會受到衝擊的。而我受到衝擊的方面之一，是使我有意識地使用菲語寫作。為什麼呢？「第一季風暴」是菲律賓的民族運動。其中，運動強調了菲律賓民族文化的危機，要求用塔加洛語（Tagalo）作為菲律賓的國語。

運動以後，我開始有意識地用菲語思考、說話和寫作。在這以前，我和絕大多數菲律賓人民和知識分子一樣，使用著一種尷尬的語言：菲語和英語攙雜著使用，或依不同的情況決定說菲語或英語。結果菲語和英語的語言品質都粗俗化了。事實上，在運動之後，許多原先一貫用英文寫作的作家也開始用菲語寫作和演講了。

陳：在殖民主義和反殖民主義相抗拮的時候，語言的歷史，帶有重大的政治意義。能不能簡要地談談菲律賓人民的語言的歷史？

阿：在十六世紀，西班牙人征服了菲律賓。西班牙統治者在菲律賓使用了和它在南美洲殖民地者不同的政略。統治者並不教菲人說西班牙話，相反，是由統治者去學習菲律賓土語，以利統治。

為什麼？因為西人來時，菲律賓已有完整的三種土語（即Tagalo, Ilocano, Visayan）。西人維持這三種土語，即維持它的地域的、分散的性格，並分而治之。它不使菲律賓有一種共用的、統一的語言（即使是西班牙語），而統治階級間，卻以西班牙語作為共同語言。但西班牙征服拉丁美洲時，拉丁美洲印地安人還生活在比石器時代稍為進步的社會階級。為了方便統治，西班牙人在土著和移民中推行西語，消滅印地安語言和文化。

二等語言・二等文化・二等文學

此外，西班牙人怕菲律賓人在習得西班牙語後，會通過西班牙語受到知識、文化、思想的啟蒙。但是，隨著西班牙殖民統治結構的展開，統治者必須組織若干上層土著到他們的統治結構中。於是，上層的，和西班牙統治者合作的菲律賓人，為了協助殖民統治，准允學習西班牙語。他們的子弟也被送到西班牙，學習現代知識。

但是這些接受西方教育的菲律賓人，正如其他殖民地土著之接受西方教育者一樣，在殖民者的現代教育中張開了眼睛。他們痛切地感到祖國的悲慘境遇，展開了文化啟蒙運動（Propaganda Movement, 1880s-1890s）。

在這啟蒙運動中，文學成了啟蒙宣傳的重要工具。就在這時，現代意義的菲律賓小說產生了，我們文學史上稱為菲律賓「小說的黃金時代」。

在這時期，有兩位現代菲律賓文學的開山級作家。一位是荷西．利查爾（Jose Rizal），用西班牙文寫了《不要碰我》（Noli Me Tangere, Touch Me Not）和《侵擾者》（El Filibusterismo, Filibuster），是菲律賓現代小說的經典作品，描寫西班牙殖民主義對菲律賓人民和文化的殘害性影響，終為西班牙當局所殺。另外一個是流亡在西班牙，辦報鼓吹菲律賓改革的馬塞羅．德．彼拉爾（Marcelo Del Pilar）用菲語寫的諷刺詩。

一八九六年，反西班牙殖民統治的革命暴發。在革命中，自然湧現以菲語寫作的革命作家。一八九八年，獨立革命被出賣了，美國成了菲律賓新的統治者。美國人來後，立即推行英語。英語成了菲律賓各級學校教育中使用的語言，也成了美國殖民地菲律賓的「國語」。

結果，西班牙語、英語和菲語成了我們的主要語言。但由於政治、經濟的轉換，一八九八年起一直到第二次大戰的菲律賓美國化過程中，西班牙語除部分溶入土語外，一般地成了死的語言。英語成了主要的、「第一等的」、「高級的」語言；菲語成了次等的、低級的語言。在社會階級上，官吏、商人、市民、教授和知識分子講英語，工人、農人、文盲講菲語。這是因為英語是菲律賓教育體系中的唯一語言。從而，在美國舊．新殖民時代，當代菲律賓文學，主要是用英語寫成的。一九四六年，二次大戰結束，美國給予菲律賓形式上的獨立。菲語依然是二等語言，菲語文學依然是二等文學。一九七〇年，菲律賓暴發了反美民族運動。在這運動中，人民頭一次爭取了菲語作為國語的權利。七〇年後，Tagalo成了菲律賓教育中的主要語言，英文成為外語課程。雖然離開目標尚遠，雖然直接和間接反對菲語的因素還在，這卻是我們文化獨立的一個很重要的步驟。

陳：你說菲語雖在法律上成為國語，但菲語的推行和發展仍然存在著「直接和間接的」反對因素，可否請你再進一步說明一下？

在艱苦中誕生的民族語言

阿：Tagalo語在菲律賓若干主要部族語中，被挑出來當國語，是有原因的。第一，Tagalo部族較大，較強，文化較高；第二，Tagalo語已經在歷史上留下了文學作品；第三，一八九六年反西班牙的獨立革命，是由講Tagalo語的八省起義，成為革命的主力。此外，早在一九三五年，美國殖民統治末期，通過了一項法案，承認Tagalo語的民族地位……

陳：對不起：你不是說，Tagalo語是在七〇年的鬥爭中取得法律地位嗎？

阿：是的。但在它之前，菲律賓人民一直在為菲律賓真正的獨立而鬥爭。一九三〇年代，從美國發端的世界性大不景氣，像沉疴一般地苦惱著美國。在國內經濟問題嚴重的條件下，殖民地菲律賓成了美國沉重的負擔（例如，菲律賓的農產品成為不景氣時代美國農產品的威脅）。美國開始要逐步擺脫這個擔子，把一部分官僚體制開放給菲人，設法滿足菲人的一些經濟和文化要求，而僅只重點地掌握經濟、政治和軍事的控制權。在這個背景下，早在一九三五年，菲語就初步得到政治和法律上的承認。一九四六年，大戰結束後，美國除了獨占菲律賓重要資源，也占有兩個軍事基地，並且在政治支配下使菲律賓獲得了「獨立」。

政府設有「國語發展部」，但經費少，辦公建築破落矮小，和其他文化部門的預算不能類比，因此英語一直支配著菲語。這一直要到七〇年的民族主義「風暴」，才全面喚起了對菲語的國民覺醒。教科書、文學作品、戲劇、電視劇、報紙上，主要地成為菲語的世界。

陳：這樣看來，菲語的勝利是主要的。雖然它可能有些反動力量產生。

阿：是的。

談到推行菲語的反動力量，主要地來自三個方面：

第一，是地方主義的問題。這是個老問題。說塞布安語（sebuañ）的人到現在還堅持塞布安語比塔加洛語更普遍，塞布安語而不是塔加洛語才應該是菲國的國語。這個爭論早在從菲律賓幾個地方部族語挑選國語時，一直爭論到現在。

第二個反動，來自說慣英語的人口。這些人包括官僚、買辦、貿易商人，等等。這些人口與美國的政治、經濟關係較深，在價值上、情感上和具體實用上，反對菲語的國語化。

第三種反動，是來自七〇年代後菲語推行政策上的問題。菲語初步取得勝利，在教育上英語地位下降，菲語地位「上升」，而成英．菲語平起平坐的「雙語」教育法(bilingual approach)。特別是學生，對於雙語系統很不歡迎，學生往往是英語和菲語都學不好，引起語言問題上的菲語派和英語派雙方的不滿。

第四個反動，是我臨來美國時發生的跡象。菲國政府當局，以學生在雙語系統下英文顯著落後為由，正在主張強化學校中的英語教學強度和時間。我擔心這是英語語言殖民主義的回潮。

陳：在面臨著這些對於語言的民族主義反動時，菲律賓語作家恐怕負有更為重大的責任吧。你們一方面要以文學作品顯示菲語在文學表達上的豐富而卓越的可能性，另一方面，也得經由文學創作使菲語不斷地精煉化，美化，使菲語不斷地趨於成熟和優美。關於這點，你們菲語作家的意見是怎樣的呢？

民族語言的建設

阿：這是個好問題，陳。

從三〇年代，主張用塔加洛語創作的人們中，分成「精純派」(the purists)和「新派」(the modernists)這兩個派。

「精純派」主張絕對性的使用塔加洛語。他們反對任何外來語。可是塔加洛語是過去的歷史和社會時期的產物，不包含許多新的名詞和觀念。例如科技語言就是個例子。可是，精純派主張為這些詞另造新詞，而反對用外來的西班牙或英語中的詞彙。舉例說，「椅子」，塔加洛語就用「屁股」和「支墊物」這兩個塔加洛原有的詞，合起來成為「支墊屁股之物」，來說明「椅子」這個觀念(笑)。總之，純粹主義就會產生這些啼笑皆非的結果。

「新派」嘛，歡迎塔加洛語在必要且有意義的條件下，吸收外來語。問題在於外來語的標準化問題上，不夠嚴謹。例如說，「球」這個詞，原塔加洛語中沒有。但吸收英語時，要原樣以ball這個英語單詞吸收進來呢，還是應該依原發音而按塔加洛語的拼音規律變成bol，加以吸收？這是到目前尚未完全解決的問題。我個人是比較傾向於「新派」立場的。吸收外來語，但要研究出幾個吸收的條件。有些借用含混的問題，例如上述的ball和bol的問題，只好留給常用性和約定俗成去解決。

但我以為最最重要的，是塔加洛語文學的創作。經由創作實踐來解決菲語中，一些急迫的問題。當然，有意識的，使用現代的語言學知識對菲語進行深入研究與調查，也是當務之急啊。

陳：作為中國作家，我從來不知道菲律賓文學中，有這麼沉重而基本的語言問題的鬥爭。你們的努力，使我感動。我想問另一個問題，你一再提到菲律賓美國化問題的嚴肅性。能不能請你就這個問題概括一下呢？

西方化的生活和文學

阿：這可以從幾個方面來談。

首先從日常消費生活上來看。我們這麼貧窮的國家，卻每天大量消費著進口的美國商品：麥當勞漢堡、熱狗、可口可樂、七喜、爆米花、牛排、洋酒，以及無計其數的美國商品。

六〇年代後期起，美國改變了策略。他們從單純地傾銷美國商品，進而在菲律賓投資設廠。這不但因菲律賓低賤的工資而獲取更高額的利潤，更促使我們的教育體制產生重大改革。為了供應外資廠商在生產與管理上的需要，大學裡的工程、語言、企管、會計、銀行……等科系，成為為加工出口經濟和外資工廠服務的科系。我們的整個教育文化結構，是戰後美．菲政治、經濟、軍事架構的一個環節。大學教育為它們提供幹部。職校、中學則為它們預備現代產業工人的隊伍。在表面上，出現了許多國籍公司的名稱後加上一個「菲律賓」的分公司在我們國家中像雨後春筍似地展開。例如「克萊斯勒．菲律賓」、「豐田．菲律賓」……等等。

菲律賓的標準．還是西方的標準

其次，就談談在我們國家中的文學教育中美國化的情況，也許你可以從這個方向去了解今日菲律賓在文化上美國化、西方化的一般情況。

首先，我們的語言文學系用的教科書全是美國來的。教學和討論的語文是英文。學生寫論文，也用英文。學習內容，絕大多數是英美文學。

五〇年代到六〇年代，菲律賓上演的淨是西方戲曲。精緻一點的有莎翁的戲，通俗一點的是美國百老匯的東西。當然也有小群現代戲劇家上演西方前衛性、現代派的東西。

在菲律賓，尤其在過去，談文學、談詩，一律是西方的好。知識分子談喬哀思、談康明司、談福克納……。說某一位菲律賓作家好，評論標準是因為他「像」卡繆、「像」索．貝婁。你瞧，標準是來自英美的。在這個標準下，對於那些人，菲律賓文學根本不存在！因此，我們有一種「模仿的文化」——我們有不少「菲律賓的喬哀思」、「菲律賓的普里斯來」……可是，只要換個尺度，用菲律賓自己的尺碼，菲律賓文學不但活生生存在，還豐富得很，好得很！

我們有一個用英文寫作的傳統。看這個傳統的文學史，你就發現那是殖民地菲律賓牙牙然學習英語的歷史。你可以談到早期的英語詩，簡直是高中生英文作文的習作，然後逐漸在模仿中成熟，成為一種貼著菲律賓商標的英美文學。

陳：在台灣，五〇年代和六〇年代，是西方現代派文學的天下。我來愛荷華後，讀了一些拉丁美洲文學的資料，知道西方前衛・實驗性・現代派的文學有強大影響。在菲律賓的情況怎樣呢？

阿：噢，現代主義很風行一時，尤其七〇年代以前。一切在美國找得到的前衛主義、抽象主義、超現實主義、心理主義的東西，我們菲律賓文壇全有了。這些作品，其實是我方才說的「模仿的文化」、「模仿的文學」的一部分，和菲律賓生活與現實異化了；和現實的菲律賓情況完全脫了節。

陳：事實上，這些前衛性藝術（在台灣，我們稱之為「現代派藝術」），一方面來自西方，也因此有歸向西方的性格。我的意思是，它們在第二次戰後與西方（特別是美國）的政治、軍事影響以俱來的西方文化、價值輸入到貧困的國家來。等這些仿製品在貧困國家生產了以後，它訴求的不是本國的民眾，而是訴諸於本國極少數幾個鼓吹現代派的「評論家」和外國的讀者與欣賞者。菲律賓的情況不知怎樣。

阿：（笑）完全一樣。他們對外國評論家、外國大學文學、藝術教授的評論十分在意。外人略予品提，就喜不自勝。但對於國內民眾疑惑的反應，則一副輕蔑的態度。你瞧，模仿的、輸入的價值，傲視並取代了原有的價值。這是第三世界文化的悲慘境況。

陳：曾經聽你說過：你們的「鄉土派」有具體組織、具體觀點和做法，能不能介紹一下？和「西化派」、「國際派」有沒有論戰？

「詩藝會」：菲律賓文學的鄉土派

阿：論戰久了。從七〇年「第一季風暴」以迄於今，論戰從未間斷。但西方派的時日已過。他們全盛期在戰後迄六〇年代。七〇年以後，鄉土派日占上風，現代派顯著式微。現在，沒有人能否認塔加洛語文學的優越性。用英文寫作的國際派反而需要不斷修正，不斷地為自己辯護。主張用塔加洛語寫作的作家，組織了一個「詩藝會」（Arena for Arts and Poetry）。我是其中的成員之一。

把我們「主張」概括一下：

首先，我們主張文學要反映菲律賓生活中的現實。文學所表達的內容，是有助而不是有害於菲律賓人民的啟蒙、團結、向上和革新。這是我們最基本要求。除此以外，題材、表現形式，我們是自由的(liberal)。可以寫月亮、寫花、寫愛情——只要從不同的視座去寫。表現形式上，我們不拘泥於傳統式、嚴肅的現實主義。我們容許創新，容許實驗性表達技巧，只要在美學上是可以接受的。總之，我們盡量不開處方，不設框框，不立教條。例如寫詩吧，我們鼓勵用韻，但絕不強迫。

在語言問題上，我們主張用塔加洛語。但如果在思想、信念上與我們相同，我們也接納英語作家。

陳：啊，真是受益不淺。激進的文學一派，很容易走向「唯我獨尊」的宗派主義和教條主義，先把自己局限起來，然後自己枯萎以死。許多社會主義國家在「革命」後藝術的死亡，在某一個意義上，是因為革命家開出自以為聰明的處方，硬要文學家照單吃藥所致。可是，表現形式容許前衛主義和實驗主義，有沒有一個群眾理不理解的問題？

阿：我們主張題材好，思想好，也同時主張藝術性的提高。我們不服氣這種提法：鄉土派的東西，沒有藝術性。可是注重藝術表現技巧，馬上有群眾能不能接受的問題。群眾不能接受，看不懂，就失去了我們整個創作活動的意義。我們寫，當然是要群眾能懂。懂了才能起作用。於是我們開始想辦法。我們有兩個辦法。一個是作家同仁間互相批評。另外一個辦法是拿到群眾中去讀，具體理解群眾反應，再加以深入探討，藉以找出既富有群眾性，又有藝術性的創作道路。

陳：請先說同仁間相互批評。創作有十分個人化的性格，同仁間彼此的批評，會不會引起爭論和不悅？這太難了，不知你們是怎麼個情況？

阿：目前，作家每兩個禮拜集會一次。在集會中，有專題討論、專題講話，和作品的公評。前二者是就特定文藝上的問題採取集體或個人的討論。而作品公評，是把作品提交同仁批評，找出優點和缺點。

作品公評，每一次都是激烈的爭吵(笑)。大家都態度嚴肅，不講情面。結果是好的。我們不但持續有年，而且成員一直增加，這說明同仁確實在公評中有所學習和進步。受不了批評的人隨時可以離去。他可以去參加更適合他的文學團體。在我們當中，有兩位已負盛名的詩人。他的作品照樣在公評中受到嚴肅的檢討。

重要的是：我們有這樣一個共同認識。我們要力爭菲語作家在文學創造上的先進性。我們要不斷爭取自己的進步，增進自己的技能。我們認識到寫作不是個人的消遣，認識到我們每一篇作品，都可能深刻影響到菲律賓人民的靈魂。有這共同認識，才有共同的自我和相互的要求，則爭論才是有益的，才是團結進步的。

陳：（在感動中沉思）全世界裡，像你們這樣的團體，必不多見吧。群眾性問題呢？

阿：這個問題我們還在探索。以詩來說，我們搞朗誦會。詩人和他的同仁自己在朗誦會中直接觀察和體驗群眾的反應。這樣，藝術品有直接的回饋，曉得什麼樣的詩受歡迎（或不受歡迎），又為什麼受到歡迎（或不受歡迎），群眾有什麼批評意見（正面和反面）……。不過這public reading花錢、費時，有不便之處。

陳：你們也拿前衛性作品去朗誦嗎！

阿：對了，我們是依群眾不同的構成來挑選詩的性格的。比較前衛性作品，我們多半在知識分子、學生、教室中讀。

心靈的革命

陳：你們的政府准許作家搞組織，搞群眾性活動嗎？

阿：（苦笑）我們可以這麼做，是因為還有比我們更激進的文學組織。他們是地下文學運動，主要由菲共領導。這地下詩運動，在菲律賓完全是非法的。相形之下，政府就能容忍我們的存在了。當然，我們是受到密切注意的。

陳：在國步艱困的菲律賓，文學和革命的問題，你怎麼看待。

阿：(沉思)文學不能使革命成功。文學也不可能改變世界。文學只能喚起民眾，喚起他們對公理、正義、愛與和平的意識。

單純的暴力也許可以推翻一個政權，但世界依然是充滿黑暗和殘暴的可能性和誘惑。文學如果要革命，是對於人的心靈的革命吧……。

陳：謝謝你，阿奎拉。我代表台灣文學界的一些朋友向你致敬。

阿：謝謝。我也祝福你們。

一九八三年十一月七日於美國愛城

初刊一九八四年一月《文季：文學雙月刊》第一卷第五期
收入一九八八年四月人間出版社《陳映真作品集7·石破天驚》

1

訪問時間：一九八三年十一月七日；地點：美國愛荷華城。

〔訪談〕陳映真的自剖和反省[1]

前言

筆者與陳映真先生的認識是在一九八三年秋，是年我應邀參加美國愛荷華「國際寫作計畫」，受邀請的台灣作家除了陳映真，還有七等生。在陳映真離開愛荷華的前夕，即八三年十一月十一日，我在我們下榻的五月花公寓，對他做了一次深入的訪問。這一訪問未能及時整理出來，一是考慮作家的處境，二是三年多來，我為學習、工作而疲於奔命。第一個原因，在台灣當局目下的開放政策下，已不成問題了，剩下來的原因已不重要了。

陳映真先生是嚴於自剖的作家，在這篇訪問記內，陳映真對自己的作品、對自己所走過的人生歷程，做了一次全面的反省。此外，他對創作上「概念先行」的見解，對台灣現代派的修正看法，對現實主義再解放的探討，對台灣現代文學的路向、發展的瞻望……饒有新意，其中不乏真知灼見，值得細味。

在這裡需要一提的是，本文發表前，未經陳映真先生過目，文責自負。

屬「概念先行」的作家

問：您過去曾以許南村的筆名發表〈試論陳映真〉，提到您的創作大概分兩個階段，可否就這一方面談一談？

答：我講很坦白的話，在我一九六八年入獄之前，我的寫作範圍很小，我的意思是說，我只是在一小群朋友裡面，自己寫，自己看，我從來沒想到自己將來有一天得獎和覺得自己是一個作家。當我從監獄出來以後，才發覺自己被人討論，與此同時，黃春明、王禎和的小說也是被議論的對象。以後的作品，我較傾向理性。

問：您曾提到〈將軍族〉之前的作品比較是感性的東西，屬於熱情的擁抱，理性分析不夠，直到後來，您才加強對理性的分析，是嗎？

答：對這個問題——我的想法不一定對，我想我是屬於「概念先行」一類型的作家，這在我出獄以後更明顯，我對文學的哲學觀點，是言之有物，倒不是有否載道的問題，我這一做法不一定對——有些人反對這樣的做法。但這是我的想法，對不對是我的事情。特別是我出獄以後，理性的成分比較高。

問：您的「華盛頓大樓」可能過於理性化，特別是後半部，給人以圖解的感覺。

答：對我這一方面的趨向，一般的反應，有肯定的，也有的覺得我這樣做，失去了我早期文學的藝術性。我個人對這個問題的看法是這樣，我認為藝術性的東西不是你可以照顧到的，我要寫藝術性很高的東西，不一定就有藝術性，還要看你客觀寫出來的東西，是不是具有藝術性。我為什麼有這樣的想法呢？這是因為我讀了蠻多的文學史和文學評論，所得的印象是：你說我是為藝術而藝術，我是藝術派，但從客觀上評價它，你的藝術性並不高，還不是個藝術性的作品。第二，我們可以看到，有另外一種作家，即概念先行的作家，我們隨便舉個例子，像蕭伯納，他是一個費邊社會主義者，在他的戲劇裡面，表現著他的概念，問題是他的才華很高，他的概念式的戲劇，不但能讀而且能演，而且演出來的效果很好。比如卓別林的電影，也屬於概念化，您不能說他藝術性不高，反而是藝術性高得不得了，每個人都很投入，很惹人笑，笑完後令人感到那麼一股悲傷。這是有思想的作家，對不對，有思想的戲劇工作者。第三個是東德的劇作家布萊希特，他也是個社會主義的作家，從文學批評上來說，他常常犯規，時下一般的戲劇，設法使觀眾投入，最好讓觀眾忘掉這是在演戲，可以感染到舞台上的哭笑，布氏恰恰相反，他不斷打破這戲劇性的幻覺，不斷的讓他的主角和觀眾講話，這就是破壞，可是他的戲劇還是非常好，因為他是藝術家，他手高嘛。我的問題在於我的才華，我的技巧還沒有那麼好，所以，人們不習慣於看這種有思想的、言之有物的作品，讀者不習慣，這不是說我的想法錯誤，而是我的手不夠高，我不想因為有這樣的反應，而去放棄我這種寫法，直到哪一天，也許我自己覺得我不想寫了，我才改一個方法，現在我對文學的想法還是這樣。

創作上要求飛揚

問：您提到的文學家就是思想家，俄國十九世紀末就產生了一批這樣的作家。我覺得〈將軍族〉相當感人，也不僅僅是愛情故事，而是它具有相當象徵意義，但從思想的深度來說，還是有局限性。而「華盛頓大樓」的〈雲〉，是比較成功的一篇，〈萬商帝君〉在藝術上顯然有較大的缺陷，我覺得〈萬商帝君〉是長篇小說題材，您對跨國公司的了解很深，但似乎缺乏藝術的提煉……。

答：這個問題我提出兩點補充，一個是我現實生活的局限性，我沒有辦法有一個長期創作，我為了生活花掉時間太多，我都是上班回來以後寫的，然後是請假一兩天寫的，老實說，

「華盛頓大樓」很多都可以發展為一個長篇，但很多條件都不允許我把它發展為長篇，除了我才能限制以外，還有我自己生活的限制。第二個是我是屬於反省和檢討型的作家，檢討的結果就是說我有一個錯誤傾向，囿於嚴肅的現代主義[2]，這個錯誤是在看到拉丁美洲小說後才發現的，並且得到啟示，我們中國的現實主義傳統太嚴肅，太愁眉苦臉，令人心情沉重。運用的語言也好，思考的方式也好，使得它幻想的部分或聯想的部分或創造部分受到局限。像最近諾貝爾文學獎得獎的馬奎斯的小說，他就是非常的飛揚，你不能說他是亂寫的，但是他的作品，不僅有思想，而且具體參加了革命事件，他參加地下組織的鬥爭。這給我很大的啟示，一個作家有思想性非常重要，這是基本條件，有思想以後，才能對於人跟社會的關係問題、人跟自然之間關係的問題，有一套哲學性的認識，沒有這個，就不能成為——至少不能成為很大的作家。拉美的作家除了具鬥爭經驗，具有思想性，他們浪漫的氣質，再加上落後的拉丁美洲的各種各樣的傳說、巫術、迷信，他們的作品才顯得飽滿。輪到我們的中國作家，可能把以上那些傳說當作一種落後的東西、是迷信、是我們文化裡黑暗的部分，影響人們不去面對現實，影響鬥爭性。拉美作家卻不一樣，拉美作家在政治上的遭遇是非常嚴酷的，寫出來的東西會被關、被抓起來、被殺頭，可是他就採用民族傳統，寫些鬼話，使獨裁者沒有辦法抓到他的毛病。相反地，因充分的、優秀的使用他的民族傳統、迷信、巫術的傳統，讓一個作家的想像力飛揚起來，可以上天入地，使作品又活潑，又好笑，那就不一樣了。

曾受新文化影響

問：我覺得您與其他的一些台灣作家不一樣的，從您的作品，可以看到您除了受西洋文學的影響，也受到中國新文學的影響和薰陶，而其他作家更多的是受西洋文學的影響。

答：我在很年輕的時候，讀西洋文學，也讀三〇年代的文學，這很重要，那時候我就知道，真正的文學應該是怎樣的文學，應該有思想，有內容，因此，我跟同時代的作家不一樣的就是，其他的朋友，有歷史斷層——台灣的文學教育是歷史的斷層，因為政治上的因素，台灣禁止三、四〇年代中國的文學，這是一段空白，台灣的文學青年，沒法從三、四〇年代作品到五四的文學接上頭，更談不到影響了。因為他們的文學素養是完全從西方的影響而來的，因為他們接受了當時很流行的現代主義、前衛主義、學院主義的東西。這些人差不多成為台灣五〇年代到六〇年代的現代派的生力軍。我因為讀過三〇年代的中國新文學，雖然也讀過不少西方的東西，有人說我早期受現代派技巧上的影響，但批評現代詩在台灣我是最早的。另外我懂日語、英語，使我各方面可以讀得多一點。我想，第一個是三〇年代文學語言對我的影響，如

「伊」等，在我早期的作品中就有出現。第二個，還有日語來的影響，日語有它特殊的構造，所以我有的句子很特別。第三個是英文來的影響。這三個影響使得我和同時代的人不一樣。我一直強調這不一樣不是我有才華，而是我的背景不一樣，認識方面的背景和閱讀方面的背景和別人不一樣。

十一層「華盛頓大樓」

問：您覺得一個成功的中國作家，應該具備什麼條件？

答：中國作家的問題，要作家多用功，他不一定是讀書，最少要做點調查研究。

問：話又說回來，「華盛頓大樓」您只寫了第一部，您下一步的計畫是什麼？

答：我初步計畫是寫完這個大樓。對這個大樓，還要再寫十層樓，甚至十一層樓。每一層就有一間公司，到目前為止，我都以外國公司為背景，現在計畫中還應該穿插幾個民族資本的公司。

問：您對這一系列的構想是怎樣的，是否可以談一談？

答：構思是每一層樓都有一個企業，而我則來研究企業裡人的問題，以及企業對台灣的影響，最後構成一個個的故事。以前小說出現過的人物，都可以在那裡來來往往，最典型的是退伍軍人，老的退伍軍人，我把這個老人的心情，他的過去跟現在，把各種人物混雜起來寫，這是第一個。第二個我可能在第二部裡面寫一間公司裡面比較下層的人物，一個office boy，一個下層的職員。此外，我可能會寫一些比較正面的人物，雖然他們受教育不多，但他們有一個比較健康的形象。我未拿定主意，大概我希望第一期寫四層樓，第二期也寫四層樓，計畫裡面可能有三部，我希望能按我的願望完成。我現在的問題是，很想趕快解決生活問題，在我這個年齡，我已經花不起時間，特別把時間花費在生活上，我如果還是三十八歲，把計畫擱置三、五年也沒有關係。但生活本身也是個鍛鍊。我現在已經四十六歲了，再拖下去會影響我的創作力，所以我希望短時間能解決這個問題。

五〇年代背景小說系列

問：您已著手在寫「華盛頓大樓」的第二部吧？

答：還沒有，有幾個故事在醞釀，還要讀點書，還要搞點研究。

問：估計什麼時間全部完成？

答：這很難說，這跟我生活問題有關。

問：您似乎還有另一個較大的寫作計畫，即以五〇年代台灣為背景的小說系列。

答：另外的主題就是〈山路〉、〈鈴璫花〉這個系列，這個系列不會很大，但還有很多東西可以寫。我想對台灣五〇年代做一回顧。

問：為什麼您會做這樣的回顧呢？

答：因為我認為中國的革命，是跟當時比較進步的人一樣，無懈可擊的，但從革命帶來的問題，全中國的文學家應該反省，為什麼會這樣？這些人犧牲的意義是什麼？在那個時代，有各種各樣的問題，應該從各個角度來討論。其次我心中有個願望，就是想寫台灣少數民族的小說，他們的遭遇，他們的現況。我一直覺得台灣的漢族，對少數民族太過干涉，應該尊重他們的生活。這一點我還要做點調查：去了解他們的生活，去了解他們的思想感情。希望在我個人生活問題基本解決以後，多讀書、旅行、寫筆記等。

對現代派看法的修正

問：台灣本地的文學，應該成為中國文學的組成部分——

答：我也是這樣想的。台灣文學，如果從寫作方式、語言、歷史、主題來講，都是中國近代和現代文學的組成部分，這是毫無異議。

問：您過去對台灣現代派文學的抨擊不遺餘力，您覺得現代派在台灣的生命力如何？

答：我對這個問題的想法最近有個修正，我過去對台灣現代派文學採取超然的態度，有點矯枉過正的否定，我想台灣作家裡面沒有一個像我這樣持續性對現代派、現代主義的批評，批評並不是沒有道理，因它的影響太大，整個五〇年代到六〇年代，二十年之間，西方現代派的文學在台灣占支配地位，在台灣文學裡看不到台灣的生活、感情、思想。你隨便找一部，說是翻譯過去的，人家也不會懷疑，所以我很反對這樣的文學，這是逃避現實，完全沒有民族風格，表現不出台灣的生活。可是我現在反覆思考，特別是我和第三世界的作家談過以後，我了解到因為五〇年代六〇年代美國的國力太強，所以隨著國力的膨脹，現代派、抽象派、前衛派到處氾濫，菲律賓、非洲，剛才提到的馬奎斯，他也寫了很多現代派的東西。問題是我們的台灣作家，沒有一個思想基礎，所以他不能夠把這二十年的現代派東西消化，變為為我所用。據我看拉美的東西用很多現代派的技巧，再加上他們民族傳統。對台灣現代派這個問題現在要重新評估，過高的評估現代派是不對的，像我過去一樣完全採取否定的態度，恐怕也要修正。問題是台灣作家應該怎樣把自己的哲學觀、世界觀建立起來，人生觀建立起來，然後自由地去運用，為我所用，而不是為它所用，從純形式主義變成有內容的東西。

現實主義要再解放

問：您對現代派修正的看法令我感到興趣。台灣現代派曾指出台灣的鄉土派文學的表現技巧較落後，您有什麼見解？

答：聽說現代派的人說，台灣的鄉土文學並沒什麼新奇，沒有什麼創意，這是不對的。我認為現實主義有非常遼闊的道路，可是現代派只能走一次，比如將人的鼻子化成三個，其他人再依樣葫蘆這樣做，就沒有意思。例如畢卡索建立了自己畫風，後來產生了很多「小畢卡索」，這些小畢卡索只是模仿者，沒有什麼意義。現實主義為什麼遼闊，因為生活本身的遼闊規定了現實主義的遼闊。不過，我們要注意一點，現實主義也要再解放，不要像過去的現實主義一樣，愁眉苦臉，嚴肅得不得了，不敢接觸實質問題，不讓你的想像力飛揚。

問：我覺得台灣的現代派本身也在起變化，他們也在尋求一條與現實相結合的道路，在表現形式上，也力求明朗化。描寫一個人變成兩個，這為什麼不可以呢？只要您為思想服務就是了，為什麼不可以這樣做呢？

答：我覺得這是好現象，語言明白了，灰色的東西愈來愈少了，不錯。但他們寫出來的東西還沒有震撼力，像楊逵寫的東西，寫得很樸素，卻有震撼力，為什麼？因為他們理解到生活，理解到台灣生活的本質在哪裡、矛盾在什麼地方。這個差別就在這裡。對現代派的回歸，從比較上來說，我覺得是好現象。事物總是發展的，從灰色到比較不灰色，從不清楚到比較清楚、到鮮明，這是個發展，但我覺得台灣作家僅僅是形式上、語言上回歸現實，但實質上還基本沒回到現實來，那些現實還是很皮毛。

台灣的年輕作家

問：台灣近年產生了一批頗活躍的年輕作家，您覺得這些年輕作家對文壇有什麼影響？

答：年輕的作家相當的多，只是我手邊沒有什麼資料，我只能做非常概括的描述。在介紹他們之前，我還是要提到那個老問題，他們還是受到局限，思想不解放，在這個基礎上他們也有他們的優點，很勤力，拚命寫；第二個就是他們有幾個人蠻有才華的，他的發展性很大，潛力很大；另外一點是跟他們的局限性有關的，就是他們對文化也好、思想也好，不深刻，所以容易驕傲自滿。

驕傲自滿便容易變成自小自慚，這是跟思想的貧乏有關的。

我希望他們能突破這個矛盾，年輕時驕傲一些不要緊，但不能老是驕傲，老是把自己看得很高。不是說年輕人不禮貌，而是恐怕妨礙了他自己的發展。

提到人名的話，我想提兩個人，一個是宋澤萊。宋澤萊是農村出身，對農村有一種來自生活的體驗，而且他的才華高，所以他寫出幾篇相當好的作品，可是我要說的是一個年輕作家起來，固然可喜，起來以後我們要看他持不持續，他能不能寫上十年、十五年，而且不斷在突破，這樣才能算他是個作家。我知道兩家大報每年都在徵文，都出現不少有味道的年輕人，但曇花一現，等於沒出現一樣。宋澤萊是比較突出的一個，他以前寫的是現代派的東西，從《打牛湳村》以後，他寫了一些比較好的現實主義作品，表現了台灣的生活。

第二個跟宋澤萊的風格不一樣，他是屬於比較入世性的，描寫城市生活的，他也比較能夠關心到現代文化的一些普遍問題，例如經濟和人的關係、商業等等，雖然思想性是不夠，但他的藝術技巧相當好，有才華。他是黃凡。

他們兩個是比較有代表性的，其他還有比他們低一級的，還在努力，還在寫的，也有幾個，不過現在來介紹還言之過早，應該給點時間讓他們發展。

台灣文學的暗潮

問：您對目下台灣某些人強調的台灣意識文學有什麼看法？

答：台灣文學的發展方向有一個暗潮，是分裂主義的運動和思潮，從北美感染到台灣。有一本文藝雜誌，是黨外一個戰鬥的雜誌，水平很低，他們把鄉土文學拉到台灣人意識的文學，我不同意。如果台灣問題不解決，和大陸一直隔離，一百年，台灣的資本主義更發展，資產階級更多了，然後共同對外，為保持資產階級的社會，對抗中共，共同對抗，形成一種意識。目前不能這樣提，但是將來會這樣的，這是一個暗潮。我覺得樂觀的原因是分裂派的理論說台灣的矛盾是中國人對台灣人專政，這不是事實，因為台灣社會裡是階級矛盾，同階級裡面的外省人和本省人好得不得了，不是民族問題。他這個主張和現實不對頭，因此他這種主張的文學也不可能是好的，因為很簡單，文學是反映現實嘛，這是一個問題。第二，問題是——我還要重複的說，思考上的貧困。現在比較自由，有些英文的東西也可以看到，只要我們的作家肯用功，要接近生活，要深入生活。再下來比較大的問題，是消費社會的形成。如果變成美國這樣的一個社會，肯定會庸俗化、商業化。這幾個問題有待解決。台灣文學的將來要靠大家努力。還好我現在有個很要好的朋友黃春明，他批判思想蠻好，他現在搞電影，我不相信他會一帆風順，可是，至少他是一個健將，我們都同意不要跟台灣分裂主義者吵架，而是寫作品、比作品，這樣的話，可以引導一些年輕人。

鄉土派與國際派

問：台灣「鄉土派」是否可屬台灣的傳統文學？它在台灣文學中所扮演的是什麼角色？

答：這個問題你要這樣看，特別是這次我跟國際作家交談後，覺得很有意思，不少地方的文壇都分為兩派，一個是本土派，一個是國際派。鄉土文學最重要的一點是反抗西化的文學，它是對抗西化的文學而產生的一種反動，這是大陸沒有的問題。第二次世界大戰以後，菲律賓也好，其他各國也好，大家都模仿西方手法寫小說，連文字也採用英文。現在，我們還沒有用日文、英文寫的作品，這是我們比他們幸運的地方。我們中國的文化太深厚了，像菲律賓的小國家，被西方一搞就沒有了，連語言都沒有了，他們民族語言的建立，是最近一、二十年的事情，這是很悲慘的事，他們語言有一大堆問題，他們的語言連桌子、籃球……也沒有，攙了很多外來語，到現在自己的語言還未定下來，他們沒有一個標準的文法、詞彙，他們還在掙扎。

台灣的鄉土派不是寫台灣，從世界的角度看起來，是反西化的一種文學。

不是像現代派所講，台灣反對中國意識的文學。不是，在第三世界都有這個共同普遍的問題。國際派是寫一種脫離當地生活、當地人民的文學，它跟人民愈離愈遠，它是寫給西方大學的評論家看的。他希望他們的作品在倫敦發表，在芝加哥開課，因為他們用英文寫，西方讀者較容易了解。這對他們民族當然是非常不好的文學。

此外，另外一種文學卻與「反帝」相關聯。以菲律賓為例，七〇年代有很大的反帝運動，一九七〇年一月到三月第一季風暴，整個學生界、知識界都起來抗議美帝國主義文化侵略，並發展了本土文學，他們用他們的菲律賓話來寫詩、寫劇本，而且在鬥爭之中贏得勝利。國家後來終於規定，學校可用菲語教學，以前他們的學校大都用英文教的。台灣當然沒有這樣嚴重，精神是一樣的，鄉土文學裡面，不要把鄉土文學看成是當地的傳統文學，它有一個很鮮明的反西方文學、反現代派的文學，有這個很重要的意義。

台灣文學的語言汙染

問：有人提到台灣鄉土派的局限性，是語言上的濫用，大量攙入台灣當地的方言，台灣本地讀者還能讀懂，如果拿出來放在一個比較大的範疇，如全中國來說，其他地方讀者根本看不懂。

答：這是一個方言使用的問題，關於方言使用，有兩個問題要談。一個問題是說台灣一些鄉土作家對台灣話的漢語來源不理解，特別是年輕作家，他們有時會亂用、誤用，因為中國話跟別的語言不一樣，是象形字，每個字都有它特定的意義。你亂用的話，就誤解了字的語言，這是一個原因。第二個原因我覺得倒是比較可以原諒，有些作家是有意識的開拓中國語言，好像王禎和，他是有意用的，但裡面也存在一些問題。總的說起來，中國現代文學在文學的發展過程是以普通話為基礎，不斷吸收中國各地方言、運用的可能性的一個過程。台灣也是用普通話來思維的，我覺得這個方言問題是暫時、局部的。時間和文學水平的提高後，會自然消滅的，不太值得憂慮。但台灣的語文教育比較差，大家用語比較不嚴謹，抓得不緊，這是個缺點。這個缺點從哪裡來的呢？我想有幾個原因，一個是對於五四以來的新文學沒有辦法繼續，一個是漢語教學不夠嚴肅，跟美國一樣，錯字寫得亂七八糟、文法錯、拼音錯。還有一個是工商社會帶來的現象，工商社會有一種把語言平庸化、簡單化的現象，寫商業文件都是簡單明瞭，加上還有其他溝通的方式，打電報、打電話，寫的機會相對少了，我想是這幾方面的原因。這些毛病應該怎樣解決？要靠文學家來做。一個比較注重語言的文學家，有意識地從群眾語言中提煉出好的語言來，然後再把這個語言放回到群眾中去使用。要有作家自覺來做這個事情。我覺得這是暫時局部的問題，並不很嚴重。

一九八七年四月二十日修訂

初刊一九八七年五月二十二日《華僑日報》
另載一九八八年八、九月《博益月刊》第十二、十三期，二〇〇七年三月《上海文學》
收入一九八八年四月人間出版社《陳映真作品集6．思想的貧困》
本文按人間版校訂

1 訪問、撰述：彥火。本篇據訪談時間一九八三年十一月十一日排序；因初刊《華僑日報》版未得尋見，故依人間版校訂。

2 「現代主義」，原文如此，應為「現實主義」，疑為記錄者之誤。

〔訪談〕一個作家的思考和信念

訪陳映真[1]

張：記得陳映真在評論自己的小說的時候說他是：市鎮小知識分子的作家。那麼在你寫《雲》[2]的時候，你在寫作上的態度是不是已經有所轉變？

陳：我曾說自己是市鎮的小知識分子作家，到現在還是這樣的一個作家，不過關心的層面，用三、四十年代的術語來說，是比較有一點進步的願望。早期我的作品比較苦悶、憂鬱、沒有出路。這原因可能跟我的年齡有關係，也許和當時政治上的環境和氣氛有關。在五十年代、六十年代，台灣的思想和政治上的環境比起今天要嚴格得多，早期我寫那些作品的時候是我的思想開始發燒的時候，由於各種不同的原因，我接觸台灣當時是絕對接觸不到，而且接觸了有相當危險性的中國三十年代的思想和作品。一方面我思想開始變化，另一方面對外在環境警覺、恐懼，在這種苦悶，在這種沒有辦法很自由、順暢的說出自己意見的年代，我用非常扭曲的方法表達思想感情。而我還年輕，年輕時代有年輕時代特有的感傷的氣質，容易悲觀，容易憂鬱失望。到今天，我還是認定我是一個小資產階級的作家，因為知識分子在社會基本上是小資產階級的成分。可是也有兩個原因，跟剛才所說的兩個原因一樣，令我跟以前有所不同。第一是自己的年齡關係，我已經進入四十五、六歲的中年，想法和經歷比較前期成熟一點。第二，無可否認，比起五十或六十年代，台灣在今天比較上是能夠說話的時代。還有第三點，我在《雲》這系列小說裡面表達了不同的內容，主要是因為我過去工作的關係，我曾經在外資的多國籍企業做過事情，在那經驗裡面，我了解到所謂大企業、國際性企業，它的行銷活動和計畫，對於落後國家的文化、經濟和人民的影響非常大，而且深遠。在這多國籍企業裡面工作的中國人，不管是香港也好，台灣也好，都會發生一些變化，我關心這個變化，這不是所謂反對資本主義，或反對企業，而是從人的觀點看起來，這麼大的一個企業社會，對於我們的文化、我們的價值觀、我們的思想、我們的行為，都有非常強大的影響，這影響力太強大哪，以至於我們不能不去了解它。而這種企業的行為，跟一些源於其他方面的影響力不同，它非常甜美，它不會讓你反感，像日本人在台灣的時候，強迫我們做我們不願意做的事情，我們會反抗，會恨他們，但這些大企業給你的是表面上非常甜美的東西，你有機會、你可以改善你的生活、可以達成你一切願望、你有成就感。在這樣情形下，我們對它沒有什麼警覺性，缺少批判。因為這樣我就特別關心這個問題。再過來就是最近的電腦文化過程當中，現代化的管理和電腦的作業，不斷使人異化，也成為今天社會裡重大的問題。《雲》的系列就是想要從這個角度去探討像台灣、或者香港、中國這樣一個第三世界社會面對現代西方國際企業的時候所發生的問題。因為這個緣故，我跟早期不一樣，我早期從感覺、感受、感情出發。現在我寫商業社會，本需要對現代商業行為有一點知識，要讀一點書，有一點批判的常識，才能做到，所以看起來沒有那麼感性。

張：不過，在《雲》的系列裡面，第一篇〈夜行貨車〉，調子開始有些悲觀，但結尾時兩個主角回到家鄉做工，不受這制度的影響，還可以說是一個帶著光明的結束。但在其他幾篇小說，如〈上班族的一日〉，主角喜歡拍電影，結果為了生活而放棄，再不能過從前那種理想式的生活，完全妥協。〈雲〉裡面的工人希望透過工會組織去改善他們的生活，結果失敗。到最後一篇〈萬商帝君〉，人在龐大的制度之下根本沒有反抗能力，如果反抗，卻不外是一個瘋狂的人。你的調子開始時還是有些希望，到後來竟是絕望。「華盛頓大樓」才是第一部，到了第二部、第三部，人會不會成為完全沒有希望的生存的動物？

陳：這是個非常有趣的問題，我想，這裡有一個基本的因素，世界這三十年來的變化，給我們一個非常重要的功課。在我們的父親那一代，他們相信有一個答案，人類為了和平、為了進步、為了公平所做的鬥爭，不管是付出多大的代價，明天一定是美好的，革命成功以後，我們的理想實現以後，一定是光明的，好的，幸福的，所以那個時代有很多愛國的知識分子和作家，勇敢的介入各種問題，參加鬥爭，付出極大的代價，甚至犧牲了他們的生命，而他們是笑著去赴刑場的。最近幾十年來，不只是中國，全世界追求進步和正義的知識分子都上了非常大的一課，就是事情並不像我們父親那一代所想的那麼容易，那麼充滿了簡單的答案，他們不去想別的，一心一意去追尋，以致獻上生命。今天的進步知識分子和作家，已經沒辦法那麼樂觀。在他們來說，世界是矛盾的，既充滿希望，又非常悲觀。這是一種辯證的關係。有希望，是因為只要有黑暗，有不公平，有阻礙進步的地方，就一定會有反抗的力量。只要有這樣一種力量，社會就有希望，這是我們對人類的未來還保存著希望的原因之一。悲觀、絕望，是因為支配人類的思想、靈魂和生活的力量，也隨著科技的發展，愈來愈發達。我們就說馬克思的時代吧，他那個時候的企業的規模和形態，跟今天根本不能相比。他們用國際間的銀行集團，通過國際資本的交流，加上高度集中的科技，可以調動最大的力量，將社會的命脈掌握在手中。他們利用各種市場推銷手腕來推銷各種價值觀念，而這麼大的架構，是通過非常甜美、舒服、幸福的東西，支配人類的生活和他的思想。我們作為消費者，完全不會察覺自己的處境。所以，從這方面看起來，差不多是絕望的。我們看到六十年代的美國、歐洲、日本，也許是受到中國文化大革命的影響，都有青年反抗文化，各地都有學生單純為了尋求理想主義而激起的學生運動。我想香港也受到一些影響，香港的知識分子也一定體驗到這一點：曾經有一度他們覺得革命明天就要來，可是到最後什麼也沒有改變。然後他們把鬍子刮掉，穿上襯衣上班去。這是這樣的一個時代，一方面是沒有力氣，有無力感，一方面是我們還相信一種進步的趨勢。你剛才提到我在〈夜行貨車〉裡還有一種希望，不過我很誠實的說，這個希望只能作為一種很抽象的鼓舞，它沒有堅實的支持。那兩個年輕人回到鄉下，我們能做什麼？我這樣寫是因為我相信從亞理士多德、柏拉圖，一直到現在，人總是在追求一個進步的、公平的、好的社會，雖然這是非常抽象的信念。老實說，不只是很多人問我，我也問自己，到底這兩個年輕人很勇敢的跟美國人吵架，回到鄉下去，他們能改變什麼現實。不過這個願望是不能沒有的。就像一個錢幣的兩面，我們肯定有希望，另一方面也不能太不切實際，忽略了目前的各種壓力。〈萬商帝君〉的確是實錄性比較強，在這系列小說裡我的目標是呈現多國籍公司裡的東方和第三世界人的問題，可是故事不一定跟多國籍公司有關，土著資本也有同樣的本質。我在理念上比較下了重心的就是〈萬商帝君〉，因為我從過去的經驗裡認識到多國籍公司的訓練過程，以及它對民族觀念的處理方法。那個年輕人不是一個反叛的英雄，他只是一個犧牲者，被大企業所撥弄，然後崩潰。那個基督教徒的女孩子則刻畫出台灣當前的一些善良可是失去了批判力的人的形象。至於其他人，雖然有極端的認為自己是台灣人，跟中國沒有關係，也有承受國民黨帶來的比較強的中國人意識。在一個多國籍性的企業下，在所謂民主的認同下，為共同的目標服務，他們的民族身分就淡褪了，所以在這小說沒有一個太積極的角色。

張：你小說裡的女性都很特別，如〈夜行貨車〉裡的劉小玲，〈上班族的一日〉裡的Rose，〈雲〉裡的何大姊和小文，她們雖然有缺點，但可以說都是很勇敢的女性。男性在你的小說裡似乎比較懦弱，他們所受的教育愈多，就愈有一種知識分子的軟弱和遲疑，而女性就勇敢和徹底。你對你筆下的女性是否有特別的好感，抑或另有含義？

陳：記得剛剛寫好〈雲〉的時候，我看到大概不會有很多人看過的一篇文章，是由一位叫李昂的女作家寫的，文章的題目我不大記得，內容就是討論陳映真小說裡面的女性，她認為我的小說裡的女性都非常肉感，美麗，有某種迷人的地方，我看了這篇文章有會心的微笑，不知道她看過〈雲〉之後會有什麼感覺。實際上我相信在任何一個民族和社會裡，女性有她非常了不起的力量。在戀愛的時候她比男人勇敢，她敢愛，可以不講任何條件，可以拋棄一切，毫無保留的、熱烈的付出她的愛情。可是在以男性為中心的社會裡，男性反而有很多牽制，他害怕自己的名譽和地位受到影響，他對女人的愛是有保留、有條件的，他沒有辦法像女性一樣，只要她愛，她就敢去愛。女性的恨也比男性堅強，沒有什麼保留的餘地。男性卻往往沒有這種勇氣。比方說〈夜行貨車〉裡的林榮平，他的戀人劉小玲受到外國老闆的汙辱，照道理，從男性的自尊心來說，這是難以忍受的。但那人是他的老闆，所以他馬上妥協，不敢發怒。這種事情我們看的非常多。再過來說，就是在生活上女性也非常勇敢，我看過很多女性，當她的丈夫或者情人失敗，受到挫折，什麼都不管，她就做最苦的工把孩子帶大，男人還只管打老婆、打孩子。所以從年輕到現在，我從心底裡非常尊敬和佩服女性的這種十分富人性的力量。這種力量是男性所缺少的，我不認為男性原來沒有這種勇氣，可是因為這個社會要求他賺錢，有地位，在這壓力之下，他已經變成一個沒有力氣的人，雖然他很神氣，會在電視上講政治，講得非常漂亮，可是他內心深處只是個弱者。另外一點，就是像何大姊、小文那樣的人，我在實際的體驗裡面碰到過，我年輕的時候看過一些左派的書，那裡面告訴我們工人階級是多麼的勇敢、正直、有堅定的革命決心，那是書面上的東西，我從沒有見過，我所寫的像何大姊和小文，她們沒有什麼意識形態的背景作為支持，我不美化那個階級，工人裡也有些是很糟的，可是在那個階級裡頭，我的確是遇見了在中產階級或者知識分子裡非常少有的高貴品性。這個錢不是屬於他的，他一分錢也不要，為了他的同伴，他真心的去關懷，幫助他們。台灣有很多自發性的自己成長起來的工人領袖，他們所受的教育不多，可是他們有品性上的天生智慧，天生的對於人應該怎麼才是人的一種信念，以至他天生對公平和正義的自覺，他們不是為了要打倒什麼政權，也不是為了打倒什麼階級，他們只是為了公平。他們受了很多打擊，過著非常清苦的生活，然後同樣有那些貧苦的工人，支持他們一點錢，由他們專做工會的工作。這樣的人，當我們見著的時候真要慚愧。知識分子嘴巴裡面，腦筋裡面可能很進步，可是一到行事他就會計算，加呀減呀，算得很好。我從工人裡面得到很大的教育和啟發，這種工人絕對不是受了某一個地下黨或者是政治理想所影響，他們是天生的，從這個觀點來看，我覺得這是人類的希望。像香港和台灣這樣愈來愈消費化、愈來愈成為用金錢和商品來決定個人價值的社會，這種非常原始樸素的英文說的humane、日本文說的人間的力量，的確值得我們佩服，我在這樣的一個題材裡面自然的就想到這些人。

張：那你認為人間還有一些希望，是因為女性仍然保持單純而堅強的意志，而男性就似乎缺這一些。

陳：這原因我剛才已經說過，那是我從年輕時代一直到現在對女性的觀察，她們從母性來的那種力量，雖然很柔弱，但很強韌，很經得起壓力、吹打。我沒有用太多筆墨寫男性在這方面的表現，還有另外一個原因。就〈雲〉這故事來說，我想比較細心的讀者可能會注意到也有一些男工在幕後支持何大姊和小文他們。我本來的計畫是要把他們寫出來，想把他們寫成台灣工人運動裡面存在的一股力量，他們沒有受到任何政治思想的影響，可是他們已經懂得怎樣去保護自己，怎樣去謀求發展，可是後來我還是有很多顧慮，沒有讓這些男工人也走到台前來。我想勇敢、正直的男性還是存在的，但我不希望把他們寫得太戲劇化，像大陸上的樣板一樣，一定要符合台灣目前的實際情況，這方面我還需要長期的研究，長期的跟這些為台灣工人運動而工作的男性多了解。

張：到了八十年代，小說的力量是不是已經微乎其微？剛才我們提到三四十年代的作家還相信透過小說可以帶出一個信息，但現在的小說家會不會相信這一回事，又或者，他們實際上還有沒有影響力？

陳：我自己也思考過這個問題，台灣目前正面臨這個問題，香港更是如此，答案在什麼地方？在整個社會的改變。我們知道，大概國民所得超過一千五百美元到二千元的社會，在社會學上有一個新名詞，叫大眾消費社會。大眾消費社會有幾個特點，首先是科技的革命。然後科學和技術的革命和資本主義結合，產生非常豐富的超過人所需要的商品，它鼓勵整個社會去消費這些商品，因此，消費這些商品，保有這些商品，變成整個社會整個人生的一個重要目標。在我們父親那一代，能過好生活的人只是非常少數，是些地主、商人等，而且社會公認他們能過那樣的生活，一般人只能想：啊，他們有錢，可是我們呢，我們當然不能過這樣的生活。但是今天不一樣，大家都追求物質，即使是用借款，用分期付款的方式，也要獲得這些商品。企業為了促進商品的消費，組織了很多行銷和廣告的策略和行動，這些都灌輸給你人生應該享受，追求幸福、追求舒適的觀念。在我們父親那一代，追求這些甚至是一種羞恥。這是一種非常大的改變。在這個改變裡面，人的思想的批判性卻減少，因為所有的問題都有答案，都是包裝好的，比如說怎樣教育你的兒女、怎樣穿衣服、怎樣打領呔，性的問題又怎樣，所有的問題都經過消費文化給你準備好。而且生活上的誘惑非常多，一個年輕人來工作，可以花五年的時間去買一幢房子，用五年的分期付款去買一些電視呀這些家電用品，我的公司裡邊有一個人的計畫是五年內要做經理，要一部車子，人生就要變成這樣子，至於說民主呀正義呀，完全不是他們所意願知道的。這是一點。第二點是知識分子在現代的科技裡面分工得很細，每一個知識分子在他的專業裡面可能是專家，可是作為一個人，他們失去我們父親那一年代知識分子對於社會、對於人類的要求和信念。

張：那時代的知識分子有一種執著精神，現在的知識分子只好像一個商人，販賣知識。

陳：對，知識分子本身變成一種商品，知識可以出賣，我一個月要五萬塊錢，因為我在哈佛畢業。知識成了一個精英集團裡面的東西，有一些所謂新左派，或者是新馬克思主義的教授，他們留鬍子，穿高領的毛衣，也有同樣聰明的學生圍繞在他們旁邊，談論，寫一本書，寫得非常好，非常過癮，可是他們的影響不外如是，完全不像三十年代的中國，或者現在第三世界的小說家可以全面的影響這社會。我想這是一個非常重大的問題。可是另一方面，我們因此覺得人類的希望也許在第三世界，在第三世界裡頭，人民的生活壞，窮跟富的差距很大，社會的矛盾很大，民主的矛盾也很大，在那樣的社會裡面，就像四九年前的中國社會，所有稍有知識的人都聽那一個作家在說什麼，比如四九年以前我們會說：魯迅在說什麼？巴金在說什麼？甚至於跟文學無關的人，大家都關心這個問題，小說變成了改造世界，改造社會，改造人本身的一個非常重要的訊息。中國大陸目前的情況我不大清楚，可是從四人幫倒台以後呈現的那種傷痕文學看來，還是那個傳統，就是知識分子要批評要干涉生活。可是我也聽說大陸上年輕的一代也不談思想，這種變化我們非常了解，因為我們也經過這個過程，不論如何，我想，剛剛你所談的問題跟社會發展階段有很大的關係。最後我們回到中國的問題，中國，包括香港和台灣在內，從全面看起來，我認為還是一個問題非常多的第三世界國家，全中國的商品化或者消費文明，還有一段很長的距離。文學家和文學的任務，還是應該歸類於第三世界的文學，對於國家的前途，個人的尊嚴，平等和進步，我相信還會負起喚醒人心的任務，就我個人來說，干涉生活的批判的文學對於中國的民主、自由、公平的建設應該有很大的貢獻，這是我目前的想法。

張：你還是肯定小說家的地位，特別是第三世界的小說家，仍有活潑的生命力，而西方的小說則失去活力。就長遠的角度看，中國的小說是否仍有希望？

陳：從長遠的觀點來看，我必須說，事物有暫時的現象和長遠的現象，我們如果把台灣、香港和大陸當作整體的中國，請大家注意，我這裡所說的不是指政權問題，我是從歷史上、文化上、文學上的整體中國來看，現代中國文學還是屬於第三世界文學的一個組織部分，在現代中國裡面，中國的作家希望過，鬥爭過，也面臨過所謂革命的黑暗，受到很大的挫折和傷害，實際上他們並沒有死，而且在非常殘酷的所謂十年浩劫以後，中國作家又勇敢的出來說話。這就可以看出整個中國的傳統跟第三世界國家的傳統是一樣的，因為彼此的環境十分相似，他們在國內有國內的問題，國際有國際的問題。中國的作家和知識分子不像西方那樣向內看，向個人內部那種模糊曖昧的心理流動去看問題，而是向外看，看人看社會看生活，然後看世界。從全世界的觀點來看，第三世界的文學藝術是一個比較有希望的力量，我相信，它已經在最近的世界文壇上得到了肯定，中南美洲的作家逐漸引起西方文學界的重視。為什麼？我想其中一個理由就是西方已經失去的對於人的信念，卻在落後的國家保留下來，而且不斷的成長。我們舉個例子來說，日本的著名導演黑澤明，他早期的作品像《黑鬍子》、《羅生門》，都有一種很溫暖的對人的信念，可是到晚期的《影武者》，技巧非常完美，顏色也非常漂亮，但是有些東西已經失去，那種溫暖的、人間的東西沒有了。

張：人道主義恐怕也漸漸沒落。

陳：一個人胖了，精神就瘦了。

張：我們都是胖子（笑）。

陳：我寄予第三世界的文學很大的希望，它的希望有兩點，第一點是剛剛所說的人道主義精神，人道主義的精神就是對人沒有失去信心，相信人的可能性，在西方，他們對人類是完全失望的，他們的文學裡面沒有一個英雄人物，人變成一種動物，一種蟲一樣的東西，受到本能和社會的控制。第二個原因是第三世界有非常豐富的傳統，像馬爾克斯那樣有中南美洲那種很特殊很豐富的民族傳統，這是西方所沒有的，或者用完的。起先第三世界的作家是學西方的，現在他們開始回到自己的地方來找好的東西。

張：看你最近的作品，覺得人不是那麼充滿希望，甚至是絕望，在社會制度之下，人變得無可奈何，沒有反抗力。這是不是你悲觀的看法。

陳：希望和絕望之間有非常微妙的關係。絕望有時可以是不屬於理智的方面，而是感受方面，比如說在現代社會裡面，不管你做什麼工作，總會覺得人的個人性不斷的喪失，整個西方的文學都觸及這種現實，我們可以看到很多例子，在很多電影裡面，人變成一種沒有希望的動物，要不是受到性，就是受到衣食的操縱，另外就是受到大機構的撥弄。至於第三世界的作家，他們也描寫那種非常巨大的影響力，特別是外國的影響力，從菲律賓、泰國、南韓的小說裡面就可以看到，可是他們所描寫的，跟西方的絕望感不同，是一種有批判的認識。我想，對第三世界的作家而言，他們的第一個功課就是去認識這個社會，剝開表面上非常幸福而實際上欺騙人的像廣告和消費文化的外層，直接去認識事物真正的本體。真正的希望，就是來自他們對自己真實情況的了解，如果沒有這個了解，只是說我們要把革命進行到底呀這些話，都是沒有用的。因此絕望有兩種，一種是完全沉迷於絕望之中，不斷描寫人的不正常關係，變成虛無主義。另外一種是真正認識到我們絕望的境況，可是就在我們的認識裡面我們找到了可以做的事情，一點一滴的，推使我們的工作和希望有更具體的內容。這是一種辯證的關係，看起來它們完全是兩回事，但它們是互相結合的，不懂得絕望的希望，我想，是非常令人失望的事情。

張：在〈雲〉裡面你有幾句很有意思的話，你寫小文說看見白雲很快樂、和平、友愛在天上飄流，互相挽著抱著，你是用雲的互相包容，看人間的卑鄙。但你雖然看出人生沒有希望，卻仍然想像終有一天人會像天上的雲一樣，可以互相親愛。

陳：台灣的工人運動，像全世界的工人運動，都有同一個規律，都要經過非常痛苦的階段，付出非常大的代價，然後工人才能夠得到他們應有的權利。我們不可諱言國民政府對於工人運動十分敏感，一方面三民主義照理論上該為工人著想，實際上在台灣的資本主義社會，國民黨總是跟資方結合在一起，這情況是全世界都一樣，不是國民黨特別壞。在這種情形下，台灣的工人運動還非常幼稚，停留在痛苦的生產期，而且是難產的痛苦，可能生出一個健康的孩子，或者是需要照顧的一個病弱孩子，甚至是孩子和母親都死掉。台灣目前的工運情況一直是長期停留在經濟鬥爭，只是為了麵包、為了經濟上的利益去爭取，即使如此，他們成功的機會很微小，同樣的故事不斷發生：有一些自然的工人領袖產生，號召自行組織工會，做各種各樣的鬥爭。然後失敗，又一個領袖出來，又失敗。從楊青矗的小說也可以看到部分這樣的故事，這是一個事實，如果我們把故事寫成工人勝利，得到怎樣怎樣的條件，就是脫離現實，一個小說家不應該這樣寫。這是一點。第二點，他們雖然失敗，我覺得正義還是在他們這一方面，表面上的成功和失敗不能斷定他道義上的成功和失敗，反抗的一個最大的力量是道德，那不是宗教裡面的個人正義，而是非常尖銳的是非問題，是人對待人的問題。在這個問題上面，台灣的工人運動有很高的道德力量，雖然這還沒有變成理論，還未被台灣的知識分子注意，他們之間的隔膜非常之大，彼此不了解，這是台灣工人運動的致命傷，他們沒有辦法跟知識分子掛鈎，知識分子不關心，不了解，也不敢接近工人。在這種形勢下，雖然我們看見小文他們失敗了，說不定這也是一種希望，今天的失敗可能是明天的成功。

張：你在早期的小說〈唐倩的喜劇〉裡頭，用嘲笑的筆調寫知識分子空談理論，到〈雲〉時，知識分子崇拜的不是從前那種哲學和文學上的名稱，而是經濟上的利益。基本上你是對知識分子採取一種諷刺的態度，認為他們可悲。

陳：用人的身體作比喻的話，知識分子是人體裡非常敏感的部分，像眼睛、腦袋一樣，他應該比這個社會更先進的察覺問題，對問題提出意見和批評。但當身體生病的時候就不是這樣，台灣的知識分子就處於這種情況。我必要講的一點就是，我絕對沒有蔑視或者否定知識分子，從歷史看起來，一個國家的興勃、改造，沒有知識分子參加是不可能的，這是絕對不能否認的一件事情，台灣的知識分子並不見得比別的地方的知識分子要差。今天台灣知識分子思想上、文化上的貧窮，是一個結果，不是原因，他不是天生缺乏這種認識和力量。台灣的知識分子，前二十幾年來差不多全都從美國的訓練來，我們送了很多留學生到外國，回來的，帶回來五、六十年代美日的觀念，是比較自由主義，比較保守的東西，其中還有一個折扣，一百的話只得六十。當然美國也有進步的東西，但那些人就不回來，或者是不能回來，或者回來也不敢提出。加上政治上對哲學、思想的研究有一定的限制，造成了今天台灣知識分子比起第三世界的知識分子，在思想、文化、批判力上都顯得貧困。還有就是我們對香港、中國大陸、日本、南韓這些我們隔壁的，跟我們有同樣的遭遇和命運的作者，他們究竟是怎樣想、怎麼寫、寫什麼、為誰寫，我們都毫無了解，再加上二十年代、三十年代文學的禁止，在這種情況下知識分子顯得非常可笑，一方面他有知識分子那種驕傲，或者特殊感，但實際上他在文化上的知識卻非常貧乏。我在最近台灣的幾次選舉發現了一個非常令人吃驚的事實，其他落後地區的知識分子都比群眾的覺悟要先進，台灣剛剛相反，民眾反而知道事情是怎麼一回事，可是知識分子卻不一樣，這是一個很可悲的情形。我想，這種知識上文化上的貧困，一直影響到今天台灣的黨外運動，他們只要政權，不曉得一個反對勢力必須要比當權的勢力有更深厚的道德、文化、思想的深度。我們父親那一代抗日的時候，有政治運動，同時有思想的啟蒙運動、文學運動，三隻腳走路，可是台灣現在沒有。因此免不了我對台灣的知識分子有一點批評甚至於嘲笑。除了上面的分析以外，從我自己的身上也深切感覺到知識分子的無力感，以及知識分子的搖擺、疑惑。我自己是小資產階級知識分子，我非常了解這問題。可是我不願意給人一個印象，說我反對知識分子。

張：在《雲》裡面，知識分子不再在象牙塔或者大學裡面，而是分布到大機構，處於統治階層，這班人，在你的筆下，對底下層是漠不關心的，你寫他們有沒有特別的意思。

陳：就是在〈唐倩的喜劇〉裡面所描寫的那些五十年代、六十年代的知識分子，他們在那個時候沒有太多的機會，大不了是從助教一直到副教授，很辛苦的爬，要不然就是在中學裡教書，過很簡單的生活，加上客觀的政治條件，他們沒有這樣的能力去接近群眾，不願意也不敢接近群眾，變成一個靜止的小圈子。到六十年代後期，台灣的經濟有非常蓬勃的發展，本地和外國的企業開拓了很多的機會，為了節省人力開支，他們就地取材，知識分子在企業裡面憑著聰明和敏捷，不斷提升，待遇不斷改善，他們可以做幾千萬生意的計畫，在工作上得到非常大的滿足。還常常會被派到外國去受訓，像我在〈萬商帝君〉裡面描寫的，住非常豪華的酒店，與同屬經理階層的來自其他地區的人用英語交談，互相溝通，討論的是同一個目標，住的是同樣的房間，喝同樣的茶，那時候他們完全沒有民族的區別，台灣的一個人可以送到韓國去做經理，韓國也可能送一個人來做顧問，在這種交流當中，他們的民族感自然消滅，成了一種新的人種，有他們自己的意識形態。所以，他們的眼睛都是往上看，當他們往下看的時候，他們只把工人當作市場上的一種資料來看，看他們的入息，他們的文化背景，他們的行為特點，而不是把他們當自己的同胞看。這一種新的人種不是壞人、怪物，只是在國際企業下完全與社會隔離，他們說的是另外一種語言，出入的地方、穿的衣服、交的朋友、想的事情、對事情的判斷，都跟一般人不一樣。比如說你在美國公司做事，美國跟台灣斷交，你就不會那麼震驚，因為長年以來你是在為美國公司思考。

張：你近期的小說比較客觀，沒有那麼投入，但你處理人物始終帶著熱誠，你覺得這種熱誠和誠懇對一個作家是不是很重要？

陳：這是一個寫作哲學的問題，不同的作家有不同的態度。像醫生，有一種醫生不把病人看作人，只是一種賺錢的對象，或者是一個有問題的器官，他賣的是醫學知識，賣得很貴，他可能說熱情沒有用，治不了病。當然也有另一種醫生，把每一個病人都當作一個人去看待，從人的觀點去斷症，你消化不良，他問你的家庭情況，你的工作，從整體來判斷，然後給你人的待遇，按照你的經濟情況收取費用。這是一個哲學問題。一個作家是不是應該懷抱著同情和熱情去從事寫作，你可能獲得非常動聽而不同的答案，我當然比較偏向於介入的、干涉的態度。干涉有一個原則，要按照這個原則去干涉。為什麼你會覺得不公平、不對、不好，因為你有一個公平的對的好的準則，對於人，對於社會，對於世界，有你自己的信念，然後按照這個信念去衡量，去寫作。可是對人懷抱著信念的作家，他的表現可能有兩種，一種是比較熱情，他不斷的倒出那熱情，很容易哭、激動，很容易喊叫，只要他的技巧照顧得到，也許他還可以是個好作家。另外一種，表面上非常冷，隔離，不過反而因為這樣，更增加裡面的抗議和力量。我看到最好的例子是巴金寫他太太蕭珊，一點也不喊叫，一點也不歇斯底里，用非常平靜的音調，好像在說別人的故事，那力量給我的震撼非常之大，我想同不同情，熱不熱情，要分成本質和技巧的觀點去看。

初刊一九八三年十一月《素葉文學》（香港）第二十・二十一期

1 訪問：張灼祥；整理：許廸鏘。

2 全名為《雲——華盛頓大樓系列（一）》，一九八三年二月遠景出版。後文亦論及集中收錄之同名短篇小說。

〔訪談〕陳映真的自白

文學思想及政治觀[1]

陳映真傳略

陳映真，本名陳永善，一九四二年生，台北縣鶯歌鎮人，畢業於淡江文理學院外文系。

陳映真在大學時開始小說創作，第一篇小說是〈麵攤〉。他畢業後曾擔任過《文學季刊》的編輯，成名作是〈將軍族〉，描寫一個大陸籍老士官和一個台灣少女的悲慘命運。

一九六七年，陳映真在離台赴美留學前夕，因思想問題被捕入獄，在屏東和火燒島監獄度過了八年。

一九七五年獲釋後，陳映真繼續從事小說創作，並以許南村之筆名發表評論、隨想，出版《知識人的偏執》等評論。他的小說近作有〈雲〉、〈萬商帝君〉、〈鈴璫花〉、〈山路〉等。

一九八三年十月至十二月，陳映真應邀赴美國參加愛荷華大學的國際寫作計畫兩個多月，現已回到台灣。

一九八三年十二月

前言

記不起是什麼時候、什麼場合、以及為什麼原因第一次看陳映真的小說，甚至記不起來，第一次看的是他的哪一篇作品。只隱約記得，與他的第一次接觸好像是透過在香港出版的劉紹銘編的《陳映真小說集》（還是《陳映真中短篇小說集》？）和《台灣本地作家選集》。老實說，就從對它們初次印象記憶如此模糊看來，就可知道，我並非他一貫的小說迷，甚至由於他的筆名「映真」有點像女性的名字，初期往往將他和另一位同享盛名的台灣女作家、後來移居美國的陳若曦混在一起。

陳映真的早期小說給我的印象如此淡，固然非他之錯，而主要是由於我成長於文藝風氣並不存在的香港重商社會、以及出身理論自然科學所致。

至今只記得，對陳映真的印象開始加深，是在香港工作那段期間。由於新聞業務的關係，不得不密切注意重要的文藝動態。而以陳映真在台灣文壇上的地位，以及其個人特殊的經歷，「陳映真觀察」自然是逃不掉的一項工作。

然而，這次訪問陳映真卻完全出於我個人對他後來發生的極其濃厚的興趣，而不是自願或受委託的一項新聞工作。至於想借香港《七十年代》發表，也純為我個人的決定。原因有三：主要的是，陳映真的名字在台灣和海外台灣知識界中，幾已無人不知，然在香港，恐怕仍有不少人像我當年一樣，對他僅似曾相識。我想，一個好的文學家、思想家，香港人目前即使身不由主地浮沉在九七大洋中，能夠對他增加一分了解，仍是有價值的。二是由於以往的工作關係，我個人較了解《七十年代》這本雜誌。在訪問中，無可避免地觸及的一些海峽兩岸主事者、以至海外台灣人團體敏感的問題，希望能機會均等地發表。三是雜誌本身的讀者面。至於《七十年代》曾有相當一段時間被台灣視為禁忌，若借其園地發表陳映真訪問記，是否會陷他於不義，這個問題固然也考慮過；而我最後還是決定一試，原因是，去年該刊主編、曾被台灣報刊多次點名的李怡既已訪問過與陳映真有類似經歷、思想的台灣著名老作家楊逵（編按：見本刊八二年十一月號），楊老先生返台後，似乎至今無礙，則我作為一個並不具如此敏感地位的業餘撰稿人，訪問陳映真，並借《七十年代》發表，應不致給他帶來難堪。

我對陳映真的印象加深，始於他復出後的作品——體現人道主義、反對越戰的短篇小說〈賀大哥〉和自我批判評論集《知識人的偏執》，而奠基於他第一篇以跨國企業在台灣為背景的小說〈夜行貨車〉。然而，正如我在月前發表的〈中國的童心與良心——楊逵與陳映真〉（《七十年代》八三年十一月號）一文所說的，陳映真給予我這個說不上有任何文學修養的讀者難以磨滅的印象，主要是他那無情地鞭策自己、且具有極強理念的特質。換言之，我對他的興趣主要是思想性方面的。這對我來說是自然不過的，科技出身的我既無足夠的感性細胞，也無足夠的訓練去評論他的創作技巧、文學風格與流派。然而，為了對廣大的文學愛好者負責，這次訪問陳映真以前，大致上「惡補」了他的幾篇近作，亦嘗試在訪問中提出一些文學式的問題。倘有漏網的問題及silly questions（愚魯的問題），純屬提問者水平所限。

這次訪問，唯一遺憾的是，籌備訪問前與被訪者陳映真討論談話大綱時，陳先生以「個人的事沒什麼可談」為由，堅拒涉及個人生平。

另一宗要交待的是，我之決定接觸陳映真，始於六月間在美國的華文報章上看到一小則陳映真可能來美的消息。《七十年代》同期前後決定訪問台灣，與我的上述意圖並無關聯。我甚至沒料到《七十年代》會有此驚世之舉。

不過，我也因此必須對台北方面的經濟部長趙耀東等先生表示感謝。若非趙先生等在位人士先接受《七十年代》在台灣的訪問，陳映真絕不會甘冒大不韙，與我做這次即使是再微不足道的接觸。

最後，由於時間倉促，訪問稿率由提問者整理。如有錯漏、誤引，概由筆者負責。

一九八三年十二月五日[2]

問：你是什麼時候開始寫作的？什麼動機使你想成為一個作家？

答：記得頭一篇小說是在高中二年級時做的。那時國文老師要我們自由地寫，叫「自由命題」吧。我學著那時流行的文藝雜誌《野風》中的調調，寫了一篇少男少女間憂愁的戀愛故事（笑），記得還受到老師的誇獎。

上大學二年級的時候，中學時代的學長尉天驄辦《筆滙》，竟然託人來約稿。我把小說習作課寫的英文故事，連譯帶改，寫成〈麵攤〉，發表在《筆滙》上。這該是第一篇在同人誌上的小說。從此，由《筆滙》而《現代文學》而《文學季刊》……糊里糊塗，竟然就做起了小說。

問：每個作家，都受過別的作家的影響。在你學習寫作的初階段中，哪些作家影響你較深？

答：魯迅給我的影響是命運性的。在文字上，他的語言、思考，給我很大影響。至今，我仍然認為魯迅在藝術和思想上的成就，至今還沒有一位中國作家趕得上他。

魯迅的另一個影響是我對中國的認同。從魯迅的文字，我理解了現代的、苦難的中國。和我同輩的一小部分人現在有分離主義傾向。我得以自然地免於這個「疾病」，魯迅是一個重要因素。

契訶夫的戲劇和短篇小說，是我深愛的。他對知識人的弱質，對革命前夜的俄國氛圍的優秀的描寫，深令我心折。

日本的芥川（龍之介）是另一個影響，他的鬼氣，他在語言上的奇詭淒美，他的悲歡與頹廢，深深引動了小資產[3]的我的內在的一部分氣質。

魯迅、契訶夫、芥川，是十分奇怪的組合。青年時代耽讀過許多西方名著，崇拜銘感是不用說，但卻沒有如這三個奇異的組合影響著我的語言、風格、精神和命運。

問：人們都說你是鄉土作家。但其實你寫了很多台灣生活中「洋」的部分。你對美國人，他們的語言、神態、作風，是怎樣認識的？

答：一九六五年，我進入一家在台灣的國際性製藥公司。一九七五年，我釋放回來，又進入另一家跨國性製藥企業。我見過許多優秀而善良的美國企業界中人，當然也碰過更多差勁的。

在台灣，尤其在台北，看見洋人，和外國人共同工作、打交道，是相當普遍的現實生活。外國公司、貿易公司、來台外國學生……，在台北，外國人一點都不新鮮，會說、寫英文的人也不少。這在台灣生活中，現實的經濟、文化面，有深刻的歷史、社會和生活依據。只是我還沒寫出一個比較生動的美國人。大部分我的小說中，美國人毋寧只是個工具罷了。

問：你的作品中，有人道主義精神。但是很多你的主人翁都以挫折、妥協、失敗終。如果有人批評你不夠積極、光明，太灰暗了，你怎麼說呢？

答：特別在台灣，理想主義受挫折、失敗，是生活上的現實。一九四九年以後，一直到一九五五年吧，美國第七艦隊封鎖了台灣，台灣進行了相當徹底的肅清。進步的學生、青年、教授、新聞工作者、文學家和藝術家、工人運動者和文化人在台灣的歷史舞台上消失。剩下來寥寥無幾的、異數般的理想主義者，是殘缺的、不完全的、破相的。理想主義的勝利，首先必須要有堅強地為理想前仆後繼的人的存在。如果有人寫了一個「積極的」、「光明的」鬥爭，在台灣，那是騙人的。

如果掙扎的人失敗了、挫折了、妥協了，正好說明了擻弄著現代人的命運的力，是很大的。這「力」，不論是體制，不論是企業體……，在歷史上，有從未曾有的縝密性和強力性。相對於在台灣的人的萎弱，這「力」就越發巨大，正好是這力的巨大性的認識，是我想表現和介紹的。

但是，我的主人翁的挫折，有不同內容吧。青年時期的絕望性的挫敗和憂悒，和〈雲〉中何大姐他們的「失敗」，在內容與形式上都不相同。不，即使是在〈將軍族〉，死亡也和前此幾個死亡（例如〈一綠色之候鳥〉）不一樣。

問：在〈萬商帝君〉裡頭，你說到不同省籍的管理人員在跨國企業的「國際主義」中，各自捐棄自己的認同，溶入以企業為基礎的「國際主義」。這在台灣普遍嗎？

答：對民族國家的忠誠，是跨國性資本主義的障礙。馬克思談無產者的國際性，其實資本主義在很早的時代（例如東印度公司）就帶有強大的「國際主義」性格。

人的思維與情感，差不多受制約於他在現實的社會勞動、生產關係的組織體中的位置。特別是以地球為管理思考的地理背景的跨國企業的管理者階級，會自然地淡化他原來的民族國家的認同。其實，跨國企業的特質之一，恰恰就在它的「跨國性」——即國際性——而消失了企業的單一國籍性格。

在現實上，這些人說英文，並且會兩種以上的語言。在管理生活上，集中地為國際性企業的目標戮力以赴。他經常在國際性班機上往返奔馳，思考大地域性（例如北美區、中南美區、遠東區……）而不是單一國的市場上的問題。民族、國家，化約為市場和行銷的工具。在塑造統一的國際市場的同時，他們把自己改造成統一的、國際性的人格。不論在西方，在落後的第三世界，這種新的「世界管理者」族，到處生動地存在著。在台灣，我就見過很多。

這是體制的產物，是結果而不是原因，與他們是不是「數典忘祖」，有沒有「國家民族觀念」無關。他們當中有勤勞、敏銳、優異、嚴肅、認真的人。但這些優異的品質絕不妨礙他們心安理得的國際化過程。因為他們是結果而不是原因。

〈萬商帝君〉自然是高度典型化過了的。但對於我的生活經驗，這是真實的。任何在國際公司工作過的人都知道它的真實性。[4]

問：與此有關的一個問題是，在〈萬商帝君〉中，你第一次突出在台灣生活中「中國人」、「台灣人」的問題。這個問題在海外自「二二八」以來，已經談了好幾十年了，在台灣公開寫出來，好像還是最近幾年的事，你似乎不認為存在著「中國人」和「台灣人」的矛盾，是嗎？

「台灣人」族，並不存在於台灣，而存在於被組織到北美中產階級社會這個異國的物質生產關係中。他們懷著一種虛構過的驕傲、一種恐懼、一種深刻的負罪感，形成美國社會中一小撮誇張、害羞、神經質、時時需要某種集體治療的生病的民族。

答：這是個複雜的問題。但是來美之後，我才進一步理解了，「台灣人」族，其實是存在的。只是這個「新興的民族」並不存在於台灣，而存在於被組織到北美中產階級社會這個異國的物質生產關係中。他們懷著一種虛構過的驕傲（對來自台灣的人）、一種恐懼（面對著完全美國化的第二代）、一種深刻的負罪感（對於他們卑鄙地逃離故鄉，又沒有像華勒沙、阿奎諾那樣誓死不離開故國的道德上的完整性），形成美國社會中一小撮誇張、害羞、神經質、時時需要某種集體治療（group therapy）的生病的民族。這些病人中，又有一小部分，自稱為馬克思主義者，自稱是真實的歷史唯物論者（笑）。

在台灣生動的、活的生活中，不必什麼理論，就知道台灣有各種各樣其他社會中也有的矛盾，唯獨就不存在著「中國人」和「台灣人」間的「民族矛盾」。

在台灣，外省人（他們稱之為「中國人」）和本省人（即他們所說的「台灣人」），依照社會學的規律，組織到台灣社會中不同的社會階級中。在每一個階級內部，本省人和外省人是一般地團結的。在賀兆雄的工會中，在台北中山區的扶輪社中，本省人和外省人的工人和企業家有生動活潑的共同語言。

在日據時代，一切日本人對台灣人而言，在種族上是異民族，在階級上是全稱的統治階級，在民族的政治上是統治民族。台灣人則反是。這種差別表現在全面的教育制度、經濟制度，以及政治、社會、文化和婚姻上的差別主義。

當然可以說，目前在台灣政治上高層核心的統治者，全是外省人。但只有白痴才說在台灣的一切外省人，像當年在台灣的日本人一樣，全是統治民族，也是統治階級。不必說社會科學的分析，即使在形式邏輯上都過不了關。

如果台灣的政治矛盾是「中國人民族對台灣人民族的殖民統治」，其實不要什麼理論，單就生活上每天嚴酷的差別，就早足以引起深刻的「台灣人民族意識」，從小學開始，「中國人」和「台灣人」就會打個沒完，不必勞動一些住在北美的「真正的歷史唯物論者」去拚命鼓吹的吧。

對於在島內用台灣民族論與我爭論的人，老實說，我是有一點佩服的——為了他們負責、正直、勇敢的風格（而不是為了他們的論證），我對他們的沉默，其實就是這種敬意的表達。但對於在北美的「台美族」革命家，我則以為是可笑的。對於他們，我是惻憫的……。

問：談談你近作中的一些技術問題吧。在〈雲〉中，有一大段女工小文的日記。很多人都認為日記中的文化比女工高很多，簡直是作者的日記。你對這種意見有什麼看法？

答：小文是一個特別的女工。這在故事中是明顯的。

但我想，問題在於一般人對女工太不了解。在他們的心中，女工文化低，文字不通……。其實，在台灣，女工不但小學畢業，初中、高中甚至大專夜校生多得很。她們之中，有勤勉自學，自己找書看、參加補習班進修的，真是比比皆是。我承認我不充分理解女工。但就這個批評而言，不理解女工的，怕是把工人階級還釘死在過去「古典」的工人的知識分子讀者，也說不定（笑）。

問：第二個問題是：在〈萬商帝君〉中，像林德旺那樣背棄了農村，到城市去謀求改變自己的社會地位，「出人頭地」，但終於失敗得那樣悲慘的人，是不是有點過於戲劇化？

答：「只要努力，窮人照樣出人頭地」，這樣的道德，是實際上存在著社會差別的社會中流行的。在個別案例中，它有真實性。但從政治經濟學上看，就不是那麼樂觀了。但這樣的「道德」，正是鼓舞著人背棄自己的出身。成功的人，光榮地升上更高的社會層級；失敗的人，懷憂以歿。不能說這是誰特意想出來的「惡毒的計謀」，但這樣的故事，在世界文學中，真是比比皆是，只是作者對它的社會側重性比重不同而已。[5]

問：針對你的作品，還有一個批評。有人認為你的文字「意念先行」、「技術犯規」，對這種批評有什麼看法？

答：我說過，寫作，對於我，是自我批評和批評的過程（編按：見本刊去年九月號轉載台灣《夏潮論壇》所刊陳映真訪問記[6]）。這就一定是「概念先行」了。「概念先行」，對某些人而言，其實就是「技術犯規」，尤其是犯了他們的「規」（笑）。

說這些話的人，大多數是我的朋友。從好的方面說，他們殷殷希望我成為一個藝術家，以為「概念先行」、「技術犯規」不利於我成為一個「大家」。這其實是他們的過分的憂慮。因為我不是個大藝術家那種材料，這我是十分清楚的。我一向沒有自己是一個「大家」的幻覺，因此我不關心是否可以「藏之名山」、「傳之永久」的問題。那不是個人主觀願望和努力可以做到的。

其次，「概念先行」、「技術犯規」，照樣出偉大的文學家。早一點的是蕭伯納，近一點是布萊希特。我的問題，其實不在「概念先行」、「技術犯規」，而在於一個更基本的東西——我的才華。我的才氣不夠，書讀得不夠通，那才是問題之所在。

問：大家都知道，您曾經坐過政治牢。能不能請您談談你的政治犯生涯？

答：哦（笑）。我不想談它，不是怕犯禁忌，而是因為它太集中在我個人上。個人有什麼好談哩？何況近來有些前政治犯，喜歡高高舉起自己過去的囚衣，大吹大擂，我看著很不合適，我自己就沒興致那麼做了。

全世界的左翼知識分子都經歷著幻滅、低潮、反省和探討的過程。詳細描寫這幻滅與反省，對於我的政治處境是有利的。但恰好是因為這樣，我卻特別不願去談它。

問：對不起。那麼，能不能談談你的思想歷程？

答：這也沒什麼好說的。

全世界已建立了制度的社會主義社會，有的失敗了，有的犯過重大的、近於毀滅性錯誤，有的問題重重。全世界的左翼知識分子都經歷著幻滅、低潮、反省和探討的過程。我只是一個略有進步願望的小資產階級知識分子，在知識、思想水平和生活實踐上不夠格稱為左翼知識分子，但也不能免於在較小、較膚淺的水平上，經歷著幻滅和反省的過程。

詳細描寫這幻滅與反省，對於我的政治處境是有利的。但恰好是因為這樣，我卻特別不願去談它。它是苦痛的，是對自己的嚴肅的批評。夸夸然議論著自己的幻滅和對於使自己幻滅的事物痛加責備，且洋洋然以為前進，其實是道德上的弱質吧。

問：讓我們回到跨國企業的問題上去。你近年的作品對跨國企業批評相當嚴厲。但跨國企業對當地難道完全沒貢獻嗎？

答：這已不是文學上的問題了。這是政治、經濟學上的問題吧。讓我們想想看，跨國企業帶來什麼「好處」。就業是一個「好處」。和企業相關的衛星小工業的發展也算「好處」。生產技術、管理知識和技術的移轉，是另一個「好處」……。

說就業吧。首先是因為有低工資政策和勞動的馴服性（即工會的不存在）這些條件。勞力密集的跨國性企業，是為了貪求極低工資下巨大的剩餘價值而來的。但也在它的巨大的吞吐運動中，固然在此時大量吸收了勞動力，也在彼時大量吐出過剩的勞動力，造成幾年間從不曾中斷過的、悶絕在大企業圍牆內的勞資爭議。而且，隨著工資的自然的向上調節，企業會像蝗蟲似地留下一片荒蕪，飛到另一塊工資更低、社會更為落後的地方去進行蠶食。

衛星工業也一樣。低級的、勞力和手工的小工業如零件、紙盒、包裝、印刷，以極低的價格去取得合同。這些小工業，對於台灣國民經濟的比重，是微不足道的。

勞力密集性的企業，談不上什麼進步的技術知識。以製藥來說，其大部分是配方、製成各種劑樣和包裝的簡單行程。在管理知識的移轉上，是有成績的。但是管理知識和技術的應用，有一定的條件。對於一定規模以下的企業，這些管理技術，幾乎是無用的。跨國企業的管理技術，許多是在跨國性範圍的資本和組織、人力物力的支援下才有意義。跨國企業的管理訓練，其實是為台灣預備了一支管理人力的預備隊伍，讓各跨國公司隨意去購買。

像在所有第三世界國家一樣，跨國企業來了，又走了。它帶來一些錢，在當地兜留一圈兒，又走了，留下來的是可以溫飽的工人、衛星工業，和一批棲棲遑遑的土著出身的國際管理者族。台灣的繁榮，主要是向先進國家出口他們淘汰了的輕工業產品。[7]

問：從你對跨國企業的批判以及不久前台灣黨外雜誌上出現過的一些爭論看來，你似乎很強調台灣在第三世界中的屬性。這似乎和「統一」、「獨立」兩種見解頗不相同。

分離主義者如果向前看，目前台灣與中國大陸分裂情況在將來長期不變，台灣經濟持續發展，在對中共的長期對抗的條件下，發展出台灣人意識，不是不可能的。但如果他們往後看，一定要找歷史、談歷史，對他們肯定是不利的。

答：這其實是一個誤會。

有些人主張台灣歷史的特殊性。我以為這些人太孤立地看問題。侵略與反侵略、帝國主義和反帝國主義、革命與反革命，台灣與中國不但毫無二致，而且有深刻聯繫。分離主義者如果向前看，還有一些道理。即在目前台灣與中國大陸分裂情況在將來長期不變（五十年，一百年），台灣經濟持續發展，形成強大的反中共的中產階級社會，並且在對中共的強大「外侮」長期抵抗、對抗這些條件下，發展出台灣人意識，不是不可能的。但如果他們往後看，一定要找歷史、談歷史，對他們肯定是不利的。台灣的近、現代史，恰好是台灣的中國民族主義鬥爭和發展的歷史。這是他們的歷史家在費力編造歷史之餘，夜半捫心時，十分清楚的事。這次在美國見到我素所敬重的台灣史學者戴國煇先生，對於他的這個論點，我很欽佩。要之，台灣的反帝、反封建的歷史特點，其實是和中國的近、現代史不可分的，從而也和第三世界國家的近、現代史，有著深刻的共同性。這才是我的意見。我從來沒說台灣在政治歸屬上應屬於第三世界（相對於「統一」和「獨立」），那根本是不通的嘛。這是第一。

在文學上，我呼求學習第三世界的文學。四〇年代以來，南美洲伊比利亞文化帶，產生了蓬勃、有力、數量上巨大的文學。他們的文學有這些特點：（一）結合了自己文化上特殊的傳統（巫術、迷信、浪漫精神），發揮了獨樹一幟的創造性；（二）對歷史、對人、對社會的思考，具有清明的焦點，充分發揮了抗議、揭露、喚起民眾的性格。我主張學習這種又有民族特點、又有生動的獨創性，又有深刻的思想焦點的文學，以救濟思想貧困而又狂妄自大的台灣文學之病。

其次，有些人力言台灣文學的「獨特性」。世界有幾個異色性的文學。例如愛爾蘭文學，它的異教傳統，語言上的獨特性，神秘主義，悲劇性格，在在都與英國文學不一樣。南美文學的把巫術（magic）和現實結合起來的瑰麗、粗獷、充滿生的力量，也充滿著鷹飛浪漫的反抗精神的所謂magic realism（魔幻寫實主義），自有強烈的獨特性。主張台灣文學的獨特的「鄉土風格」的人，現在似乎有些增加了。但是，從來沒有一篇文章具體分析過它是如何「獨特」的。如果不若愛爾蘭、南美伊比利亞系文學那樣「獨特」，則台灣文學其實與中國近、現代史文學，與其他第三世界文學一般，在反帝、反封建的特質上，其實是同多於殊的。

問：眾所周知，而這次訪問中至今亦證實，你與一般作家或藝術家不同的是，你帶有很強烈的政治性。以你看來，文學和政治，應該是什麼關係？

答：文學和政治，是文學和人生的關係吧。為了人生的文學，總是關心人，以及關心和人有著密切關聯的歷史、生活與自然。這其中，自然有了政治，尤其在一個「為人的政治」異化為「吃人的政治」時尤為顯著。

但文學畢竟不是政治。用胡秋原先生的話說，它有獨立的、自由的、嬌潔的特點。文學非以役人，更不役於人。文學是在具體生活中對於具體的人和他的命運的思索。這樣說，太玄虛吧。總而言之，文學是離不開政治的。但文學又絕不是政治，而有它極為微妙而具體的獨立性。

人的解放，使人從物質的、精神的桎梏中解放，從壓迫性的體制或人內在的罪惡與愚昧中解放，政治、文學、知識、宗教和科技都能做出各自的貢獻，但也都能成為人的解放的重大阻礙。為了人的解放的文學，當政治是為了人的解放的政治，文學是它的戰友和同志。當政治是人間解放的桎梏，文學就是它不共戴天的敵人。文學家知道政治的限制，知道政治的文學處方在實際創作上的局限性。但政治的、教條的評論家，都永遠不知道它自己的局限性，習慣於使用「革命的」詞語，任意驅策、歪曲、陷誣文學作品。前進的文學家，要爭取他自己在創作和革新上的自主性。一切自稱為「革命的」文學理論，如果不能解放文學的創造力，如果反而是桎梏了這創造力，文學家就可以一腳把它踢開。

文學需要自由。文學應該從政治干涉和市場干涉下解放出來。沒有文學表現的自由，就沒有好的文學吧。大陸在一九七八年以前的幾十年，沒有好作品。這幾年「放」了些，文學就蓬勃起來了。

在沒有文學表達自由的地方，作家有了強烈的使命意識，不是絕不可能創作的。像南美的作家，巧妙地運用了傳統的鬼話、迷信、荒誕，躲過檢查之眼，表現了南美人民對黑暗現實的抗議，是一個突出的例子。

在美國，作家有相當程度上的自由。但消費社會所造成的庸俗化，以及中產階級生活本身在精神上的荒廢和貧困，卻扼殺了文學創作的動力。孤獨、無聊、通姦、平庸……成了富裕社會文學的主要題材，成為它的文學矮小化的主要原因。

文學、藝術、電影的檢查是存在的。但是三十年來，台灣幾乎可以說，從來沒有一個作家單單為了他的作品受到監禁、迫害和羞辱。一九六八年我坐了牢，但卻與我的作品無關。[8]

問：台灣在這幾年來，對文學表達的自由好像放了一些。相當敏感，甚而可說是以往禁忌的題材，例如你最新的作品〈鈴璫花〉和〈山路〉都發表了。《台灣文藝》也發表了一些敏感的政治小說。你對台灣現在的文學審查尺度滿意嗎？

答：總的來說，文學、藝術、電影的檢查是存在的。

但是，三十年來，台灣幾乎可以說，從來沒有一個作家單單為了他的作品受到監禁、迫害和羞辱。一九六八年我坐了牢，但卻與我的作品無關。

中國三〇年代左翼文學作品，至今還是禁的。吳濁流的小說《無花果》是禁的。我自己的一本集子《將軍族》是禁的。然而也就是這些吧。書禁了，作者卻沒事。這是事實。

鄉土文學論戰，有些官派文人對我、王拓、尉天驄搞公開「點名批判」。一些黨團刊物也跟著批。然而也就僅止乎此。

但是從另一方面說，三十年來，台灣幾乎沒有什麼作家在題材上冒犯過政治上的禁區。這也是一個重要的事實。

文學表現自由，和政治上的自由化和民主化，當然有關。這兩年來，黨外刊物享有《自由中國》（月刊）以來第二個比較解放的時期。在文學上，過去半年中，我發表了〈鈴璫花〉、〈山路〉等以台灣五〇年代理想主義的左翼活動分子和當時的大肅清為題材的小說。小說固未必好，但題材上則是三十年來沒有人碰過的高度敏感問題。結果，小說不但沒禁，〈山路〉還公開得了獎

（按：指八三年《中國時報》文學小說類推薦獎）。這簡直使我自己都吃了一驚。這次我得以自由來美，一般反應，也認為是一種自由化的表徵。此外，中央製片廠拍了黃春明的〈兒子的大玩偶〉，在題材、處理、語言上，都相當解放。這是有目共睹的。

這些事實聯繫起來看，有理由對台灣在文學表現自由上的開放化，抱著「審慎的樂觀」吧。我讚揚這個自由化趨向。

問：你說，〈山路〉得獎，你大吃一驚。其實，幾乎所有對你的背景稍有了解的人都大吃一驚。有人甚至猜是國民黨的什麼新招式。你卻認為這是國民黨在文學上的自由化傾向。能不能請你談談你這種看法的理由？

答：我們這一代的作家，從來沒有渴望得個什麼獎的念頭。我們從來沒有計算過自己的小說，能經由什麼途徑或標準換算成金錢。這不是因為什麼「品德」、「風格」的問題，而是我們成長在一個文學作品根本沒有市場價值的時代；生長在一個所謂文學獎其實是一小撮人內部分贓的時代。

在這個背景下，再加上我在台灣屬於政治上「麻煩」的一個人。過去以來，一般而言，我的名字、作品上報，基本上是一個禁忌。當然，《中國時報》比較上對我是鼓勵的。這是事實。

因此，這次得獎，對我是極大的意外。第一次聽說這個消息，我是不相信的。我最大的詫異，不僅在於得獎，而是在於〈山路〉得獎。因為題材上，〈山路〉和〈鈴璫花〉一樣，處理的是五〇年代台灣政治上大肅清時代上理想主義的、愛國的台灣知識分子的遭遇，和在當前歷史現象下對當時他們的遭遇的反省和思考。這樣的題材，至少在主觀上是高度敏感的。我寫了，主要是覺得那反省和思考是必要的。我看到台灣黨外，今天幾乎可以「暢所欲言」，為什麼我不在文學上試著寫出我以為應該寫的？至多是禁雜誌吧。結果，雜誌沒禁，反而得了獎。

如果把我解禁出國、中央製片廠拍黃春明的〈蘋果的滋味〉、楊青矗等政治犯在今年（八三年）大選前假釋出獄、楊逵老前輩獲得吳三連文學獎，以及近一年來台灣黨外言論在敏感度上的升高與我的得獎合起來看，人們不能不有這印象：台灣在艱苦、認真地進行一個自由化的過程。當然，這個從表面現象得來的結論，也許太過樂觀，需要再經過一段觀察吧。但是，如果這是一個自由化、民主化的過程，台灣的革新的知識分子，應該如何認真而又具有生產性地回應這個過程，倒是個嚴肅的問題。是內容空洞，一味為挑激而挑激，逼著國民黨出手揮拳呢？還是以理智、嚴肅的態度，在文化、思想、知識和文藝上做出貢獻，來回應這自由化和民主化？在我看，台灣黨外在文化、思考上的深刻的、總的檢討、反省和批判，是一個重大課題。如果，自由化是國民黨經過縝密的分析、思考後的路線，黨外就該坐下來想一想。否則，如果還一味不讀書，只是張口罵人，不要多久，黨外會矮小化到成為一個弄臣。

如果，自由化是國民黨經過縝密的分析、思考後的路線，黨外就該坐下來想一想。否則，如果還一味不讀書，只是張口罵人，不要多久，黨外會矮小化到成為一個弄臣。[9]

問：剛才你談到官派文人曾對你圍剿。順便問你一個有關的文學與政治瓜葛的問題。你認為，作家應不應該擔任文學或文化方面的官職，例如文化部長或官辦的作家協會主席？

答：這個問法有趣，但也奇怪（笑）。

基本上，我認為作家和知識分子，要當永遠的在野派。在野，才能對生活、對人民貼近，也從而靠真理近些。

大陸作家起落很大。一棒子打下去就是二十年。「改正」之後，工作、職位全上去了，成了文學上的「領導」，當然待遇、地位全不同了。能不能在這得意環境下永遠保持著人民的性格，只能依靠各別作家的風格了。

在台灣，政治上我被打下去，就沒有「改正」那回事（笑）。但我卻真心樂意當個文學上的在野派（笑）。

問：那麼讓我們從另一個角度來說文學與政治的問題。眾所周知，黨外運動是台灣的一大特色。在我這個香港人看來，台灣近年的文學似乎與黨外運動有相當密切的關係，甚至可以說是黨外文學。這個看法你同意嗎？

答：從台灣日據時代的文學歷史看來，在過去，文學運動是政治和文化的抗議、啟蒙運動的一環。這是不必贅言的。

二次大戰後，從《自由中國》（月刊）時代一直到今年（一九八三年）《台灣文藝》改組之前，台灣的文學基本上和黨外民主化運動無關。《台灣文藝》改組後，注意到和政治民主化運動的結合，這是有目共睹的。

剩下的問題是，文學的品質問題。《台灣文藝》上的作品和評論，品質頗有待加強。品質不好的作品和評論，在運動上不起作用的。文學畢竟是文學，和宣傳品不一樣。

其次，有些評論家開始囂囂然地把台灣鄉土文學定性為「台灣民族意識」的文學。

當年鄉土文學遭受嚴厲的政治批判時，這些先生們不知躲到什麼地方去了，那時也不曾聽他們出來說過半句話。在當時緊張情況下，我和幾個朋友出來說了話。國民黨指責鄉土文學是分離主義文學，我們說不是；我們說鄉土文學是在台灣的中國文學繼承了過去中國民族主義的、現實主義的、干涉生活的傳統。

問：那麼，到底台灣鄉土文學是不是「台灣民族意識」的文學呢？

答：這要從楊青矗的文學談起。聽說他已假釋出獄，我在這兒祝福他。楊青矗寫工人，寫工廠，寫勞動者的生活。但這是不是工人—無產階級文學呢？不是的。因為無產階級文學，必須要有無產階級意識。換言之，小說中的主人翁不但是工人階級，還要他對工人階級在現代資本主義社會中的地位、現況，以及他在歷史中作為一個註定了要「推翻舊世界」、「締造新社會」的「新階級」的覺悟，有清晰的認識。楊青矗小說中的工人，離開這個標準太遠，則其他台灣鄉土文學中偶然出現的工人，更不及遠甚了；包括我自己在〈雲〉中所寫的工人，也是如此。我們因此對當時國民黨文學打手說，鄉土文學根本不是什麼「工農兵文學」。

同樣，什麼文學才算是「台灣民族意識」的文學呢？他必須塑造這樣一個人物：在生活的鬥爭中，他逐漸地覺悟到，原來過去的漢人意識是「空想」的，原來他是一個經歷四百年社會變化後形成的「台灣人」，而這「台灣人」在歷史上負有創造一個獨立民族和國家的使命。只有當這樣的人物和主題出現在過去或現在的台灣鄉土文學中，「台灣民族意識」的文學才算誕生。

但是縱觀幾十年來台灣近、現代文學史，這種文學根本不曾存在過。一直到今天也是如此。

問題在於：就像我剛才說的，分離主義的民族理論、政治理論和文學理論，如果向後看，是沒有機會的。倒是當他們向前看，期待台灣與大陸分裂條件長期不變，台灣中產階級社會形成……台灣中產階級和第三代國民黨合作，共同對抗中共以保衛台灣的資本主義體制，在對抗過程中，形成「台灣人意識」，從而相應地產生「台灣民族意識」的文學。但這一切的一切，要在科學實驗室中「一切條件不變」的前提下，才可能是真實的。

假如那些先生們對「台灣鄉土文學」這個標籤那麼中意，台灣的作家，絕不吝於奉送。文學和藝術，重要的永遠是品質，而不是標籤。

問：你對美國在台灣的存在很有批評。此次初度來美，有什麼觀感？和你原先心目中的美國，有沒有不同？

答：我還沒開始旅行，對美國的觀感，目前言之過早吧。我和愛荷華ＩＷＰ（國際寫作計畫）的南美作家談論過，但也尚未周全。這些都應該在以後再談。目前談它，就不是負責的態度吧。[10]

問：不過是不是至少可以從這方面談一談：你好像是八月十七日抵達美國的，其後的三個月內，發生一連串與美國有關的大事——阿奎諾被刺、韓航被蘇聯擊落、貝魯特自殺性爆炸案、美國出兵格林納達。你身處美國，有何感想？

答：有兩個感想。頭一個感想，是美國新聞傳播媒體的強大力量。比起台灣，這傳播是迅速而「自由」的；但深入觀察，它包含著一定的詐詭。人們很快地、很形象地知道一些重大消息，被激起一定的感情和「理智」上的反應；但是這些報導還是比較表面的，人們還得繼續在新聞的「空隙」中，在比較自由派、比較「批評」的報紙，例如《紐約時報》（New York Times）中，補足事物的真相。於是ＣＩＡ（美國中央情報局）和韓航、和阿奎諾事件的複雜關係，美國「被邀請」出兵格林納達背後的真相……若隱若現地浮上來了。此外，美國地方電視台對世界事務保守的、幾近於法西斯的性格，也使我大為吃驚。美國侵略格林納達，電視台報導的角度、語言和畫面形象，叫我這來自新聞品質一貫保守的台灣的人，也不禁全身發冷。我開始想，一旦在國際政治、軍事和經濟中受到強大挫敗，美國這個龐然大物，在一夜間轉變成軍事法西斯國家，是具備了充分條件的。

其次，我具體理解到美國在今天世界事務上，真是到處插手。格林納達事件使我噁心。對於馬克思主義政權，比起十年前，我是懷著較多批評的懷疑態度的。但美國悍然出兵去干涉別國、別的人民自己內部事務，絕對是傲慢而粗暴的帝國主義！

現在連中共都和美國帝國主義拉扯不清。北美的共產主義者，台灣的一部分黨外，更是媚美唯恐不及。我想，反對美帝國主義，在今後是個重要的提法吧。

把人當作人看待，反對人與人間瘋狂的相殘相殺，如果是什麼「資產階級的人道主義」，那麼，讓一切有良心的人民、知識分子，全是這「資產階級的人道主義」者吧。

問：你在上面提到，中共最近「放」了幾年，文學藝術活潑多了。作為一個敏感的作家，也許你已聽到，就在你來美前後，中共在開展整黨、清除「精神汙染」，你對這有什麼看法？

答：中共向西方開了門，西方很多壞的影響無可抗拒地滲透到大陸，這是絕對可以預想得到的。官僚主義、貪汙，則怕是向來就有的。崇洋媚外，對自己民族失去信心，私心的相對性的發展，當然都是問題。但這一切問題，首先是中共要負起最大責任。在這意義上，整整黨，掃除「精神汙染」當然是必要的。問題在於目前居然把矛頭指向人道主義、指向社會主義社會內的異化，這些提法，我是反對的。

所謂社會主義的人道主義，是相對於過去幾十年來中共各種鬥爭中對「人民內部」的不可言喻的殘暴、非人作風而來的。在過去幾十年，人——受到了最不可置信的摧殘。把人當作人看待，反對人與人間瘋狂的相殘相殺，如果是什麼「資產階級的人道主義」，那麼，讓一切有良心的人民、知識分子全是這「資產階級的人道主義」者吧。

把異化理論運用到目前已經建立了政權的社會主義國家中的問題之分析和反省，我個人以為是好的、有希望的。批評當代社會主義國家內部的諸問題，唯一的利器，恰好是馬克思主義而不是任何其他西方的哲學。在中國大陸，用異化理論分析和批評中共幾十年來的重大問題，是當前各社會主義國家中所無或少見的。問題在於這異化論還要更深地發展下去，尋求中共過去幾十年來一些重大錯誤的根源。但現在中共當權者顯然聽不進這些理論，開始鎮壓了。說什麼異化理論會叫人懷疑社會主義本身。這算是什麼馬克思主義的態度呢？百年來，社會主義者受盡逼迫，不也是另有一些強而有力的人，害怕社會主義會叫人「懷疑」資本主義「本身」嗎？把壓迫的矛頭指向哲學家、文學家，一貫是統治者的共同技倆。看來，「四人幫」後的中共領導階級也不例外。

我深深同情周揚。對其他提出人道主義和社會主義社會異化理論的中國大陸上的哲學家和文學藝術家，我深表敬意，並把他們的受苦當作我自己的苦難。

問：最後想請教你：你初來美國，我就要求訪問你，但一說明想投稿香港的《七十年代》，你拒絕了。最近你才答應，為什麼？

答：《七十年代》在台灣是非法雜誌。但最近看到這本非法雜誌訪問了台灣，政府大官和民間工商領袖都接受了訪問，我想，既然政府高層都接見《七十年代》，我接受你訪問應該沒問題吧。《七十年代》的台灣訪問是破天荒的。但訪問似乎沒有做好。討論台灣經濟，缺少對美日資本對台灣經濟影響的分析，也缺少對加工出口區經濟作為先進國勞力密集工業部門在落後國家的延長這個事實的分析。作為「左派」雜誌，這個缺點是令人詫異的。

不過，我還是恭賀他們到了台灣做了第一個訪問。也許下一次是在台灣見了吧！（笑）

問：謝謝你。

初刊一九八四年一月《七十年代》總一六八期
收入一九八八年四月人間出版社《陳映真作品集6・思想的貧困》

1 本文為《七十年代》特約作者韋名在美國訪問陳映真所述。前言傳略中，陳映真之生年資訊有誤，應為一九三七年。
2 以下訪問內容，人間版於起始處有小標題「魯迅給我的影響是命運性的」。
3 人間版此處有「階級」二字。
4 人間版於下段開始前有小標題「中國人與台灣人」。
5 人間版於下段開始前有小標題「跨國企業是政經問題」。
6 指《夏潮論壇》一九八三年七月〈寫作是一個思想批判和自我檢討的過程——訪陳映真〉，收於本全集第六卷。《七十年代》轉載時，篇名改為〈陳映真離台前答客問〉。
7 人間版於下段開始前有小標題「文學非以役人，更不役於人」。
8 人間版於下段開始前有小標題「文學表現自由上的開放化」。
9 人間版於下段開始前有小標題「樂意當文學上的在野派」。
10 人間版於下段開始前有小標題「把人當作人看待」。

專訪印尼作家尤地斯特拉・馬沙地[1]

尤地斯特拉・馬沙地(Yudhistra Massardi)是今(八三)年在愛荷華的印尼作家。他還很年輕(生於一九五四年),卻在印尼年輕的文壇上享有盛名。他僅高中畢業。畢業後在雅加達過了三年放浪的生活。他當過記者,這得力於他在高中時代展現的文學才華。他寫詩,寫小說,寫評論,作品散見於雅加達主要報章雜誌。問他寫作的源起,他說自小耽好閱讀,最沉迷一些翻成印尼文的中國武俠小說。他也好讀傳說(古代)和當代印尼詩人的作品。

比起菲律賓的阿奎拉,馬沙地還在他的形成期。他年輕、熱情、想問題,卻仍不免有些單純。但是我們也看到他無限的發展潛力和他思考的粗略架構。以下的談話,可以大略看到今日印尼文學的大勢。

陳映真:我們知道印尼是由無數的小島組成的,而它的居民也是由許許多多不同的部族所形成。在多語言的背景下，加上將近四百年的殖民地統治，能不能為我們極其概要地介紹印尼的文化和語言的情況？

荷蘭人的愚民政策

馬沙地：今日印尼，是由上千的小島嶼組織起來的。說到語言，我們有將近兩百種不同或略同的語言，而且人民的生活、文化、習俗也因不同部族與地區而各異。

歷史上，從十六世紀開始，荷蘭人在印尼統治了三百六十五年之久。二次大戰期間，日本人來印尼統治了三年半。這種長達三個多世紀的殖民地統治，是你們中國人無法想像的。

荷蘭人來印尼後，不教荷語，卻自己努力學習一些重要的印尼土語，以便統治。不教荷語，是因為怕印尼人懂了荷語後，受到現代知識和思潮的啟蒙，進而發生不滿情緒。不過，這種不教荷語、不推行荷語的政策，卻使印尼土語在三個半世紀的荷蘭統治而至今沒有讓印尼母語消滅。也許我們該「感謝」荷蘭殖民者吧！（笑）

一八五〇年，政策改變。荷蘭統治者開始讓印尼地方封建貴族子弟受西式教育。他們是地方蘇丹和殖民政府中印尼官僚的子弟。

在古代印尼，封建貴族的宮城中，自有來自印度教與回教的文化、文學和藝術。當然，那是屬於帝王貴冑的文化和文藝。繼印度而侵入的回教文化，把數字和拼音帶進印尼。在荷人征服印尼之前，回教的宗教、文化和藝術在印尼起著主要的作用。

一九二八年，世界性不景氣搖撼了舊式殖民帝國主義國家的經濟，而殖民地的不安與反抗也日甚一日。就在這個荷蘭因自顧不暇而放鬆了統治的時節，從荷蘭和西方留學回來的印尼貴族知識分子，展開了「印尼年輕知識分子宣言」(Declaration of Indonesian Young Intellectuals)這個運動，主張文化啟蒙，革新自強，反抗荷蘭殖民統治，宣稱「一個國家：印尼；一種語言：印尼語」。爪哇語被選定為印尼的民族語言。自此，在印尼，主要以印尼語，其次以其他方言、外來語(如荷語)和伊斯蘭語，成為今日印尼的語言結構。

一九四五年，二次大戰結束。印尼語正式成為印尼國語，普遍用來教學、辦報章雜誌、辦電視節目、寫文學作品。

陳：今日的印尼語來自古代封建社會和近代殖民地社會。這些歷史性格如何殘留在印尼語中，請你說明一下。

馬：概括地說，印尼語因不同的階級，有不同形式的語言。這就有點像「敬語」在日本話中的殘留。第一種話，叫做Kromomadya，是最「高尚」的語言，繁文縟節，是過去王公華冑所用。第二種是Kromoingitte，是貴族階級的語言。第三種叫Kromo，是市民階級的語言，為商人、店職員所用。最下層的語言是佃農、農奴的語言，叫Ngoko。這些東西，雖然目前取爪哇語（即貴族語）為印尼標準語，但現實上還存在著語言的階級差別。今日官僚喜歡用上層語，並且不准許人民用對等的語言和他們交談（搖頭）。

陳：能不能介紹幾個印尼文學中的耆宿，讓我們從中理解印尼文學與它的歷史。

馬：一九六五年九月三十日，印尼共產黨蜂起，受到右翼軍方和回教的鎮壓，有數百萬黨員和人民被殺，逮捕範圍也擴大到四萬名。印尼左翼政治和文化、文學勢力大為剉傷，一蹶不振。在左翼作家中，Pramoedya Ananta Toer是一位巨匠。撇開他的政治立場不論，他在十四年監禁中寫成，並在兩年前發表的四部曲，是現代印尼文學中不可忽視的重要作品。他參加過反荷鬥爭，在反日戰爭中，一直在抗日游擊部隊。一九六五年大肅清中被捕，直到兩年前才釋放。

陳：如果可能的話，可不可以最簡要地介紹這「四部曲」[2]？

馬：第一部書名叫「大地的藝術」（The Arts of Earth），是描寫荷據時代印尼人民的戰鬥史詩。第二部叫「一個古老國家的兒子」（The Son of Old Nation），描寫荷據時代一個左翼報人的遭遇，寫得感人肺腑，十分暢銷，終遭政府禁絕。第三部名叫「過去的腳蹤」（The Past Foot Print），描寫荷據時代被監禁過的抗荷知識分子的故事。第四部叫「茅屋」，是由一個荷蘭政治偵探的觀點和立場寫成的小說，背景仍是荷據時代。

另外有一個作家，是Rendva，他是著名的批評當今蘇哈托將軍的獨立作家。七四年間印尼青年、學生、知識分子掀起反日民族主義風潮時，他是青年和學生所崇拜的偶像。

陳：七四年反日風潮是怎麼回事呢？

馬：反對日本跨國企業對印尼的剝削。當時是田中首相來訪，學生發動了大規模示威、遊行和抗議……。

陳：想起來了。當時反日本新殖民主義風潮，從香港、泰國、菲律賓，一直延燒到印尼。田中首相到處被扔石頭和爛番茄。

馬：七〇年代，菲律賓有反美的民族運動，我們有反日的民族運動。這表面上看是一種偶合，其實是兩個社會和經濟具體條件的反映吧。

陳：七〇年，我們也有個「釣魚台運動」。這是題外話了。我想問，你的小說以一種詼諧(parody)處理古典題材，換言之，你使用印尼人民家喻戶曉的傳統印尼皮影戲中的男女主人翁，加以謔狎，造成極大的表現上的成功。請問你使用這種「派羅第」(parody)的理由是什麼？

馬：(笑)我可能是第一也是向來唯一使用家喻戶曉的傳統角色來表現當代思想的印尼作家也說不定。我所以這麼做，理由是：第一，傳統皮影戲上的人物有高度普及性，民眾容易認同，便於跟民眾討論問題。其次，七〇年民族主義運動後，印尼文學界也要求印尼文學的民族風格，因此我採取印尼傳統文化和宗教中的題材。第三，舊瓶可以裝新酒嘛。形式雖是舊形式，問題是你用什麼觀點去賦予舊形式以新意義。

陳：能不能用實例來具體表現你說的話。

馬：就以我寫的尋求愛情的「尋求愛情的阿雲奴」(Arjuna in Search of Love)為例。阿雲奴就是我們傳統皮影戲中眾人皆知的要角。它是從印度傳到印尼的愛情故事。但我只保持了原故事中的人物名字，但原來故事中人與人的關係，故事發生的時間和空間，全徹底換了，換成當代的雅加達。以前是兄弟的，現在成了朋友，以前是父女的，現在成了夫妻或情侶……。

陳：這是個有趣的創意。結果讀者的反應呢？

馬：（笑）老一代、保守一派就罵我，批評我猥狎神聖的傳統。年輕一代嘛，看了大笑，覺得有意思……。

陳：你說你想借故事傳達信息。為了有效地傳達，因此你選擇對古典與傳統的「派羅第」。那麼，你究竟要向你的讀者傳達什麼呢？

馬：我想告訴他們：祖國面臨了種種難題。MNC(即所謂跨國公司multinational corporation)的問題啦，迷信守舊的問題啦。因此，我們要敢於捨棄一些舊的，對於祖國的新生無益的舊文化、舊風習和舊傳統。我想告訴年輕人，我們有嚴重的汙染問題，有無法解決的失業問題。我希望印尼青年嚴肅奮發，有抱負有紀律，向前看，不要沉緬在腐朽的過去。

陳：你認為，文學可以改造社會嗎？

馬：難。尤其是當代政治上的統治，周密而強有力，又有各種十分細緻的工具。但是當代印尼面臨著十分嚴重的問題。失業、廣泛的貧困、政治上的腐敗、飢餓、無知、社會正義不彰、貧富差距太大，外國企業對我們的榨取和對我們精神結構的殘害都是很大的問題。如果印尼要生存下去，印尼人民最起碼要認識、意識到這些問題。處於這個歷史時代的印尼作家，必須協助人民認清這些危機。至少是我個人，是以這認識來從事寫作的。

陳：最後，請你談談印尼文壇的世代分劃，和各自的特點。

馬：大概說來，有以下的世代分劃：

(一)先行代作家：指一九二八年以前，只寫個人身邊瑣事、遊記和筆記。

(二)新作家：一九二八年，留學西方的印尼青年在印尼展開「印尼青年知識分子宣言」運動。他們主張印尼西化，破棄傳統，認為不西化無以自救，主張吸收西方先進的學問、技術與科學，反對自己的「精神文明」。在這「新作家」一代中，包括方才說的左派作家。

(三)四五年代作家：從四五年一直到蘇卡諾總統下台，是西方文學影響的全盛時代。西方的前衛主義、抽象派被介紹進來。作家強調尋找一種新的敏感，新的感覺，並用新的表現形式來表現。

(四)六六年到七〇年代末。六五年，印尼共產黨的蜂起全面潰敗，反共和宗教情感大為提升。在文藝界除了主張反共、宗教和自由之外，普遍認為文學不應為政治主張服務，而主張文學應「表現普遍的人性」，應該強調文藝在美學上的精美。這種思潮勢力十分龐大，一直領導和控制著印尼的文壇。

(五)八〇年代之後，新的、年輕的作家崛起。這些作家主張文學對印尼社會的關懷，用不同的形式批評印尼生活中存在的各種問題。作家不再為空洞的「普遍人性」傷腦筋，而要把眼睛轉向印尼的人民、歷史和社會。

陳：這是不是意味著年輕一代作家的激進化呢？

馬：啊，不。印尼是一個回教國家。因此，基本上，她是反共的。可是，由於印尼的內部問題，例如外國資本的榨取，外國文化的荼毒，失業，社會和政治的腐敗，社會正義的蕩然無存，人口過剩……因此即使回教信仰也起了變化。回教從保守態度逐漸變得具有改革意識，但基本上和社會主義、和左翼有所不同。

約作於一九八三年九－十一月
本文依據手稿校訂

---

1 本文依據手稿校訂。手稿稿面無標題，此處標題為編輯所加。

2 「四部曲」(The Buru Quartet)原書名為：*Bumi Manusia* (*This Earth of Mankind*)、*Anak Semua Bangsa* (*Child of All Nations*)、*Jejak Langkah* (*Footsteps*)、*Rumah Kaca* (*House of Glass*)。

台灣文學的未來

機會點和問題點[1]

「台灣文學」一詞，對於不同的人，在不同的歷史時期中，因為不同的立場而有不同的意含。在日本占領時期，對於日本統治者，對於和日本協力的台灣知識分子，「台灣文學」，是一種帶有異國情調的、殖民地臣民的文學；是奴隸使用主人的語言，表現主人情感的文學。

但是，在同一時期中，對於批評和反對日本殖民統治的台灣作家，「台灣文學」，是反抗日本殖民體制，宣揚著人從殖民制度的精神和物資桎梏中求取解放的文學，是中國近代史中反對帝國主義和封建主義運動的一個重要環節。

第二次大戰以後，台灣收歸中國的版圖。但是，作為中國內戰和東西雙方冷戰的結果，台灣在歷史上至今和中國大陸在政治、經濟、社會和文化上保持分離的狀態。在這個時期中，「台灣文學」一詞，和其他的詞語如「台灣經濟」、「台灣社會」、「台灣問題」同樣，用來表示在台灣的中國生活的諸層面。

最近以來，「台灣文學」一語，被少數一些主張把台灣從中國分離出來的人，指為表現了「台灣人意識」的文學。這種說法經不起嚴格的分析。只以工人為主角，以工人生活為背景的小說，並不能稱為「無產階級文學」——除非小說中的工人意識到工人作為一個階級，有改變歷史的力量。同樣，只表現台灣的人和生活，並不能稱為「台灣人意識的文學」。除非小說中的「台灣人」意識到自己作為一個獨立的民族而從中國人民族剝離出來。不幸的是，從日據時代以至於今日，在台灣文學作品中，任何人找不到這樣的作品。而且，如果他是一個誠實的研究者，他反而會找出許許多多基於中國人意識，反抗日本帝國主義的台灣文學作品。

我自己則以為台灣文學是中國現代文學的一個組織部分。在二十世紀以前，台灣文學是中國士紳文學的延長。一九一一年，國民革命的成功鼓舞了在東京的台灣知識分子，把台灣的解放，寄望於中國的革命。一九一九年，中國的五四新文學運動直接影響了台灣。白話文新文學運動，新文化啟蒙運動，作為殖民地台灣抗日文化運動和民眾啟蒙運動而展開，並且揭開了現代台灣文學的序頁。一九三一年，日本入侵中國東北，日本對台灣的統治更為嚴酷。許多台灣知識分子從政治、文化的抗日戰線上，退到文學的抗日陣線裡來。也就在這個歷史時期中，產生了若干重要的文學作品。

這些最為簡要的歷史回顧，已足以說明：台灣文學是在中國現代史中反抗帝國主義和殖民主義的鬥爭中形成、發展起來。離開了台灣在中國反帝、反封建的歷史、文化和社會的大背景，理解近代和現代台灣文學，是不可能的。

因此，有許多時候，我稱台灣文學為「在台灣的中國文學」。這樣的想法，有普遍性。一九七六年，威斯康辛大學的劉紹銘教授，就以Chinese writing in Taiwan來概括現代台灣小說。即使極為強調台灣文學的「特殊性」的評論家，最近也以「在台灣的中國文學」來指謂台灣文學。

機會點

和許多第三世界其他國家如菲律賓、印尼等相比較時，台灣淪為殖民地的時間很短。五十年的日本殖民統治，絕不足以剷除和破壞在台灣的中國深厚的文化和語文。以菲律賓為例，從十六世紀開始，西班牙統治了兩、三百年。接著，美國成了菲律賓的新主人。二次大戰以後，菲律賓在形式上獲得獨立，但在政治上、軍事上、經濟上和文化上，菲律賓是人所共知的美國的附庸。這種悲慘的殖民地歷史，在文學上，是菲律賓民族語言和文學的破壞，是菲律賓文學家間的分裂，使現代菲律賓文學的發展面臨重大而嚴重的阻礙與困難。

相形之下，台灣在日本殖民時代，因著深厚的中國文化架構的存在，使殖民地台灣的文學家有充足的文化資源去反抗日本殖民主義。而且在戰後，台灣的中國文學家仍然有自己深厚的文化、文學、語言和文字的傳統，藉以迅速建設和發展台灣文學的傳統，而不必像其他戰後的殖民地一樣，一直到七〇年代才開始建設自己的民族語言和文學。

戰後，由於台灣和美國之間建立了極為緊密的政治、軍事和經濟、文化關係，在五〇年代和六〇年代間，美國(西方)文學和藝術的價值和觀念，對台灣發生支配性的影響。和其他第三世界一樣，台灣文學經歷了在強大的西方(或日本)文化支配中尋求自己認同的過程，那就是一九七二年的「現代詩論戰」，即對於五〇年代和六〇年代台灣詩的過度模仿西方——前衛主義、實驗主義和超現實主義——的批評。一九七七年，台灣發生了「鄉土文學」論戰。它主要是一九七二年「現代詩論戰」的延長，提出了文學的民族風格，文學對生活的干涉等論點。

從亞洲文學史的視野看來，這些論戰是第三世界文學經過一段西方影響後，走向建立自己獨立風格，並且在文學形式和內容上趨向成熟的過程。台灣，作為戰後中國受到西方強大的文化支配的一個地區，這種認同的追尋，無疑為將來的發展，準備好了條件。

最後，在最近一年來，我似乎看到台灣文學發展的另一個機會點，那就是台灣在文學表現上的自由，有逐步增加的趨勢。

一九四九年以來，由於大家所熟知的理由，台灣在文化、思想和新聞上存在著檢查。就文學來說，中國三〇年代的文學，在台灣是禁止的。

但從另一方面說，三十年來，幾乎沒有或很少文學家因文學作品而受到審判和監禁。文學作品的檢查和禁止是有的。吳濁流的小說《無花果》和我自己的一個小說集《將軍族》是被禁的。但似這些是很稀少的實例之一，而書儘管被禁，作者卻安然無事。

當然，必須指出，三十年來，台灣的文學家幾乎沒有人以政治上敏感的題材寫作。這自然補充說明了三十年來台灣很少文學作品遭到禁刊的事實。

但是最近一年以來，至少在表面上，有幾件事吸引人們的注意：國民黨中央電影公司拍攝並發行黃春明小說改編的電影《蘋果的滋味》，獲得很好的評價。這部影片對美國價值在台灣的影響，對台灣社會資本主義化過程中的人的處境，有深刻的反省。而這樣的題材，在過去三十年間台灣電影檢查尺度中，絕對無法通過。其次，在今年前半年裡，我以五〇年代初台灣肅清共產黨的歷史背景，寫了當時理想主義的、左翼台灣知識分子的命運的小說〈鈴璫花〉和〈山路〉。它們不但沒有被禁止，後來公開膺選為《中國時報》八三年度最佳推薦小說獎。此外，因一九七九年「高雄事件」入獄的小說家楊青矗也提前獲釋，在今年十二月初敏感的選舉前獲釋。最近，日據時代重要的抗日左翼老作家楊逵公開獲得吳三連文藝獎。

如果據此而判定台灣已經開始在文學、思想表現自由和問題上採取了開放政策，也許有過度樂觀之嫌。但不論如何，上述一系列事件在短短的一年中相繼發生，人們是有理由期待和歡迎台灣當局之自由化、民主化趨向。因為，不論如何，思想表達的自由，對於兩岸文學的進一步發展，具有無可比擬的價值。特別是當我們看到北京正假「清除精神汙染」，而開始批評左翼人道主義和自由主義哲學家和文學家時，台灣的自由化信徵，尤足以引起人們的注目。

問題點

一九七〇年代，台灣文學界對西方文學的影響展開了批評，不需多久，人們就發現：即使在全面西化的五〇年代和六〇年代，台灣文學界對西方文學的介紹和研究，毋寧是偏頗、貧乏而不正確的。鄉土文學論戰之後，對西方文學的介紹，幾乎隔於停頓。如何有研究、有批判、有選擇地認識和吸收西方文學中偉大的、好的東西，是今後台灣文學的重要課題。

其次，七〇年代批評文學西化的同時，並沒有及時地注意到在政治、歷史和文化上面臨著許多共同問題的第三世界文學。因此，使得在批評了台灣文學過度西化後，重新發足的台灣鄉土文學，必須孤單而緩慢地尋找一條新的表現方法。過去幾十年間，台灣的文學教育一味向著遙遠的西方看，對於近在咫尺的亞洲、非洲和拉美的文學，反而不加以注意。從最近逐漸受到注意的第三世界文學中，台灣的作家可以學習別人如何創造性地利用了西方的影響；如何把自己傳統的質素加以創造性地吸收，發展出風格獨特的現實主義；如何在生活、歷史和社會中，尋找文學表達的具體焦點。

再次，在最近二十年中，台灣發展出台灣式的大眾消費社會。在這個社會中，通俗的、消費性的文藝，取代了嚴肅的文字。文學的啟蒙和指導人生的功能，在迅速消失。也許有理由相信，一種表現中產階級平庸、無聊、中年危機、婚姻和家庭的破裂這些消費社會文學主要題材的文學，將取代黃春明、王禎和與宋澤萊這些因表現了人與人之間豐富的生命而感人至深的文字。

最後，也是最基本的問題，在於台灣文學在文化和思想上的貧困。由於政治上的禁忌，台灣對三〇年代以降的中國新文學不能接觸和繼承，形成了歷史、文化和思想的一種斷層。再加上三十年來嚴格的檢查，台灣人文科學、社會科學和哲學，一般地貧困化。凡此，都深刻地影響了台灣文學在語言、形式和內容上缺少文化、歷史和思想的深度。

約作於一九八三年
本文依據手稿校訂

1 本文依據手稿校訂，與本全集末卷之〈在台灣的中國文學：歷史特性、問題點和機會點〉、〈台灣文學和第三世界文學：一個概括的比較〉疑為同系列演講手稿。作者於標題處加註英文標題「The Future of Chinese Literature in Taiwan: Its Opportunities and Problems」，未標註寫作時間。根據文中提及作者於該年寫〈鈴璫花〉和〈山路〉並獲《中國時報》最佳推薦小說獎，以及楊青矗獲釋與楊逵獲吳三連文藝獎等內容，推測寫作時間為一九八三年。

中國文學和第三世界文學之比較 1

各位來賓，各位朋友：

首先，我要先感謝我素所敬重的胡秋原先生方才一番透徹而極有見地的題解，和對我個人過譽的介紹。在胡先生主持下做這個演講，是我個人莫大的榮幸。

今天，我的講題是「中國文學和第三世界文學的比較」。在進入正題之前，先要做一些說明：首先，去年獲准出國到美國愛荷華大學所屬「國際寫作計畫」三個月，有一點體驗。今天的講話，是就這個體驗的一部分，向大家做一個報告。

其次，相對於已開發的富裕國家近十幾二十年來在文學、藝術、文化和哲學上明顯的貧困和無所生產的情況相較，所謂第三世界國家，在國難深重、社會破產、民窮財盡的處境中，卻在文學、電影、思想和宗教上，都呈現出蓬勃的發展。尤其在文學和電影上，就我在美國所看到極有限的作品而言，已足驚人。這些文學和電影，不但在主題上是強而有力的；是充滿著對人的深刻信念的；是充滿著對於建造一個合理的人間世界充滿著堅定信念的；而且，在藝術表現的技巧上，因為技巧結合了對於人的高度理念，是動人的、傑出的，甚至是堪稱為偉大的，很深刻地觸動了我們的反省和思考。

再次，我曾多年來主張注意第三世界的文學、文化和思想，引起一些爭論。這爭論中，有的是故意曲解，卻也有人是出於誤解，甚至出於缺乏世界文學的知識。對於後者，我想也藉著這個講話的機會，做一些說明。

最後，題目中的「中國文學」，多半要談台灣文學。這是因為我素來主張台灣文學是中國文學的一個組織部分，也因為談到戰後亞洲文學時，我對於中國大陸上的中國文學的發展，所知太少，不敢併論，因此，談我較熟悉的戰後台灣文學的發展，自然就比較多些。

台灣和其他第三世界國家在社會．經濟上的比較

在比較在台灣的中國文學和其他第三世界國家文學的異同之先，先做兩者在社會發展、經濟情況的比較，不但有其必要，也很能幫助我們理解今天所要探討的主題。

從表面的、現象的層次來看，台灣的社會和經濟，和其他第三世界國家的社會與經濟，有

十分明顯的差別。

台灣的國民平均所得，依據統計，高達美金二五〇〇元或以上。相形之下，其他第三世界國家的平均國民所得就低得多，有的只在三百美金上下。因此，社會的貧困，在台灣是屬於慢性的、不可見的貧困，和其他第三世界社會中普遍、「急性」和可見的深刻貧困，有本質和數量上的差別。

就國際借款來看，台灣的國債債負，在第三世界國家中，是國債最小，情況最好的少數地區之一。但也不要忘記近年來債務增加速度的快速，和再過三、四年就面臨要償還債務，從而對國民經濟發生一定影響的事實。相形之下，若干國債深重的國家如墨西哥、巴西、阿根廷、菲律賓和南韓，國債之大，令人瞠目，幾到了國家破產的邊緣。

就外國資金的支配上來看，直接在台灣設廠投資的資本，在台灣總的資本中，占著百分之五到百分之十之間。其他第三世界國家中的外資在整個資本中，占著高達百分之二十到二十五的比率。在台灣，外國資本是透過規定台灣在國際分工中的地位與角色，使台灣以自己的投資和生產，依國際市場中買來轉售者的需要（規格、數量、品質）而生產，成為各先進國自己中低等工業生產部門在台灣的延長。但在其他第三世界國家中，外國資本直接投資設廠、開農業莊園、開礦的比率極高，直接的、高額的榨取也深刻得多。

因此，台灣形成了加工出口工業結構，以低工資、高度勞力密集的性格，展開二十年來台灣社會依賴的資本主義經濟架構。在出口品上，農產品和礦產品比率很小，初級的，中、下級工業產品占著出口大宗。相形之下，其他第三世界則在國際分工中被分配了礦業和農業生產的角色。出口品以原始的礦物、農產物為大宗，以與先進國進行不等價交換。因此，勞動所創造的價值的大小和向國內回流的程度，台灣遠比其他第三世界國家大得多。

也因此，台灣達成或幾近於達成「充分就業」。而其他第三世界國家，因為外國莊園的擴張，傳統農村解體，大量離開土地的農民湧向城市，而由於工業落後，城市無力吸收大量離地流亡的農民，形成龐大而無從解決的失業與貧困。

綜上所述，若從國民所得、社會分配、貧富差距等幾個表象上去看，台灣與其他第三世界國家差距之大，真不啻若干第三世界社會與先進國家社會的差距。

但是研究經濟生活中支配和受配的關係，基本上，應該從資本、技術和市場三個基本方面去看。而如果從這三個方面看，即從世界範圍的生產諸關係去看，台灣，同其他第三世界國家一樣，完全處於相同的被支配、榨取和控制的地位。

先說國際金融資本的支配。

自從美金公開地脫離了和黃金間的保證價值關係，各國特別是第三世界國家的外匯儲備，成為美國對各國的借據，形成了美國只要印鈔票，就可以取得國際買賣、投資、借貸而來的利益。美金的貶值，也形成一種榨取。此外，以美金為主的國際投資和貿易，在第三世界國家中進行直接和間接的盤剝。一般地在國際上受支配於美金經濟關係的，包括台灣在內的第三世界國家，同樣受到國際銀行團的支配。

其次，台灣和其他第三世界國家，同樣在技術上，居於受支配的地位。科學技術固然因為需要龐大的資金和長久的知識和技術的積累，所以長久以來受到先進各國的壟斷，但窮國只要有決心和信心，在正確的決策下，自力更生，花二十年、三十年工夫，力求發展，是可以建設符合自己需要的科技架構的。但是，長年以來，由於除了最精密科技外，整套技術、設備、知識，都可以向先進國花錢購買，使汲汲於迅速在經濟發展上「翻」幾「番」，走捷徑搞工業的窮國，沒有耐心發展自己的科技，花大把鈔票，去購買現成的西方科技和設備，不但產生許多不適應和錯誤，而且基本上影響民族科技的生根與發展。

世界科技中心在先進國。因此，產生了世界性的科技的「向中心」改造。許多窮國的為數不多的科技專家，習慣於用先進國的語言思考，以「科技中心」的科技問題為問題，只關心和研究「中心」有興趣、「中心」所撥出經費的科技問題，而無視於自己民族所現實需要的科技問題。窮國的科技學校，採用先進國的教科書，用別人的語言，教授別人關心的問題。落後國的學者專家用先進國的語言寫研究報告，爭在先進國而非本國的期刊上發表；窮國花費了人民巨大的血汗錢，買技術、買工廠、設學校、派遣留學生，但自己的科技卻長期建立不起來，長期成為西方「科技中心」的附庸。

派遣留學生，向先進國學習科技，一般地並不能十分改善這種悲哀的情況。留學的過程，其實是留學生的「向中心」改造的過程。學成後，留學國的優渥待遇，理想的研究環境，使留學生滯留不歸，結果自己的人材為先進國所用。有的學成回國，但因為經過了「向中心」改造，對祖國的落後情況不滿、不耐，成了一種「回到自己故鄉，卻發現自己是外國人」的特殊人種，終於投入設在各窮國內部的多國籍企業，為他人所用。有些留學生在回國後負起本國科研、經貿機構的領導責任，也因為「向中心」改造，而成為外國技術、研究、投資的買辦，對自己國家科技的獨立發展，不但沒有幫助，反有阻害。

第三世界和先進國在科技上的差距，從下面的統計可以窺見。占人口不到三分之一的先進國，在全世界科技研究發展的總花費中，占著高達百分之九十九的比重。換言之，占著全球人口三分之二強的落後國家，幾乎沒有錢可以搞研究發展，因而無法發展自己的科技研究。科技的支配和被支配的構圖，極為明顯。隨著電腦的發展，而發生先進科技積累和發展上相乘相加的效果，第三世界和先進國的科技差距，以及以這差距為基礎的科技壟斷與支配，可以說到了變本加厲的境地。在這個意義上，台灣所處的，在科技上被支配的地位，與其他第三世界毫無二致。台灣所略勝於其他第三世界者，是「技巧」、「技藝」，而絕不是「技術」。

再次，談到市場的壟斷。

先進國資金、技術的壟斷，自然形成對貧窮各國市場的壟斷。在世界分工，國際生產諸關係中，後進國被派予和被指定去扮演先進國所規定的角色。有人在世界分工中，扮演著農夫和礦夫的角色；也有人扮演著電子工、紡織工、初級機械製造者、日常中低級消費產品製造者等角色。他們不是獨立自主地從事生產，而是按照別人的訂單中預先規定好的品質、規格和數量去生產，而發展出有高度依賴性和受命性的工業體系。他們的市場，是進貨的賣者的市場，而不是直接訴諸於他國消費者的買者的市場。因此，有人以目前第三世界的「訂單工業」和「加工出口工業」形成的社會，為「分廠社會」，以說明若干第三世界工業無非是別的先進國中下級工業生產部門的「分支」部門，成為別人附庸的性格。這又恰好和十九世紀殖民地的「莊園社會」，形成對稱的結構，表現出兩個不同階段的殖民主義和殖民地不同的構造和性格。從這一點來看，台灣和其他第三世界各國，是處於完全相同的地位的。

最後，台灣和其他第三世界的共同點，是在於以跨國性企業全球性活動為基磐的行銷活動中，同處於文化解體、生態崩潰、精神荼毒的過程中。國際銀行集團的形成，在現代傳播科技上不斷精進的傳播技術之形成，以全球為範圍的行銷管理知識的快速發展，對於阻礙國際商品銷售的各地傳統文化、價值系統，進行空前的侵蝕、解體和改造的過程。另一方面，隨著先進國本土資源和生態保護政策的發展，一些高度資源耗費和生態摧毀的工業、技術和產品，大量湧向遼闊的第三世界，造成巨大的災害。除此之外，文化傳播的壟斷，教育、知識和文化的「交流」計畫，長期製造了第三世界人民失去民族信心，依強者的眼光解釋世界知識，對自己的社會、歷史、政治產生鄙視怨毒等精神上的毒害。最後，為了保護日益擴張的跨國性大企業，抵抗第三世界人民洶湧的民族主義抗議的浪潮，先進國透過國際特工、賄賂、腐化和鎮壓，為第三世界各國製造長期的顛覆、政變和內戰，使一些窮國處於連年的戰亂、飢餓、恐怖和混亂之中。在這個情況下，台灣在不同的程度上，和其他第三世界國家的命運和地位，是完全一樣的。

總而言之，若只從國民所得、從貧富差距等方面來看，台灣和其他第三世界國家間，有十分明顯的差距。但如果從世界分工和國際的生產諸關係去看，台灣和其他第三世界國家，共同處於被先進國在資金、技術、市場和文化上支配的地位。

台灣文學和第三世界文學在歷史發展上的共同點

台灣在社會、經濟條件上與其他第三世界的共同點，和它們自十六、七世紀以來直到戰後世界發展的歷史中，有共同的命運和經歷，是有深切關聯的。因此，在台灣文學和其他第三世界文學的歷史發展中，存在著十分令人驚異的共同點：

在台灣的現代中國文學，和其他第三世界現代文學一樣，是作為反抗帝國主義、殖民主義的文化啟蒙運動之一環節而產生的

在中國，著名的五四運動，是緣於當時在列強壓迫下中國人民反對帝國主義、殖民主義的運動。為了喚起民眾，提高民眾的文化和知識以對抗強權，爭取國家獨立和民族的自由，以鼓吹新思想為主要課題的思想啟蒙運動，成了運動的主要方式。在這廣泛的新文化、新思想啟蒙運動中，提出了文學的改造問題，主張以大眾能懂的白話從事文學創作，以相對於只有少數讀書人能懂的文言文寫成的、傳統的士大夫文學，從而誕生了中國的現代文學。這個五四運動，給予當時日本殖民支配下的台灣知識分子以極大的衝擊。白話文運動、新舊語言和文學的論

爭，在台灣潑辣地展開，並且在創作實踐上產生了賴和等人傑出的抗日民族文學作品，在台灣的現代中國文學，遂宣告了它的誕生。

在菲律賓，十九世紀末葉菲律賓人民反抗西班牙殖民統治的民族獨立革命蓬勃發展的時代，偉大的菲律賓愛國者和文學家Jose Rizal發表了《Noli Me Tangere》。這一本寫於當時反西班牙殖民主義的啟蒙運動（菲史上稱為Propaganda Movement）是描寫西班牙在菲殖民統治的苦難和腐敗的，第一本現代意義的小說。在這本小說的鼓舞下，菲律賓人不但覺醒，並奔向民族獨立的革命，並且也宣告了現代菲文學的產生。一八九六年，反西班牙的菲律賓民族革命爆發，產生了一大批以菲語（Tagalo）寫作的作家，成為第一代以民族語言寫作的菲律賓民族文學作家，也成為一九七〇年以後菲律賓文學回歸民族與鄉土的運動中重要的啟蒙。

在長期荷蘭殖民下的印尼，要等到二十世紀初葉，一批留學歸國的印尼青年知識分子，才開展反帝救國的文化啟蒙運動。一九二八年，他們發表了「青年印尼知識分子宣言」，在許多政治、社會和文化內容中，喊出了一個口號：「一個民族，一個語言」，要求在兩百多種印尼地方語中，設定一個共同的民族語言，以利建設一個獨立而統一的印尼民族和國家。而在這民族語言建設的呼聲之中，印尼文學家熱烈地起來，拋棄荷蘭語文學，改用自己人民的語言，寫出不少佳作。而現代印尼文學，也於焉產生。

綜上所述，誕生於反帝愛國的文化啟蒙國民運動的第三世界文學和台灣文學，有這些共同特點：(一)解決語言問題：一方面是以大眾語言代替傳統的貴族語言，另一方面，是以民族的大眾語言代替殖民者的外國語言；(二)在內容上主要以揭發和控訴殖民體制下的黑暗與痛苦，或批判國人自己的落後與無知；(三)在性質上批判並脫離傳統的貴族、僧侶和殖民者的文學。

在長期殖民體制中，民族的語言和文學受到嚴重壓抑

在日據時代，隨著日本帝國主義向亞洲的擴張政策的形成，日本人對台灣的漢語和漢語文學採取禁絕、壓制的政策。在其他早自十六世紀就開始淪為殖民地的拉丁美洲、亞洲各國，民族語言遭到長時期抑壓和破壞，停滯不前，更無法透過文學作品使語言美化和精確化。事實上，對於許多第三世界國家，民族語言的停滯、粗俗化和受破壞的情況，真是到了滿目瘡痍的境地。因此，在第二次戰後，許多前殖民地在形式上獲得獨立以後，重建民族語言和文學，成了他們十分艱難、痛苦的工作。

從文學上看，其他第三世界國家因為殖民歷史長(有的長達二、三百年！)，在殖民地知識分子和文學家中，養成了一批慣於使用殖民者語言去思考和寫作的人。他們的作品，與其是訴

諸本國同胞，不如是一貫訴諸於西歐、殖民母國的評論家和出版家，而形成與本國風土斷絕的殖民地文學。印度的「詩聖」泰戈爾，就是其中最著名的例子。而這種「向殖民母國」、「文明」的文學看的風尚，不但加強了對自己民族文學的自卑感，間接地壓抑了以民族語言寫成的民族文學的發展。

第二次戰後長久而廣泛的向西方「現代」文學模仿的時期

從五〇年代至六〇年代，隨著美國勢力在第三世界的擴張，隨著美國在政治、軍事、經濟和文化上對第三世界各國強大的支配，形成第三世界各國對從美國輸入的「現代主義」文學的長期而廣泛的模仿時期。西方有詹姆斯·喬哀司，在台灣、菲律賓、印度就各自產生許多模仿者；在西方有「意識流」，在廣泛的第三世界各國就會出現各自的意識流作品。其他在音樂、繪畫、詩……的範圍中，莫不如此。

在台灣，現代主義的詩、小說、繪畫、音樂，統治了五〇年代和六〇年代的文藝界。這是我們至今記憶猶鮮的事。

就這樣，在廣泛的，包括台灣在內的第三世界國家中，產生了大量的以各地美國新聞處和留美教授學生為中心而輸入的西方現代主義文學藝術為師的，所謂「模仿的文學」或藝術。文學和藝術，自此完全脫離了當地人民的生活和社會、文化的風土，成為一種奇怪的、孤立的東西。這種情況，在許多文學家可以流利、自由地閱讀和說英、法語的第三世界中，尤為徹底。

附帶一說的，是台灣五〇至六〇年代的現代派，比較上英文好的不多，因而「現代主義化」的程度比較歪扭、也比較不深入。在其他第三世界各國，因其知識分子可以暢讀英、法原書，一方面是西化得比較徹底，另一方面，有一些人也比較上深入地理解了西方（現代）文學的真髓，到了七〇年代以後，遂能入出自由，以過去西化的體驗，豐富了自己民族的文學。格拉西亞・馬奎滋就是一個傑出的例子。

七〇年的新的反帝[2]愛國運動，激起了新的民族回歸運動

一九七〇年，留美的戰後世代中國留學生展開了保衛釣魚台的民族主義愛國運動。歷史地看來，這運動和六〇年代末全球性學生反亂、美國的民權運動、反越戰運動和美國價值的批判運動有深切的前因性關聯。保釣愛國運動，基本上是反對美國和日本帝國主義的運動，卻在台灣青年和學生知識分子中，引起了廣泛的反省運動。政治、社會改革思潮興起，社會意識甦

醒，是當時的一個特點。保釣運動在文學上的反映，便是一九七二年在台灣展開的「現代詩論戰」，對於五〇年代到六〇年代文學惡質西化的典型產物「現代詩」展開批判。在論戰中，文學的社會性格、文學關懷民生疾苦、文學的民族風格和形式，語言的平白易懂……這些問題首次在戰後台灣文學思想中出現，基本上打倒了過去二十年來西化的、模仿文學的威信。五年後的一九七七年，著名的「鄉土文學」論戰展開。但在思想內容上，其實是一九七二年「現代詩論戰」的一個延長。不理解一九七二年的現代詩論戰，就無法理解以「回歸鄉土」為口號的鄉土文學論。

菲律賓的情況是怎樣呢？

極為有趣的是，也在一九七〇年，從元月到三月，爆發了著名的「第一季風暴」。十九世紀末，西班牙直接和美國交易，出賣了菲律賓人民的獨立革命，使菲律賓淪為美國的殖民地。二次戰後，美國給予菲律賓形式上的獨立，卻在軍事、政治、社會和文化各方面，對菲律賓進行廣泛的干涉和支配。不滿美國新式殖民主義的菲律賓人民，在一九七〇年元月，展開了為期一季(三個月)的抗爭。這個抗爭的結果，是菲律賓語首次在法律上取得民族語言即國語的地位，取得了以菲語為各級教科書、出版報紙、成為電視和電影中的語言的權利。在這項勝利下，菲語文學取得了廣泛的主導地位，使過去以英文寫的、討好西方的菲律賓文學，和以菲語寫的、主要以廣泛菲律賓人民為對象的「鄉土文學」，主客易位，形勢「逆」轉，也使得菲語鄉土文學在接續十九世紀反西獨立革命時代之後，取得又一次極大的發展。

六〇年代，印尼總統蘇卡諾下台，結束了他企圖結合民族主義、傳統宗教和社會主義的民族復興運動。倒蘇卡諾政變後廣泛的反共肅清，在印尼文學上展開了不干涉生活的、唯美主義的、西化的和保守的風格。七〇年代初，由於長年來日本資本在印尼的盤剝，終於在當時日本首相田中角榮訪問印尼時，爆發了反日愛國的國民運動。這個運動，在印尼文學上的結果，是對於「後．蘇卡諾」時代保守、唯美、西化文風的批判，重新由新一代印尼文學家提倡現實主義的、革新的、回歸鄉土的文學運動。

西化文學和鄉土文學的爭論

不只是在台灣，即在廣泛的第三世界文壇中，都存在著長期的西化文學派和鄉土文學派的爭論。在印度、菲律賓、非洲和拉丁美洲各國，一樣存在著以西歐為師、以西語為寫作語言、以西方讀者為對象的西化文學，和以自己母語為寫作語言、以自己國內同胞為對象、描寫具體的民族生活為懷抱的「鄉土文學」。一般而言，第三世界各國內西化派和鄉土派，有這些共同差別：

西化派

■以西歐、殖民者語言寫作和思考。

■以國外評論家、出版家、教授和大學文學系為訴求對象。

■題材、內容主張文學的「宇宙性」、「國際性」，反對民族風格和內容。

■主張文學只有少數精英可解，力求文學的精緻，主張各式各樣的唯美主義和形式主義，力主文學不屑於使用「粗俗」的社會語言。

■作家在風格與思想上，與體制比較親近，同時也受到體制方面的優遇。

■作家以不涉入政治為尚，而常得體制的獎掖與尊榮。

鄉土派

■以自己的民族土著母語寫作和思考。

■以自己同胞為訴求對象。

■題材和內容上強調文學的民族風土、民族風格與現實內容，反對西化。反對西方對第三世界的同質化改造。

■主張文學應為廣大民眾而寫，力求文學的普及性，主張內容與形式並重，基本上主張文學的現實主義和革新性格。

■在風格與思想上，一般地是體制批判的，同時一般地受到體制方面的猜忌和壓抑。

■大半投身於政治改革或民族運動，甚者常因而被驅逐、投獄……。

西化派和鄉土派的爭議，從南韓一直到整個亞洲、非洲和拉丁美洲，進行長期爭論。七〇年代以後，其他第三世界文學的鄉土派以強有力感情內容的思想而在藝術上傑出的形式，以「第三文學」、「第三電影」之名，受到國際文壇的注目。當然，在語言問題極端複雜、民族語言有待建設的地方，鄉土派文學家也以英語、法語或西班牙語寫作，但在內容、精神和思想上，則與鄉土派毫無二致。相形之下，台灣的「鄉土」與「西化」的討論，顯得時間既短，討論也不夠深入。而當時這又另有原因的。

台灣文學和其他第三世界文學的不同點

正如同台灣和其他第三世界在歷史發展和國際生產諸關係中的共同性規定了它們在文學歷史發展的共同性一樣，其歷史發展和在國際生產諸關係中的殊異性，也規定了它們在文學發展和性格上的殊異性。

台灣文學和其他第三世界文學第一個殊異點，是台灣文學具有比其他第三世界文學遠為完整的文化和語言傳統。

相對於經過二、三百年殖民主義統治，土著文化和語言遭到深重破壞、停滯的其他第三世界，台灣則由於殖民時間比較短，母文化的悠久、豐富和完整，文學傳統的深厚和語言文字系統的完備，日本殖民者敗北離去之後，在台灣的中國文學家，得以有豐裕的資源，很快地恢復民族文學的生產。在菲律賓，據我在國際寫作計畫認識的朋友告訴我，作家必須一面用菲語創作，以重建菲律賓民族文學，卻同時要花費同樣或更大的努力，去復興經數世紀新舊殖民主義嚴重破壞的菲律賓語言。作為文學的重要基礎的傳統文化和民族語言，在其他第三世界各國中，因新舊殖民主義的摧殘的悲慘狀況，沒有和第三世界作家談起，是無法想像的。我因此深切知道中國完整的文化和語言系統，是多麼值得珍視和寶貴，而愈益決心重新向自己的文化、文學和語言傳統去學習，以善用這可貴的文學資源。

台灣文學和其他第三世界文學的第二個不同點，在於台灣文學面臨著逐漸失去其社會與人生的指導性格。

和第三世界文學作家相談，最引我注意的是，他們的文學與民眾生活的密接的性格。無數的民眾圍繞在他們的詩歌朗誦會上，湧進鄉間戲院看他們的戲。民眾總是在他們這些作家的文藝作品中，去尋求許多民眾心中亟待解決的諸問題的解答。描寫和反省文革浩劫的創傷的大陸作家，每週收到兩三百封來自大陸各地的讀者來信。人們透過文藝作品去關懷和探討社會和民族的前途，去尋找革新的方向，去反省和檢討民族的歷史進程。

然而，在台灣式大眾消費社會的形成期的台灣，消費的文化和文學藝術，隨著與物質豐裕相對的精神貧困的深化，代替了嚴肅的文學。文學，越來越成為少數文學青年、大學課室中的東西，從而完全失去了對於人生和社會的指導性格。這種趨勢，和美、日「先進」的，完全的大眾性消費社會完全一致。在日本和西歐，近二十年間，一直沒有產生成為話題的新作家。電視、錄影帶和通俗的、平裝的、看完就丟的 romance，完全在消費市民的生活中取代了嚴肅文學。嚴肅文學的纖小、肉感化，是富裕的大眾消費社會的另一個結果。

台灣文學和其他第三世界文學的第三個殊異點，在於台灣文學一般地顯示歷史的、文化的、哲學的貧困。

相形之下，我覺得其他第三世界的文學家，對於文學與人的關係，文學家寫什麼，為誰和為什麼寫作，如何去寫等諸問題，具有明確的歷史的、文化的和哲學的焦點。相形之下，三十年來的台灣文學，一般而論，顯出歷史、文化和思想上的貧困，從而有普遍的焦點喪失的現象。究其原因，我們可以舉出台灣在歷史上、文學上和思想上的斷層，人文科學和哲學的長期檢閱，以及近十五年來台灣型大眾消費社會的形成等諸原因。

第三世界文學和台灣文學間第四個殊異點，是台灣文學與政治間，保持著比較疏遠的態度。特別是在二次大戰以後，台灣文學一般地迴避著政治發展的脈搏。在其他第三世界，政治和文學間存在著密切的互動關係。人們從文學作品理解了祖國的歷史、社會和政治現實，文學運動和政治上的革新運動一直保持著直接而具體的關係，許多文學家也直接地、間接地涉入了自己祖國的思想、歷史、社會或政治運動中，馴至使外人離開了各該國的社會和政治歷史，幾乎無從完整地理解第三世界各國的作家和作品。

理解和研究第三文學

各位先生，現在我要用幾點結論，來結束這個比較粗糙的講話。

二次戰後，台灣的文學教育，一般地是向西歐看的。在我是大學外文系學生的時代，我們背誦和熟記許多英美文學的歷史、人名和書名，對於中國自己的現代作家和作品，卻毫無所知，更遑論我們對與我們有著相同歷史命運的亞洲文學、非洲文學與拉丁美洲文學的認識了。我們被這樣教育：只有先進的西方，才有文學。整個落後的第三世界，是沒有文學的！

說到這裡，讓我舉一個實際的例子。幾年前，有一位大學外文系的畢業生對我說，他十分「感謝」鄉土文學的作家們。我問為什麼，他說，在大學外文系裡，老師告訴他，台灣是沒有文學的，高等偉大的文學，只有西方有。有一天，他讀了黃春明的小說，不知不覺間受到深刻的感動。但在受到感動的同時，他突生驚恐，自己問自己，為什麼竟被黃春明打動了呢？老師不是說台灣沒有文學嗎？難道說自己在文學上的品味力竟是低下的嗎？他於是開始遍讀台灣的當代作品，才滿懷信心地對自己說，台灣是好端端地存在著文學的。

這故事告訴我們：長期以來，在第三世界，存在著兩個標準。一個是西方的標準，一個是自己民族的標準。用前一個標準看，第三世界是落後的，沒有文明、沒有藝術、沒有哲學也沒有文學的。用後一個標準，可以發現每一個「落後」民族自身，儼然存在著豐富、絢爛而又優美動人的文學、藝術和文化的。

現在已經是我們有計畫地去研究、譯介第三世界文學的時候了。近十年來，所謂「第三文學」和「第三電影」驚人、強力而優秀的成就，使日本和西方開始有計畫地進行對第三世界歷史、社會、文化和文學的研究。台灣在七二年開始的西化文學批判，並不曾適時地提出理解、研究和譯介第三文學的問題。由於長年來，台灣外語教育以英語為主，忽略亞洲、非洲和西班牙語的教學，使我們無法直接譯介第三文學。但從現在起，我們可以初步從第三文學的日譯和英譯中，開始認真、嚴肅地認識研究第三文學。

一九八四年一月

在第三世界中的台灣文學及其中國屬性

幾年來，我主張注意、研究和學習第三文學，引起少數一些人的批評。他們喜歡談台灣文學「獨特的特性」，遍讀其論文，卻沒有一個人清楚地說明了這「獨特的」「特性」。

當我們談到某地文學的特性，至少應該提到例如愛爾蘭文學之於英國文學，拉丁美洲文學之於西班牙（或葡萄牙）文學那樣的水平。愛爾蘭文學中獨特的方言，非基督教（異教）的因素，神秘主義，宿命的、悲劇的生命觀和愛爾蘭貧困、艱難而又神秘的高地風土，和英國文學有太鮮明的對比。拉丁美洲文學的浪漫主義、迷信、巫術、民俗主義和揉合荒誕、怪異和拉丁美洲歷史、社會具體現實的所謂「巫術的現實主義」（magic realism，一譯「魔幻現實主義」），和傳統的西班牙文學，有著太明顯的差別。台灣文學相對於中國文學的「獨特的特性」論，是經不起這一層次上的比較的。我因此對於台灣文學獨特論者指出，在歷史發展和國際分工中，台灣文學的「特性」，和第三世界文學的諸特性比較之下，就無獨特之可言了。在反帝、反封建、民族主義這些性格上，台灣文學不可辯駁地是中國現代文學的一個組織部分。

台灣文學，到底是不是中國文學？要回答這個問題，就要到中國的近現代史中去尋求解答。日本一位年輕的台灣文學研究者松永正義先生，對於這個問題有中肯的見解。

他首先說，回答這個問題，先要究明在台灣形成的漢人社會，和在北美、新加坡、南洋的閩粵華僑社會之間有什麼異同。他發現：台灣和其他華僑社會間最大的差異點，在於台灣在中國近現代史中，探求「中國往何處去」的全民族的運動中，關於中國未來去處的方向性和可能性的探索上，一直活潑而密切地參與和感應著。清末的維新自強運動對台灣現代化有直接影響；辛亥革命激起在日台灣知識分子尋求台灣從日帝下解放的希望；五四運動直接促成台灣現代文學的登場；其後台灣的一切政治、文化和文學發展，一直到今天台灣與中國關係的爭論都直接、間接，這樣、那樣地和中國全民族在帝國主義下為求民族解放、國家獨立的胎動，發生十分密切的關聯。恰好是這參與中國近現代史上民族出路的方向性和可能性的歷史性格，顯示了台灣文學作為中國文學的鮮明屬性。

所謂「台灣人意識的文學」

近一年來，不曾參與一九七二年「現代詩論戰」，又在鄉土文學論戰中噤默不語的少數一些評論家，提出「台灣鄉土文學是台灣人意識的文學」的宏論，主動地為論戰當時控訴鄉土文學是台獨意識的文學的控方，提出不智的佐證。

在一九七七年的論戰中，我們堅決反對控方對鄉土文學為「普羅文學」和「台獨文學」的誣陷，決不是空言辯飾的言詞。因為所謂的「工農兵文學」，所謂「普羅文學」，不能指徒寫工人和工廠的文學，他還要寫出一個有階級意識，和作為一階級的工人可以改造明日歷史這樣的思想內容的文學，才是所謂「普羅文學」。以這標準來衡量，楊青矗、王拓的小說，和拙作〈雲〉，都不能被指為普羅小說。

如果我們用同樣的論理，尋求「台灣人意識的文學」的定義，那麼，徒以描繪台灣的人和社會，是不足以稱為「台灣人意識的文學」的。它應該描寫一個一向自以為是中國人的台灣省人，經過一定的生活過程，覺悟到自己原不是中國人，而是新興「台灣民族」的一員，並覺悟和深信這台灣民族要創造自己的歷史。如果以這標準去看，從日據時代以迄於今日，我們還找不到在文學專業上可以成立的這樣的作品。我們是據此而云台灣鄉土文學斷然不是分離主義文學的。

台灣分離主義，和戰後台灣新興工商階層要求參與台灣政治、和現實政治生活中存在的缺點、和中共政治上的失敗、更和美日兩國內一小部分對台灣懷抱著政治的、經濟的野心，企圖中國永久分裂的野心家有複雜而細緻的關係，而台灣文學的分離運動，其實是這個島內外現實條件在文學思潮上的一個反映而已。

我們主張，尤其是在文學藝術的範圍內，台灣的文學和藝術工作者，一方面力求自己在歷史、文化、知識和思想上的充實與進步，一方面存異求同，把更大更多的精力，擺在文學和藝術的創作上，以寫出較好、更好的文學作品相勉，並且學習在世界的視野上，在中國和台灣近·現代史的架構上，在南北對抗的今日世界政治經濟構圖中，思考台灣和中國未來的方向與可能性，從而在大家共同關心、愛讀的在台灣的中國文學上，尋求民族團結與和平的堅實基礎，為中國文學和世界文學做出我們可能的貢獻。

謝謝大家。

初刊一九八四年一月《文季：文學雙月刊》第一卷第五期
另載一九八四年二月《中華雜誌》第二十二卷總二四七期
收入一九八四年九月遠景出版社《孤兒的歷史·歷史的孤兒》，一九八八年四月人間出版社《陳映真作品集8·鳶山》

1 本篇為陳映真在一九八四年一月八日「新年文學討論會」之講演。討論會主席為胡秋原。
2 人間版無「反帝」二字。

賴和先生永垂不朽[1]

各位來賓，各位朋友：

今天，我們各自懷著一顆異常激動的心情，來這兒參加祝賀台灣新文學之父，日據時代反日愛國的，偉大的現實主義小說家和政治運動家賴和先生平反的紀念集會，深深覺得，沒有比沉冤的昭雪，更能鼓舞正氣和公義的力量了。在這具有極為深刻歷史意義的時刻，我能被派主持這個光榮的集會，是我個人一生中最大的榮幸。

賴和先生在中日甲午戰爭那年的四月二十五日，[2]誕生於台灣彰化。在他十六歲進台北醫學校，二十一歲醫學校畢業的這期間，殖民地台灣連連發生北埔抗日蜂起、林圯埔抗日事件和羅福星抗日事件，對於少年到青年賴和的形成，發生一定的影響。一九一九年，他二十六歲，中國展開了具有深遠現代史意義的五四運動時，他才從廈門實習回到台灣不久。二十八歲那年，年輕的賴和醫師，參加了當時抗日文化運動組織「台灣文化協會」，展開了他此後一生未曾中斷的反抗日本帝國主義的文化活動和文學活動。一九二三年，即五四運動發生的四年後，台灣展開了白話文運動和新舊文學的爭論。也正好是這一年，三十歲的賴和先生，第一次因為抗日政治運動，關進了監牢。一九二五年，三十二歲壯年的賴和，發表了第一首以白話文寫成的，紀念台灣第一件農民反抗運動二林事件的名詩：〈覺悟下的犧牲〉。第二年，他發表了第一篇小說：〈鬥鬧熱〉和〈一桿秤子〉，宣告了台灣現代文學的誕生。從此之後，在日本統治下，賴和以白話文發表了一篇又一篇小說、詩歌和散文，為台灣的中國現代文學奠定了堅實的基礎。

一九三一年，賴和發表了一首為發生在前一年的霧社事件而寫的長詩：〈南國哀歌〉，表現出賴和先生正確地將日帝下台灣少數民族的苦難看成自己的苦難的、遼闊而先進的胸懷和眼光。

這以後，一直到一九三六年，賴和先生不間斷地發表他愈來愈為圓熟的作品。七七事變以後，隨著台灣的日本侵略軍事體制快速地形成，賴和先生和其他不願意在戰爭體制中投降變節的台灣文學家一樣，不能不停止了創作。但是日帝當局並不肯放過他。一九四一年底，賴和先生第二次被捕投獄，直到次年一月才被釋放。但一生和敵人英勇鬥爭的賴和，終因身心的長期煎熬，在一九四三年元月三十一日去世了。

作為一個文學家，賴和先生不但以優秀的、具體的創作實踐，奠定和發展了在台灣的中國現代文學，他還以無比的熱情和努力，提攜、培養了許多優秀的後輩作家。今天在坐的先輩作家楊逵老先生，就是其中最著名、貢獻最大的一位。而在文學創作上，他不但以相當圓熟的語言和技巧寫下了許多重要的文學作品，並且透過他的作品，批判了日帝下台灣舊社會的腐敗和落後，描寫了日本帝國主義支配下被侮辱、被踐踏的人民，和他們堅強不屈的鬥爭精神，為台灣的中國新文學奠定了反帝、反封建的、民族主義的、為生活、社會、政治和經濟的不公提出強烈抗議的傳統精神。

作為一個醫學家，他對廣泛窮困的病人，懷抱了最真實的悲憫和同情。他忘我地為病人服務，他絕不以醫藥斂財，痌瘝在抱的風格，使他在廣大的民眾中，贏得了最深的信賴和最熱情的敬愛。

作為一個反抗日本殖民體制的戰士，他那堅毅不屈，勇於和不知以暴力為羞恥的日本帝國主義做不倦的鬥爭的精神，在中華民族自求解放的歷史中，為後世創造了光輝的、英雄的榜樣。

今天，賴和先生光榮的名譽獲得了恢復，長年的沉冤獲得了昭雪。我們不屑於追究當年的誣陷，但是我們卻禁不住要為這平反的時刻高聲歡呼。當然，我們讚揚政府當局在這次平反的過程中所表現的民主、正確和勇敢的作風；我們也讚揚多年來先後為了恢復賴和先生的名譽，做出巨大貢獻的李南衡先生、梁景峰先生、黃順興先生、王曉波先生、李篤恭先生、侯立朝先生和其他更多的人們。我們向這些促成賴和先生平反的人們致敬。

在帝國主義時代，對於受到強權支配的民族，愛國主義、民族主義、忠奸和是非之辨，是全民族所藉以為了生存和解放而鬥爭的重要精神。在這個意義上，賴和先生一生的事業和精神，在今天的台灣，有重大意義，值得我們嚴肅、認真地思考和反省。

今天，在這莊嚴而激動的時刻，我知道大家的心中，都在同聲吶喊著：

賴和先生，讓我們永遠懷念您！

賴和先生，永垂不朽！

初刊一九八四年三月《中華雜誌》第二十二卷總二四八期

1 本文為陳映真在「慶賀賴和先生平反講演會」之主席致詞，後刊登於《中華雜誌》「慶賀賴和先生平反演講會」專題。講演會主辦單位：中華雜誌、夏潮論壇、台灣文藝、文學界、文季雜誌；時間：一九八四年二月十二日下午七時；地點：台北耕莘文教院。

2 賴和生於一八九四年農曆四月二十四日，陽曆五月二十八日。

從獷悍到凝沉

對於朋友王拓的隨想

一九七五年夏暮初秋之際，我從流放的離島回到台中才只幾個月，一個寧靜的午后，忽然有一個身柄結實的青年來訪。一見面，他就自薦是畏友天驄兄的學生。記得我們就在台中一個神學院樹蔭下草地上的籐椅上，愉快地談了一下。他然後走了。望著他踩著健捷的步履，走出樹蔭，走進亮麗的陽光的，拎著皮質的公事包的他的背影，腦子裡淨是他笑時的一嘴粗壯的白色的牙齒。

這就是我九年前初識王拓的情景。

這以後，我開始搜讀他在過去的《文季》發表過的小說，也陸續讀到了他發表在《中外文學》、《時報．人間副刊》上的另一些小說，並且也讀到他發表在幾些綜合性刊物中的評論文章。當然，自己在七五年底回到台北謀生之後，我和王拓成了經常相與的朋友。

全力以爭的獷悍性格

不論是作為一個人，作為一個作家和評論家，王拓最叫人矚目的特點，在我看來，是他的「野性」吧。在艱困貧窮的漁村中長大的王拓，一半是天成的性格，一半是自小為了在困厄的環境中求生存和發展的緣故吧，造就了他對應爭、必爭之事，就全力以爭的悍獷的個性。因此，整個地看來，王拓永遠是一個精力充沛，從來只是向著前看，往前衝刺的人。而這力爭、悍獷、衝刺所合成的野性，竟成了王拓的某種奇妙的魅力。

作為小說家，他是極為專心而努力的作家。從字裡行間，你看到每一篇他的小說，都傾注著作者最為集中的思考、心血和堅定的求好之心。因此，寫小說歷史絕不長久到臻於藝術上圓熟之境的王拓，在作品上卻顯示著一種極為快速的進步。一個優秀的現實主義小說家，最重要的條件，就是思想。一種足以觀察、分析和理解人和世界的思想，其次，或者與前者同樣重要的，便是藝術表現上的才能，把作者對於人和世界的認識和分析，用形象的思維，巧妙地表現出來。那麼，王拓，是具備了向著一個優異的現實主義小說家發展的條件的。這主要地是王拓在他藝術技巧趨向於成熟之前，他就顯示出他在思想上的銳利性。一九七〇年前後的保衛釣魚台愛國反帝運動，為戰後世代台港中國知識分子培育了進步的、民族主義和愛國主義知識分

一九八四年三月

子。在這些知識分子中，有一小部分人走進文學和戲劇的分野，王拓就是其中少數的一個。作為「保釣培養」的台灣當地作家，王拓小說的干預生活、體制批評的性格，毋寧是十分自然的。七〇年代末期，隨著台灣黨外政治運動的新的發展期的展開，使王拓一時地停止了他的文學的活動，投身於台灣的民主運動。而這其實也是王拓的「保釣培養」一代，在台灣直接介入台灣實際政治運動的一個並不多見的例子。

寬闊的・先進的

王拓的「保釣培養」性格，更為清楚的發露，在於他的評論文章。即使現在重讀這些文章，在許多方面，王拓比起今日少數一些不學、驕恁、狹小，鄉愿而又黨朋伐異的年輕一代的「評論家」，有更寬闊的視野，更成型的結構性思考，更為前衛和先進的性質。假以一定的生活歷練和時日，王拓成為創作與理論兼長的、思想性作家的可能性，是毫無疑問的。而也正是由於王拓的思想底、創造底雙重性，使在文學工作上的開展為時尚淺的王拓，在他因美麗島事件投獄後，不久他的作品便初步引起文學研究者的矚目。最近在日本譯介台灣文學的《台灣文學選集》中，便選譯了王拓〈是現實主義文學，不是鄉土文學〉這篇論文，作為日本學界理解一九七七年

「鄉土文學」的入門性和導論性文章，介紹給日本的讀書界。此外，神戶大學的山田敬三教授、日本中央大學的齋藤道彥，都發表了王拓研究的論文。

七八年吧，《夏潮》停刊。國民黨逐漸開始了和台灣中產階級黨外「溝通」和溫存的嘗試性結構。七九年，台灣保釣系的陳鼓應、王拓和蘇慶黎投入黨外民主運動。王拓以他一貫的衝刺、專注、力爭的「野性」，全心全力地投入運動，在當時黨外內部少數一些人的掣肘、耳語和差別主義中，堅定而又辛勤地為自己創造參與運動的條件。七九年末，國民黨向黨外右翼溫存的政策穩定地推進，同時形成了對保釣系非體制的文化、知識界的清算政策。七九年十月三日我和李慶榮被捕事件，便在這個背景下發生。

就在我和慶榮被捕的三十六個小時中，當時在黨外還只是個新入伍的小兵，沒有任何政團和地方勢力為應援的王拓，為我跑警總公共關係室查詢，陪著我家人送衣物，並且多方聯絡和奔跑。等到我戲劇性地釋放回家，精疲力竭的王拓，卻只在電話中的那一頭說，「回來就好，回來就好！」

明知不可為而為

十二月，在國民黨中央級會議舉行於陽明山的同時，黨外在高雄展開了群眾性運動。國民黨對黨外右翼的溫存政策破滅，爆發了高雄美麗島事件。沒經過幾日，我在電視螢光幕上知道王拓被捕的消息，回想事件當日王拓曾三次從高雄打電話來，叫我南下，深刻地體會到王拓在中產階級黨外中孤獨的壓力。而他竟一個人和這孤獨感孤軍力戰，直至投獄。作為王拓的朋友，許多人至今都背負著這讓王拓投入明知其不可或者難為的運動中，又讓他一個人承受著黨外隊伍內部的孤獨感，而終於又讓他投獄的深深的自責感。

幾年來，我到龜山監獄去探望過他幾次，但也就那麼幾次。雖然「不想占用王拓和家屬會面的寶貴機會」的想法並不全是推託之詞，但總是有看王拓的次數不夠的飢餓感。每次去看他，總會想起過去自己從押房裡出來會見親友的記憶，而鮮活地感到生活自身的某種荒謬性。而每次去看他，也總會為他那種即使在囹圄中也不失力爭、衝刺的野性，感到高興。因為我比誰都知道，這種在抑壓的環境下的積極的態度，不但有思想上的重要性，即在囚人的身心健康與衛生上，也是極為重要的。「短短」的、五年的獄中生活，已經聽說王拓學好了英文，目前又在熱心地學習著日文。此外，聽說他也潛心重讀和新讀了不少世界級和古典級的文學名作，而且也據說他正在寫著長篇結構的小說。這其實只是王拓那永遠處事積極和力爭的悍獷所必有的表現吧。溷跡於繁忙、無意義的餬口生活而奔逐的我，聽說王拓在獄中進取向上的生活，安慰之餘，也不無「豔羨」之感。從此再也不問政治，但求專心讀書、寫作的話，我是親耳從接見室的電話機中，看著他、聽著他說了的。這樣的了悟，有時真是需要以極為珍貴的自由為代價才能學會的。王拓的了悟，恰好和十數年前自己在獄中判決確定，面對十年的刑期，反省著自己的過去的腳步時所得的了悟，如出一轍。王拓還年輕，身體還很壯盛，這了悟，對他肯定有生產性的意義。

母親與妻子

刑期較長，家中又有年老的父母的囚人，最怕的就是萬一父母百歲，自己無法親送到山上。有時光是幻想著可能不幸，就足以使人在孤單的囚室中熱淚滿眶。而王拓竟碰上這至大的哀痛，在三月七日，失去了他半生孝順敬愛的母親。三月九日近午時刻，忽聞獄方允許王拓出來參加母親入殮的儀式，即刻僱車奔到台大醫院的太平間。半個鐘頭後，王拓在警衛的保護下來了。朋友們迎上前去，紅著眼眶和他握手。他的臉上滿是沱然的淚水，嘴裡喃喃地說，「媽媽呢？我要看媽媽……」

看到王母的遺容，王拓失聲慟哭了。我緊緊地拉著他的臂彎，感覺到他發自生命最內面的顫動著的悲慟。許多朋友都流下眼淚。「媽，為什麼不等我回來！」聽著王拓不住地重複著這句話，忽然感覺到這一個漁村中極端貧困的早寡的、瘦小的婦人的一生，和慟哭著的王拓之間最為真實的關聯。如果王拓是那瓜實，安詳地在棺內閉著雙眼的王母，就是瓜尾的、花的殘體吧。如今那育成了瓜的、花的殘體，終於離瓜而落土，剩下瓜自身孤單地面對著自己的一生。

一個小時很快地就要過去。許多愛他的朋友不斷地上前去擁抱他，彷彿要用自己的皮膚去試評這忽然從囚房的禁錮中出來的、所愛的朋友的實感。我看著王拓賢慧的妻子王穗英女士，依然安靜地站在一旁。五年前從家中被帶走，在法庭上露過幾次面的王拓，對於她，是判決確定後活生生出現在她面前的第一次吧。五年來每個禮拜從未間斷地到龜山監獄去看王拓；五年來每個禮拜都相互寫信訴說衷情的她，卻能在這珍貴的時刻中站在一旁逼視著王拓屬於社會和朋友的一部分，使人感到穗英女士源於內面的、單純而真實的力量；使人不能不感到對女性溫柔堅強的力量的深切的敬意。

最長到明年年底，王拓總是要再度回到我們中間來的。這個六年中，對於王拓自己，肯定是他一生中極關重要的一段。自己經歷了一定的磨礪，他的獷悍，他的野性，應該也經歷了一段凝沉的過程吧！兩個可愛的兒女長大了；夫妻間共同負載過一段歷史的重軛，而最親愛的母親過世了。其實，一九七九年後整個台灣，都和王拓他們共同經歷了於個人為程度不同的洗練。我虔誠地希望，感受和理解了這共同的洗練的王拓的朋友們，會懂得把王拓委託的喪事，辦得安靜、肅穆而又最深刻反省後的莊嚴，千萬不要再有過去黨外紅白喜喪時表現出來的虛驕、輕淺和浮誇的作風才好。

初刊一九八四年三月十七日《前進世界》第一期、總號五十一

反諷的反諷

評〈第三世界文學的聯想〉1

台灣在五〇年代以迄六〇年代的文學，尤其在詩的創作上（連帶地是繪畫、音樂等藝術分野中），特別在目前回顧時，有無可否認的全盤的、惡質的西化這個事實。這是即使當年現代派的鋒頭悍將，也難於否認的。從世界的範圍看來，這卻不是單獨、孤立的現象。整個五〇年代到六〇年代，在亞洲、非洲和拉美、歐美，尤其是美國和通過美國導入的現代主義，成為文學的主流。從而，未待「文學泛歐（美）中心主義者」之來，即台灣本地的詩人、文學教授，便率先把自己的文學，尤其是五四以降的新文學看成「未開發或開發中文學」，詩人以模仿「波特萊爾以降」的牙慧為得計，大談「橫的移植」；文學教授則為晦澀難懂的台灣現代詩，丈引西洋文學的理論之經，和西洋文藝思想之典，強為解人，大搞釋經學似的註釋工作。七〇年代以後，經過保釣運動，文化的、政治的中國民族主義，在戰後世代的台港青年中復燃，從而展開了對於五〇—六〇年代台灣西化的、附庸的文學的批判，又從而在八〇年初期，開始了對於第三文學的、初步的關懷。台灣在文學上的反西化思潮，恰好是理解到中國文學自有傳統，自有風格，而且自有尊嚴。一個勁兒想擺脫這個風格、傳統，依靠美新處和一小撮留美的買辦文學教授轉販而來的「橫的移植」說，往第一世界文學認同的五〇—六〇年代以現代詩為代表的台灣模仿文學，才把中國文學「視為未開發或開發中文學」，又何曾理解到「中國文學是一個即使不超越，至少足以與西方文學傳統分庭抗禮的偉大傳統」呢？

第三世界買辦知識分子，和「泛歐（美）中心主義」的歐美知識分子一樣，有一個嚴重錯誤，那就是把經濟、社會的「落後」或「發展不足」的民族和國家的文化，也理所當然地視為「落後」和「發展不足」的。他們將經濟富裕、「現代化」和科學文化上發達的國家，看成原來就是富裕、「現代化」、文化發達的；而經濟上「發展不足」、落後、貧困、文化上也落伍的民族和國家，看成是自來就下等而落後的，此所以一些買辦的文學教授，對於中國文學向第三世界認同，很期期以為不可。

事實上，中國文化和文學，和其他第三世界文化和文學一樣，有過輝煌的過去。在今天的歐美還在茹毛飲血的時代，遼闊的今天「第三世界」，有過偉大的精神和物質的文明——例如宗教、哲學、經驗醫學、文學、藝術、音樂、雕刻、舞蹈。十六世紀以後，歐洲從商業資本向著工業資本「發展」和擴張的歷史展開，一個資本主義的世界體系相應地形成。而整個第三世界，也便在這個世界結構的形成運動中，淪入萬劫難復的貧困、落後、失業、疾病、文盲、早夭和飢餓的泥淖之中。今日富國之富，是在這世界體系的形成運動中富的！貧國之貧，也恰好是在世界體系的形成運動中破落下去。而今日「文明」國之文明，以及今之「落後國」之落後，也是一樣。

而正是在對抗新舊殖民主義的反抗運動中，第三世界展開了各自的現代文學。中國五四以來的文學運動，便與反帝、反封建這個各殖民地自求解放的思想和政治運動分不開。但五〇—六〇年代，政治上和經濟上受到以美國為首的西方支配的絕大部分第三世界，卻開展了一種廣泛的「模仿文學」。沒有比台灣同時代的現代詩更能生動地描述這惡質西化之模仿文學的特點了。正是這模仿的現代派，才把自己的文學傳統看成「弱勢文學」，拚命想從語言、內容、形式上，把自己按照西方的式樣，加以徹底的改造。這只要看看五〇—六〇年台灣現代詩創作、理論和評論就很明白了。而正好是這些模仿的文學家，把台灣的文學「依附」在西方文學價值之下，構成了「被」西方「統治」的，和西方發生了「主從」關係的文學！批評五〇年代以迄六〇年代台灣文學在創作上，在評論上，在教學上的惡質西化的人們，恰好是對自己的文學抱持「一種敬畏的情緒」，反對模仿的、依附的、從屬的買辦性文學的人。他們說中國現代文學「屬於第三世界文學」，是因為從「世界體系」看來，中國近兩百年的歷史發展，是一個對「世界體系」形成依賴的發展，是相應於西歐的發展和擴張的中國之「發展不足」的形成過程。相同的歷史發展，相同的受支配於新老殖民主義的命運，使中國——尤其是五〇年代以後的台灣現代文學，經過了「模仿」和「反抗」（以西化文學與鄉土文學間的爭論為共同的特徵）這個第三世界文學共同的發展過程。中國現代文學，是從中國近・現代史的發展行程，客觀地規定了它的第三世界的屬性，而不是有誰主觀地主張「認同」於第三文學。認為向第三文學認同是一種「自棄」的「行為」，其實便包含著「文學泛歐（美）中心主義」的思想，以為第三文學和第三世界當面經濟上的落後一樣的落後。

說「語言本非中性」，說語言總是「負荷著意識形態」，這是對的。但許許多多批評西方資本主義世界體系的思想著作，雖為第三世界社會科學家的著作，卻泰半用英語寫成。然而，它卻絲毫無損於它原有的價值體系和思想體系。語言的意識形態，主要從語意中去分析。用中文寫成的〈第三世界文學的聯想〉，一樣充滿著「文學泛歐（美）中心主義」，一樣充滿著西方「中產階級與資本主義」的意識形態啊！

〈第三世界文學的聯想〉的作者，諷刺了台灣譯介諾貝爾文學獎全集的出版。「在語言的權力結構中，第三世界始終扮演著一個失敗者的角色」，說得真對。其所以然者，正是從十六世紀以來不斷地貪求廉價勞力、原料和市場的現代「世界體系」的形成過程中，隨歐美支配地位的確立，相應地對第三世界的文化形成抑壓、蔑視的結果。譯介諾貝爾文學獎全集，並不等於不能「自我肯定」。遠景版的諾貝爾文學全集的序中說：「當諾貝爾文學獎迅速地成為各強國為了增添自己在國際政治中的光榮的重要工具時，由謹慎、保守而力維中者的瑞典主持下，阿弗列德‧諾貝爾原初的理想和願望，遭到愈來愈嚴重的困難。當我們回顧授獎檔案顯示了某種國際間的『配給』傾向，在世界大戰中、在國際強權政治下，任何挑剔的人都可以找到審慎而力求自保其『中立』的瑞典學院，是如何讓意識形態的好惡，以及國際政治的無可如何的壓力，滲透到文學桂冠的選擇。」又說：「如果對於諾貝爾文學獎給予過高、過大的評價，是一項錯誤，那麼，對它做過低或者過小的評價，也同樣是一項錯誤。」出版諾貝爾文學獎全集，是基於這認識和需要的：「一種反省的思考，正在成長。在台灣的中國文學，是不是應該有更廣大、遼闊的視野；是不是應該有更縱深、豐富的思考的這些問題，以日甚一日的問題性，提到全中國作家面前來……也就在這時刻，有態度、有條件而且虛心地閱讀，研究二十世紀八十年來，世界文學的心靈、智慧和創造性所走過的步跡，成為當前我們中國作家和讀者共同迫切的需要……」

至少是遠景版的編輯群，從來沒有接受過「諾貝爾價值觀」。在台灣的西洋文學教壇上，是哪些人在一面倒地宣傳著「囿於歐美傳統或名著史」的「世界文學視野」呢？是誰鮮明昭著地轉耀著西方墮落的，「中產階級與資本主義的產物」——現代主義呢？答案是：第三世界內部與西方國際「中產階級」有共同語言和利益的買辦的知識分子，亦即法蘭滋・范農所說的「鬼影子知識分子」（phantom intellectual）！

這些「鬼影子知識分子」有一個共同特點：喜歡用「理性」、「學術」來裝扮自己，使自己看來講學問，講道理，而其實率多曲學阿世，尸位誤人。第二個特點是，一旦遇到爭論中與自己有不同意見的人，本能地給別人扣上「馬克思」或「左派」這些本來沒什麼了不得，卻在台灣還有一定陷誣作用的帽子。漁父是這樣，〈第三世界文學的聯想〉的作者也不例外。這是買辦讀書人良心的墮落。

第三世界特殊的歷史、經濟、文化和政治的情況，根本不需要什麼「意識形態定位的標籤」，只憑活生生的歷史的、經驗的事實，就可以把握得清清楚楚的。一個身為第三世界中的知識分子而謂「第三世界定義頗有爭論」，根本是「泛歐（美）中心主義」的荼毒下的糊塗。何況說「語言本非中性」，說語言「已經負荷著意識形態」，似乎和「左派」、和「馬克思主義批評家」脫不了關係。漁父和〈第三世界文學的聯想〉的作者最教人齒冷的，是他們因優渥的機會比別人多讀了一點書，卻偏偏喜歡把一切人當成白痴，惡用知識，大賣特賣他們自己一套買辦主義思想。而反制之道，是每一個知識分子力爭自己在知識和思想上的進步，對買辦「學人」的買辦行徑培養分析和批判力，必要時加以適當的撻伐，才能避免他們的汙染。

不斷地賣弄著「反諷」的〈第三世界文學的聯想〉，其實是自始就「蹈入」「反諷」的「反諷」底「陷阱」了。

初刊一九八四年三月二十四日《自立晚報・副刊》第十版，署名許南村
另載一九八四年四月《春風詩叢刊》第一期
收入一九八八年五月人間出版社《陳映真作品集12・西川滿與台灣文學》

1 根據原刊編按，本文所評為張漢良之〈第三世界文學的聯想〉，原載一九八四年二月二十四日《自立晚報・副刊》。

談西川滿與台灣文學

吉甫林和泰戈爾

最近讀到張良澤先生兩篇有關在台灣的日本人殖民地文學作家西川滿的論文：〈西川滿先生著作書誌〉（一九八三）和〈戰前在台灣的日本文學〉（一九七九[1]）。和他同樣發表於一九七九年的〈苦悶的台灣文學〉對照起來讀，對於晚在一九三八年出生，日本戰敗的一九四五年才六歲大的張良澤先生，何以在思想上表現出對日本新舊戰爭體制萬般溫存的性格，感到極端的詫異。

張良澤說，在嘗試對台灣文學做歷史的考察時，他時常「被一巨大的難題所困擾，弄得毫無辦法」，這「巨大的難題」，據張良澤先生說，是這樣的：

在戰前半個世紀中，當台灣猶是日本「領地」時，台灣人完全受著日本教育。其中有一部分台灣人以純淨的日文，並且以完善的日本人式的發想寫出文學作品。這些作品，寫到即使日本人讀了，如果竟被誤信為日本文學，也無足怪的程度。對於這一類的作品，我們應該怎樣予以定位呢？相反地，有一部分日人作家，在台灣住過一段長時期或者短時期，從而寫出對台灣的鄉土懷抱深刻的關懷和深刻愛戀的作品。這些作品雖然是用日語寫成，但如果作品的內容、發想、以及全作品的氣氛是不折不扣地具有台灣性格，對於這些作品，又要怎樣定位呢？

——張良澤〈戰前在台灣的日本文學〉，一九七九

以同樣是大殖民主義國的英國而論，吉甫林，尤其在張良澤先生的眼中，應該是不論在「內容、發想及全作品的氣氛不折不扣地具有」印度性格的英國人和英語作家。但在「定位」上，卻好端端地被列在英國文學史中。再以泰戈爾為例。他以「純淨」的英文，並以「完善的」西方對東方的想法寫出文學作品，到了可以讓西洋人誤以為出自西方人之手的程度。但儘管英國人再傲慢，無論如何，是不會有人把泰戈爾編到英國文學史中去的。然而，對於這樣簡單的「難題」感到「困擾」的張良澤，終於道出了這困擾的核心。原來張良澤先生翻遍戰前和戰後出版的日本文學史之後，有這發現：

當時日本「臣民」之台灣人作家固無論矣，即活躍在殖民地台灣的日本人作家，在這些日本文學史中皆沒有記載……對於長時期促進了台灣文學，又為日本文學開拓另一分野的住台日本人作家受到忽視，實在令人感到遺憾。……為什麼上述跨越了兩個時代、交會在兩個文化圈的邊境的日本「外地文學」作家們，會受到日本文學史家的忽略呢？他們不是在日本文學的延長線上工作的尖兵嗎？我禁不住這樣發問。

——同前揭文章

張良澤先生要為這些令他極端苦悶的問題尋求解答，其實不應是一件困難的事。首先，他應該評估日據時代在台灣的日本人殖民地文學家（即所謂的「外地文學」家），在文學專業上，有沒有足以入祠於客觀的日本文學史的條件。吉甫林即使如何地為印度人所憎惡，但他在文學上的成就，不能不讓他在英國文學史中占據一個小小的位置。問題是：大約沒有一個真正的印度人對吉甫林是否對英國的「外地文學」有沒有貢獻，對於英國文學史是否正確對待了英殖民主義文學家吉甫林，表示有若張良澤先生似的深刻關懷。對於西川滿文學，張良澤先生似乎很不吝於給他極高度的評價。但戰後世代的日本文學研究者近藤正己先生，對於同一個西川卻有同張良澤先生甚不相同的評價。對於早期的西川，近藤先生認為西川文學內容是「沒有實體的，西川式的幻想的台灣」。要之，西川所寫的台灣的風土和人物，都是以在台「二世」日本人的心靈為中心而虛構的台灣，除了皮相的異國情調，「引不起台灣人的興趣」和「評價」，根本缺乏對「台灣人所處狀況之深刻考慮和解釋」（近藤正己《西川滿札記》）。

其次，張良澤先生應該從歷史的層次上去尋求答案。除非日本戰爭體制再度確立，日本總督府的軍事體制和情報體制再度支配台灣文學，在文學專業上沒有起碼的成就的西川滿們，恐怕是永遠無法進入日本文學史吧。戰後因著韓戰和越戰景氣崛起的日本，即使深感確有「將作為日本文化一環的日本文學，以新的觀點，向著國際化前進」（張良澤〈戰後的日本文學史〉）的必要，無如以日本國際企業的國際「進出」為主要性格的日本新殖民主義，已然大有別於西川時代的日本殖民主義。今天日本的資產階級毋寧更有興趣聽取市場國的反日論，並據以用企業行銷中對市場當地文化管理來加以解決。張良澤先生苦口婆心呼籲日本人重視戰時日本殖民地文學之研究的美意，恐怕即連當今最右翼的日本人都會覺得尷尬吧。

西川滿的「台灣意識」

西川滿最為張良澤先生嘖嘖推崇的，是西川的台灣觀。據他說，西川滿是把台灣當作他自己的故鄉的，理由是因為西川曾在他一本書的跋中說過這樣的話：「一閉上眼睛，眼前立刻就浮現出台灣的光景來。我謹以無限的慕情和讚美，將這本書獻給寶島」；西川也在另外一本書的後記中說過：「把這本書獻給從我內心最深愛的台灣」。而且，據張良澤說，一直到一九七九年西川滿古稀紀念出版的長篇小說《台灣縱貫鐵道》，西川「一直沒能忘卻他心靈的故鄉——台灣」（前揭文章）。

如果西川滿深「愛」著台灣，則毋庸置疑的是，當年許多前來殖民地台灣投資、做官、探險的日本人也深「愛」著台灣的。問題在於：西川之愛，是支配者民族以他自己為本位去理解，去看殖民地台灣，從而投注他的情感。從「第二代」在台日本殖民者看來，台灣有南國之美，有古台灣歷史的神秘感，充滿著叫人嚮往的「華麗」的異國情調。但是對於殖民地的兒子楊逵，台灣是充滿著殖民地內部矛盾，是一個一觸即破的膿瘡；是疲憊破產的農村；是充滿著民族壓抑和荒誕支配的地獄。但對於西川和他的老師吉江喬松，台灣是「南方，光之源，賦予我等以秩序、歡喜和華麗」（近藤正己《西川滿札記》）的人間樂土，是精緻的個人情趣（例如西川滿在台出版的雜誌、書刊的封面設計和裝幀設計）。西川滿的台灣，便是這樣一個「人工的、空想的、幻想的」、「二世」殖民者心目中的樂園（近藤正己：前揭書），呻吟在日本帝國主義鐵蹄下真實的台灣生活和台灣人民，對於西川滿，是視而不見的。至於張良澤先生所頂禮頌讚的西川滿小說《台灣縱貫鐵道》，據近藤正己先生指出，「可以說是皇民化時代的代表作」，是一部「『二世』（日本）作家以日本人殖民者之原點——一八九五年日軍侵台作為主題而寫的一本小說！」（近藤正己：前揭書）張良澤先生這樣沒有分析地就斷定西川滿是一個充滿「台灣意識」、熱愛「鄉土」的人，而引為知己，不要說是從中國人立場，即使從所謂「台灣民族」的立場，怕都難於過關吧。

西川滿的「台灣文學」論

因西川滿的「台灣愛」而興奮過度的張良澤先生，在他議論西川文學的「四大意義」時，劈頭說西川對台灣文學意義之重大，在於他在「台灣人的心中，堅定地種下一種叫作『台灣文學』的意識」（張良澤〈戰前在台灣的日本文學〉）。他說道：

但是在西川氏的雜誌或著述中，時常堂堂然使用著類如「台灣文學」、「華麗島文藝」的詞語。尤有進者，西川也經常對於「台灣文學」的存在，做明確的主張。例如他在論文〈台灣文藝界的展望〉中這樣說——

「從今而後，再不要胡亂以東京文學為範本吧。（中略）南方就是南方，北方就是北方，既然身在明亮澄澈的南國生長，還不時思念著北國陰暗的雪空，這算什麼呢？日本終於是要向著南方伸展下去吧。我等攜手於文藝道路上的人，若無深刻的自覺，將何以面對我等後世之子孫？以華麗島文藝，建設應乎南海、擎乎高天的巨峰，這就是我們大家的天職啊！」

經由這樣的想法，西川滿清晰地主張了台灣文學的獨自性，從而使台灣人覺醒了起來……

——張良澤：前揭文章

類似「台灣文學」的詞語，是因著在不同的歷史時代，對於不同的政治、民族立場的人，有不同的內涵的。例如一九四〇年的《華麗島》詩刊，其實是在台灣第二代日本人文學家思有以推展「外地文學」的團體「台灣詩人協會」的機關刊物。而所謂「外地文學」，正是英國的colonial literature，是法國的littérature coloniale，譯成中文，就是「殖民地文學」。依當時在台灣的殖民地文學家島田謹二的說法，這所謂「外地文學」，其實是殖民國與殖民地接觸，產生「風土、人和社會」的差異，從而產生異於「內地」母國的、有特異性的文學，但一言以蔽之，是殖民者在殖民地寫出來的，以不同程度歌頌了擴張中的帝國，謳歌新領地的「華麗」云云的文學。思圖在日本南疆殖民地的台灣，為日本文學擴張新的、富有異國情調的文學的西川滿的豪言壯語，畢竟是日本人本位——不，是日本帝國主義本位——的語言，非但並不是「主張台灣文學」的「獨自性」，其實更是主張附庸於日本文學的，有別於其他領地如朝鮮之朝鮮文學的「台灣文學」的「獨自性」吧！令人疑惑不已的是，張良澤先生絕非不知西川的日本中心的台灣文學觀。因為他也知道西川主張台灣文學「在日本文學史上應占特異地位」，認為西川的努力，是要「把台灣文學作為日本『外地文學』（即前指殖民地文學）的一環而加以開拓」，並認為西川對日本文學「新領域」開拓有所貢獻（張良澤：前揭書）。那麼，張良澤先生是站在日本帝國主義的立場看台灣文學呢？還是站在台灣文學的立場看問題呢？觀乎其文，答案是明白的。

至於相對立於日本帝國主義的「台灣文學」（一九三三）、「福爾摩沙」（一九三二）、「台灣文藝」（一九三四）、「台灣新文學」（一九三四）這些語詞的用法，遠遠地比西川滿在一九四〇年為日本侵略體制服務的《文藝台灣》和一九三九年為日本殖民地文學掌旗的《華麗島》詩刊早很多，怎麼能說「台灣文學」的概念，是西川滿堅定地栽種在台灣人的意識中，從而促成台灣人的覺醒呢？張良澤這樣的提法，即使連戰時曾和西川相與過的幾位本地作家都羞於贊同吧。

總之，以西川滿為代表的在台「二世」日本人的「台灣文學」，和自賴和以迄楊逵、吳濁流的抗日、反日的「台灣文學」，是兩個完全不同的概念。前者是日本殖民主義的文學觀念，而後者恰好是批判和反抗日本帝國主義的文學概念，張良澤先生卻荒謬地將二者相提而並論了。

張良澤先生對西川滿推崇備至的另一點，是說西川「把台灣的民間文藝提升到芬芳的文學境界」。張良澤先生說道：

> 觀西川氏之雜誌和著作，就知道其內容殆為充斥台灣民間的卑俗的故事．傳說．風習等，取之為文藝，從而把素來被忽視的素材，因西川浪漫的情緒和藝術性技巧，一變而升登文學的殿堂。
>
> ——張良澤〈戰前在台灣的日本文學〉

在殖民地中，對於文化，一貫存在著兩個標準。從殖民支配者的文化以觀，殖民地的「故事．傳說．風習」，莫不「卑俗」。但從被支配民族自身的立場以觀，這些故事、傳說和風習，儘多優美而堪足自傲之處。即使從更激進的革新的立場去看，殖民地反抗的知識分子固然也在自己的文化中看到其鄙陋、落後之處，並且進一步為了圖強而對自己文化中黑暗、落後的成分痛加撻伐，但這又與以日本人立場，以事不干己的態度，從愛殖民地神秘、異國性的趣味，既連腐朽、衰敗的東西也大加嘆美，兩者之間，有迥然不同的意義。

而所謂西川透過「浪漫的情緒」和「藝術性的技巧」所表現的台灣，直如前文所說，是以在台

「二世」日本人的立場去形構出來的「人工的、空想的、幻想的」西川滿自己的「台灣世界」（近藤正己《西川滿札記》），與日據時代台灣的具體現實之間，自然有巨大距離。根據研究西川的學者近藤正己先生的意見，西川的早期作品中的台灣，是沒有實體的，西川自己幻想的台灣；他的後期作品中的台灣則多筆記、史料中古台灣的神秘、幻覺為多。而在這樣的作品中，人們如果想從中找出西川「對當年台灣人所處狀況之深刻思考、解釋等描寫」，是「極端困難的」。在台灣生活了三十多年，卻永遠不能不「以日本人價值觀的尺度」來看台灣的生活的「二世」日本人西川滿，無從真正深刻地理解台灣的「故事·傳說·風習」，自是十分明白之事，則西川又如何能把這些「卑俗」的台灣「故事·傳說」和「風習」，點石成金，「昇華」為「芬芳的文學」呢？

壓抑還是「促進」了台灣文學？

張良澤先生還認為：西川滿對於促成日據時代台灣文學的盛況，有莫大的作用！在〈西川滿先生著作書誌〉一文中，張良澤先生滿懷著感激說道：

> 如果沒有西川滿的存在，日據時期的台灣新文學運動，必不能那麼盛況，那麼豐收。他的

存在之正面作用，是確立地方文學的地位，培植台灣作家及日人作家。負面的作用，是刺激台灣作家紛紛背離他的獨霸文壇作風，而各立門戶，反而形成台灣文學的多采多姿。

查西川介入台灣文壇的主要活動，約在一九三四年以後。從台灣文學史的編年看來，早在一九二〇年代就有賴和、楊雲萍、楊守愚、克夫、楊華、一吼，和三〇年代初的林輝焜、賴慶、陳鏡波、徐坤泉、張文環等這些人。即使是在一九三四年以後，日據時代台灣文學進入它的高潮時期的作家郭水潭、呂赫若、蘇維熊和楊逵這些人之輩出，和西川滿的「存在」是怎麼也扯不上任何關係吧。事實告訴我們，隨著日本侵略中國的戰鼓逐漸昂揚，台灣新文學逐漸受到日本在台灣戰爭體制的彈壓，終至消滅。以西川滿為首的日本殖民地文學乃快速地向著戰爭協力的文學飛躍，代之而興。西川的崛起，至於在戰爭文學的嘯喊中享盡榮華，其實是以在西川協力下蠻橫地彈壓台灣文學為重大代價的。近藤正已先生說得好：

九一八事變、七七事變之後，日本的侵略戰爭更形具體化。而此種作為運動的文學，在總督府更進一步的壓制下，已不能再展開，復加上禁止使用中文，遂幾陷於窒息的狀態。「第二世」日本人文學在此背景下，相對地也就蓬勃的登場了。

——近藤正己《西川滿札記》

一九四一年，「台灣文藝家協會」正式編入日本戰爭體制，西川滿出任協會的「事務總長」。一九四二年，西川率團參加「大東亞文學者大會」，年底發表戰爭協贊的黷武演說〈一個決意〉，四三年，抨擊抗日的台灣文學主要傳統精神現實主義為「狗屎的現實主義」，同年九月，西川提議「撤廢結社」，廢刊《文藝台灣》，翌年並以「皇民學塾」代之，終於將據他自己說比糧食還珍愛的文學，獻上戰爭的祭壇。至此，「浪漫的」、「唯美的」西川滿，肆無忌憚地暴露了他原本極右翼、法西斯的戰爭性格，在台灣文學仆倒在日本戰旗下受到嚴苛的檢舉與彈壓之同時，西川滿卻享盡了皇民戰爭文學的榮華。張良澤先生竟何所據而謂西川滿昌盛和「豐富」了台灣文學呢？

至於說西川滿「提拔」、「培養」了作家，日本在台作家中有幾個是西川滿所培養的，不得而知。至於台灣作家，除了張良澤一再提及的某評論家，並未列出其他的名字。鄭清茂教授向張良澤先生質詢：除了某評論家之外，究竟西川還栽培了哪一個台灣作家時，張良澤先生說那些受到西川栽培的台灣作家，光復後都「絕筆」了。如果張良澤先生所說的那些作家，是一直跟西川從《台灣日日新報》到大東亞文學奉公會一路鬼混的作家，「絕筆」至少是知所羞惡之表現吧。至於張良澤先生不憚於一再提到的某評論家，除非某評論家自己出來承認是西川的弟子，否則，事關名節，別人是不便妄評的。

頭號戰爭協力文化人西川滿

在為西川滿飾辯和遮掩其戰爭協力的罪惡責任時，張良澤先生已經到了不惜拋棄學問、歷史和民族的立場，到了不惜空言狡辯的地步。張良澤先生這樣說：

在（西川手著的）那麼多書卷中，只有一卷《一個決意》是歌頌「大東亞共榮圈」的作品。且此卷出版於戰爭末期，全國動員令下之時局。處之今日，台灣作家哪個不寫「反共必勝，抗俄必成」？

——張良澤〈西川滿先生著作書誌〉

對於西川在戰爭末期之言動，凡被統治者都不會有好感的。但揆諸當日台灣文壇，除少數反骨作家，餘者不論日人、台人，大多數作家皆不能不順從統治者之指揮……

準此以觀，協贊「皇民化運動」者派請西川氏一人之缺點。且以一人之一項缺點，來否定這一個作家的全面，不能謂為公平。

——張良澤〈戰前在台灣的日本文學〉

先說西川滿在戰爭末期到底發表了多少協贊日本帝國主義戰爭的文章。除了張良澤先生提到的《一個決意》之外，根據近藤正己先生所做更為詳盡的年表看來，一九四一年，他受台灣總督府的囑託執筆寫小說〈鄭成功〉。一九四二年，「台灣文藝家協會」在台灣軍報導部、總督府情報課、皇民奉公會的協助下搞文藝活動，西川在會上朗誦〈泳於大海〉；同年，西川和濱田隼雄率團（與團台灣作家姓名姑諱）參加在日本召開的「大東亞文學者大會」，主張「日支文學交流」，並以「文學也是戰爭」為題發表演講。一九四三年，西川發表〈鄰坊組織也要文學〉，五月，抨擊作為台灣抗日文學主要傳統的現實主義為「狗屎的現實主義」（「糞寫實主義」）。七月，在總督府情報課皇奉中央本部和「日本文學報國會」的協助下，召開「台灣決戰文學會議」，會中西川竟積極到提倡廢止結社之自由，率先決定停刊《文藝台灣》作為鎮壓其他結社的樣板。一九四四年，西川自設「皇民學塾」，召前《文藝台灣》同仁至西川的宅中講授《古事紀》、《日本書紀》等皇民史觀。五月，西川寫〈幾河山〉、〈戰爭與勝利的結晶石〉、〈斗六國民道場〉等。此外，西川並寫了〈新加坡陷落〉、〈蘭印無條件投降〉，時間在《一個決意》發表時稍前。

這些輝煌的紀錄，清晰地說明西川滿根本不是在日本戰爭體制脅迫之下從事戰爭協贊的言行，而是西川滿從青年期以來作為二世日本殖民者右翼反動的歷史所形成的、真正的西川滿性格的表現。

西川滿，是日本殖民地技術支配者西川純的兒子。而西川一家，又是日本豪門秋山家之後。在日本資本主義奔向擴張的軍帝國主義過程中，若秋山-西川這種日本閥族，起了重要的作用。西川一家是來殖民地台灣經營煤炭企業的，先天地帶有榨取和支配殖民地的性格。三歲渡台，十四歲回日本求學的西川滿，看到他的祖國日本本土上竟有日本農民和工人在艱苦勞動，原以為農民、工人、苦力皆為台灣人的少年西川，才知道日本竟也有工人和農民！一九二六年，試場失意的西川，幹過台灣殖民地官僚，任基隆稅關監吏。一九二九年，西川二十二歲，在早稻田第二高校中參加了當時右翼團體「國體科學聯盟」，最早表現其右翼的思想傾向（近藤正己《西川滿札記》）。九一八事變、七七事變之後，這右翼的、戰爭協贊的西川本性逐漸發露，使西川滿為日本皇民化運動盡了最大的力量。關於這一點，即使張良澤先生在向日本人極力推薦西川過去的愛國行誼時，也不加隱諱。他說：

一九四一年四月，台灣「皇民奉公會」成立。翌年九月，作為「日本文學奉公會」台灣支部的「台灣文藝家協會」改組。十二月，同協會由西川滿、濱田隼雄、龍瑛宗、張文環四人為台灣代表，派往參加第一屆「大東亞文學者大會」。一九四三年二月，設「皇民奉公會文化獎」，西川以小說〈赤嵌記〉獲第一屆大學獎。

西川氏原為具有浪漫、耽美的本質和士族家風的傳統的詩人，因此，他的文學性格和當時日本帝國主義的擴張政策中所隱壓的幻想性，有其一致之處，遂使西川積極協贊了旨在強化日本帝國殖民改策的「皇民化運動」：

顯著的例子，是西川滿氏在參加「大東亞文學者大會」不久，初次發表了歌頌大東亞戰爭的詩集《一個決意》和小說《生死之海》……

——張良澤〈戰前在台灣的日本文學〉

這些資料，在在都無法用被日本戰爭體制裹脅為由，來為西川的帝國主義性格辯護和開脫的。其實，根據近藤正己先生的研究，西川的右翼的、反動的皇民主義思想，早在日本發動戰爭前就明顯地表現在他的作品中。近藤先生說道：

若要想從他的作品中，找出對台灣人所處狀況之深刻考慮、解釋等描寫則極為困難。以下

（所引用之）片段，是較明顯可見的：「在以高度國防建設為國家急務之今日，並非回顧個人自由平等的時候。個人無論如何要堅固職守，繼承父祖之遺業，以為社稷。」（〈赤嵌記〉）「沙棠（現在的梅里尚德）已睡了吧！那個孩子讓他進台南國語學校吧！這以後，不能不學國語。如此一來，如果我這一輩無法奉公，那個孩子、或孫子，過了兩代、三代，只要是流著我的血，便使之盡皇民之赤誠，為鄉土盡力吧！」（〈雲林記〉）

以上二節，均非（西川）就執筆當時，亦即現實之背景來寫，而是以台灣歷史為題材所用的片段。

——近藤正己《西川滿札記》

至於把責任推卸給西川性格中的「耽美、浪漫的文學性格」和「士族家風的傳統」，就更為無稽了，真正的唯美主義和浪漫主義者，應該以擴張主義和軍帝國主義為醜惡，甚至以一切現實政治為俗惡吧。西川滿的極右翼反動性格的發展過程，正好說明了他的所謂唯美主義，他的所謂浪漫主義，其實是虛偽的外觀，骨子裡囂狂的皇民軍國主義才是西川的基本的、真實的性格。

不清算，可以；翻案，不准！

回顧日本逐步走向戰爭的歷史時期中，殖民地台灣遭受了多麼巨大的精神和物質的傷害。在那個瘋狂的時代裡，數百萬台灣人民固無論矣，即使是加害者日本的侵略當局，也成為他自己所犯的嚴重罪惡所侵蝕和墮落的被害者。在殘酷、嚴苛的暴力下，多少人的良知和心靈為了隱忍偷生，受到重大的羞辱和傷害。這就是人們一直不忍對於即使在日據時代至極明顯的協贊日本軍事侵略體制的一些台灣作家、文化人加以無情揭發和清算的原因。但是，也正好是在舉世屈從於狂恣的淫威的時代，一些敢於堅守原則，不惜以自身的破滅為代價，挺身抗爭，敢於為人性的尊嚴面對施暴者的鋒鏑的人們，才更值得後世之人格外欽仰和尊敬。張良澤先生那種「誰都不可能不投降」論，是對於正氣、公義、原則和勇氣最令人遺憾的侮辱。如果張良澤先生還要進一步以這「投降有理」論，去為一個曾經高踞協力日本侵略戰爭的文化人榜首的西川滿翻案，則即使不站在中華民族的立場，就是站在作為一個有良心的人的立場，也是值得震驚的瘋狂罪惡態度吧！

張良澤先生曾引用日本文學史家奧野健男的一段發人深省的話：

（戰爭期中日本）文學家當中，雖然有一部分人醜惡地向當局靠攏，以告密出賣朋友，做出狂信的、皇國主義的、法西斯的言行，但是大多數其他文學家，態度一般是消極的。……（當時日本）不曾有過冒死以積極地主張反對戰爭或反對軍國主義的文學家這個事實，雖然可以看成日本文學家的弱質和日本民族與社會的宿命的性格，但也不能不因而引起吾人深刻的反省。

——張良澤〈戰前在台灣的日本文學〉

張良澤先生引用這一段話的目的，原是用來作為「投降有理」論，為西川滿開脫的。但是日本人奧野健男先生和近藤正已先生深刻的反省、知恥的態度，和台灣人的張良澤先生之一味為日本侵略罪行展辯的態度，形成一個令我深為羞恥和悲傷的對比。在日本軍、帝國主義最猖狂的時代，多數日本作家的消極退縮，不肯正面挺身出來反對當時的戰爭政策和帝國主義路線，奧野健男稱為日本文學者的弱質。則受盡日本帝國主義侵奪，身為前殖民地出身的知識分子，迢迢到過去的殖民者之國日本去發表類若〈戰前在台灣的日本文學〉的論文，我幾乎可以想像到當張良澤先生朗朗地宣讀他的論文時，舉座日本學者尷尬俯首的窘狀了。

學術研究受到研究者個性、立場、思想的影響，毋寧是自然的事。但像張良澤先生這種毫無學術、良心和民族立場的態度，真是絕無僅有。如果張先生研究的，是綠豆芝麻一類的題目，倒也罷了。不幸的是，張良澤先生是在日本的國際學界，談論有關台灣文學史和思想，則忝為台灣文學界的一員，就不允對張良澤先生的千古未有之奇的錯誤，保持緘默，從而有必要提出糾彈，否則整個台灣文學界豈不貽笑於國際士林，對於殖民時代歪扭了的歷史下歪扭了的人，如何協助日本帝國主義加害者為虐，不加追究，是可以的，因為全體而論，莫不是戰爭的受害者。但如果有人處心積慮的為奸佞翻案則斷斷不准！為的是為人間後世留下起碼的正氣啊！

初刊一九八四年三月《文季：文學雙月刊》第一卷第六期，署名許南村
收入一九八八年五月人間出版社《陳映真作品集12・西川滿與台灣文學》

1 〈戰前在台灣的日本文學〉，一九七九年發表於第三回國際日本文學研究集會，一九八〇年出版。

追究「台灣一千八百萬人」論

為什麼黨外叫「台灣一千八百萬人」的共同願望？國民黨也叫「一千八百萬人」的自由與幸福？美國也說台灣「一千八百萬人」的和平與幸福云云？為什麼……

一般地說來，一個人的看法，和他對生活和世界的觀點，常常因為他在一個社會中所居的地位而有不同。比如說，有錢的人，收入不錯的人，覺得自己是幸福的，覺得明天會比今天好，對於未來有信心，對於現存的大部分法律、制度和其他現狀滿意的，總是居大多數。處於收入不好也不差的人，往往覺得目前生活還差強人意，但也有不滿之處，一方面希望將來過得比今天好些，一方面也對於生活上、社會上存在的一些特別是和自己的發展有關的缺點，很覺得不滿。另外有更多的人，收入永遠只是差可溫飽，終日勞動，卻似乎永遠沒有改善的一天。對於這些人，生活和世界總是暗淡的，沒有展望，也沒有保障。他們覺得一切繁榮、奢華和幸福，都與他們無關。他們辛勞、疲倦，生活永遠是那麼拮据。生活上一碰到較大的變化，例如生病、結婚或喪葬，立刻就得負債。對於他們，最大的關懷是希望老闆生意好，工廠多加班，多發些加班費，希望工作有保障，不要說裁員就裁員，希望物價穩定……，但即使這些起碼的願望都無法獲得。因此他們的心中永遠蘊藏著一股不安、焦慮、自卑、自暴自棄和對於茫茫的前途的挫折感。

中等以上階層的政治要求

在政治要求上，這三種人也各不一樣。富裕、幸福的第一種人，基本上希望維持現狀。他們希望社會安定、有秩序，學生和工人都不會鬧事，以便他們可以放心開工廠、做外銷，外國公司肯來台灣投資、買東西。當然，他們也希望改革，希望政治「民主」些、「自由」些，以便自己也能參與政治，從而開工廠、搞外銷、做生意都更為方便些，可以自己創造法律，改革政府組織，以便對外對內的生意發展有更合理的環境，或者至少可以通過參與政治，獲得企業經營上的特殊方便。他們當中有人支持黨外，但只願暗地裡送錢，絕不肯公開，因為他們怕萬一國民黨知道他們支持黨外，會在生意上找他們麻煩，整個企業就垮了，財富就泡湯了。有些人從純生意眼出發，拈一拈黨外，覺得不成氣候，乾脆參加國民黨，以金錢力和自己企業組織力，出來競選，果然光榮當選，一手做官，得國民黨當局的歡心，一手以特權做生意，超額利潤滾滾而來。當然還有一種人表面上不問政治，骨子裡大把大把送錢支持國民黨，買倒各種上下大小機關，儼然企業大君，頂著大企業家之名，大肆盤剝。

小市民階層的政治願望

不富不窮，對生活和社會現實又貪好又埋怨的人，比起第一種人牢騷多。拚命做生意，資金老是不足，在銀行借不到錢，卻眼看著大戶連騙帶誑借得大把錢。他們在商場上不是大戶和外國廠商的對手。經大戶轉包了一點工作，利頭低，辛苦備嘗。中產階級知識分子，不論在企業、學校、文化和政治上都很想出頭，卻無奈一個老大架構壓在每個人頭上，出路和空缺有限，使每個人都覺得懷才不遇，覺得說話、思想、做生意、搞事業都不自由。他們確想改變現狀，希望有一個做生意、搞政治、搞文化、搞個人事業都比現在更為自由自在的環境。他們之中支持黨外者，占很大比例，有少數一些人很勇敢，事業、職業砸了，也要搞黨外，支持黨外。另外更多的人心中支持，行動上則又興奮又駭怕。當然，其中也有不少人，支持國民黨。他們對當前社會和生活的現實，雖常常懷抱著困惑與不滿，卻更懼怕「黨外」、「台獨」、「共產黨」惹出更大的亂子，危及自己的財產和安定的生活。到頭來，連目前僅能掌握的一點點都會保不住。

社會下層和工人的政治願望

社會上的下層，最想改變現狀。因為任何改變，他們都沒什麼東西可丟的，最壞頂多是「改變」後他們過得跟今天差不多，除此而外，改變或許可能帶給他新的機會、新的希望。他們最大的願望是收入能多一點，不要每到月底就捉襟見肘，希望有錢使兒女受到較好的待遇，希望有自己的獨立的工會，保障職業上的安定和安全……。在政治上，他們往往是台灣中產階級黨外最忠心、勇敢的支持者。他們對黨外的希望和忠心，比台灣中產階級本身更沒有保留。他們寄望這些說話、辦雜誌都會講出聽起來很「爽」的話的黨外英雄賢士，能改革社會，改善政治，改變他們的生活。因此，選舉一來，在黨外競選辦公室中跑腿最勤、最不怕警察特務威脅的，都是他們。但是，有時，被黨外候選人激起一股改革的怒情，激昂起來，毫不躊躇地肯為黨外候選人在選舉中遭受到不公平待遇（例如做票）而躍起，決心去砸黨部，打選委會時，卻又往往看到那位候選人早已自己溜得無影無蹤了。

「一千八百萬人」論的三個市場

由此可見，台灣「一千八百萬人」，想法、看法和願望、利益並不一致。主要是因為他們在這個社會中所居的地位不一樣，利害當然也不同，價值觀念也跟著不一致。

可是卻偏偏時常有人會喊出一些口號，好像說全社會上大家都擁護這個口號。例如最近兩三年來有一個最最流行的口號，是說：台灣「一千八百萬」居民如何如何。台灣「一千八百萬」居民的幸福，台灣「一千八百萬」居民的福祉，台灣「一千八百萬人」的願望等等，就是其中最常見的例子。

最好玩的一件事是：不但黨外叫台灣「一千八百萬人」的共同願望，國民黨也叫「一千八百萬人」的自由與幸福。尤其有趣的是美國也說台灣「一千八百萬人」的和平與幸福云云。人們比較容易區分國民黨、黨外和美國之間在價值、角色、力量上的不同點，卻一直很少有人注意到他們之間的共同點。因此，這國民黨、黨外和美國間異口同聲的「一千八百萬人」論，應該引起我們的興趣和關切。

其實只有六百八十萬

那麼，我們不妨來看看這「一千八百萬人」論的具體意義。一千八百萬這個數，當然是從台灣的總人口數而來。依據一九八一年的統計，台灣的總人口計為一千七百九十七萬零二百八十八人。

當然這個數目包括一歲到七十歲以上人口。但在政治上有意義的人口，就是說有政治上的意見、感情、立場和重要性的人口，當然應該是「經濟上活動」的人口。那麼扣除十五歲以下，以及滿六十歲以上的人口，據一九八一年統計，大約只有六百八十萬一千人上下。這麼一來「一千八百萬人」的「願望」、「意志」、「幸福」或「福祉」論，在政治口號上就是個明顯的誇大了。

從人口學上再分析

其次，在這六百八十萬一千人中，其經濟活動的範圍、類別與性質也很不一樣。就按照人口學上的分類，起碼就可以再分為「僱主」類、「自營作業」類、「無償家庭勞動」類，和受僱（有償勞動）類等四個不同的範疇。

所謂僱主，指公司行號的老闆、股東而言。這些人一共是只有二十九萬一千人，占前述經濟活動人口六百八十萬一千人中的四．二%。自營作業者，指的是自由業、小生產者，共有一百四十三萬七千人，占經濟活動人口的二一%；無償家屬工作者指一般家庭管理，有七一萬七千人，占〇．五%；有償受僱者，指受僱於私人企業和公家機關，企業的體力勞動生產者和腦力勞動生產者而言，人口最多，計有四百三十六萬人，占台灣經濟活動總人口的六四．一%。

這六四．一%中，當然包含中等程度的受薪階級。但和人數占絕大多數的工資勞動者相較，當然是為數甚少。因此可以說，在六百多萬經濟活動的人口中，中等以下的工資（體力和腦力）勞動者占著絕對的多數了。

又「革新」又「保守」的中上階級

一般而言，僱主和部分自由業、小生產者和中上等薪水階級是前文所說的一、二類，屬於社會上的物質上或精神上的上層階級。他們最主張維持現狀、固定現狀。他們主張「自由」和「民主」，基本上是為了這「自由」足以促進和發展私人工商企業。大部分的自由業者、小生產者和一部分中上等薪水階級對現狀基本上滿意，但他們要求和目前在經濟、社會上占盡優勢的大企業階級、外國企業對公道，要求有平等參與的機會，因此他們要求改革，主要是把他們自己的處境改得和第一類人一樣如意和稱心。

這第一類和第二類的「革新」派，就是三十年來台灣中產階級黨外運動的基本力量。因而，他們在性格上是既「革新」又「保守」的。

由於他們要向國民黨爭更多的和他們在經濟地位相應的權利，他們批評國民黨，要求民主，提倡自由，以便更多更廣地參加政權，這種要求造成他們「革新」的一面。

但為了保持現狀，他們絕不主張比較廣泛的社會、法律、經濟等制度的變革，以使分配更平均，使工人得到更合理的經濟權、議價權、組織權。立法院討論有關基本上改善和保障工人的工作權、組織權和經濟權時，黨外和國民黨一樣不積極，一樣或明或暗地杯葛、打擊。黨外許多雜誌中，登了許多文章。但是真正為學生、工人、少數民族、漁民等講話的文章，在全比例中，不到百分之一。更極端的一些人反共反到帶著法西斯味道，反中國反到使用帝國主義的語言。凡此種種，充分表現出他們和國民黨、美國的高華德與雷根一樣的「保守」傾向。這就說明了為什麼國民黨、美國和台灣中產階級黨外常有相疊合的共同利益，從而有共同的語言。

「一千八百萬人」論是誰搞出來的幌子？

中產階級的黨外，對台灣沒信心，但又亟思維持台灣現狀。他們深知自己沒力量、勇氣和決心「保衛」台灣，因此主要地向美國人以「一千八百萬人」的意願為藉口，提出「自決」以「救台灣」的口號。但大多數工人和社會裡中等以下人民，「自決」與否的問題，對他們來說比較上遠得很。他們比較關心的是自己當前生活的改善和保障。至於自由與民主，工人和社會中等以下階層的人們最關心，最不吝於支持，但希望黨外真正關心他們的需要、問題和願望。不希望黨外英雄們忙著打破頭顱爭「主流」、說空話、出鋒頭。他們也希望黨外在議會中，在黨外雜誌上多談談，多反映他們的問題和他們受忽視、踐踏的權利和願望。

因此，您瞧，占著我們「經濟活動」人口中約二五％到三〇％的人們（中等以上階層）的思想和主張，卻以「一千八百萬人」的名義，強加在於「經濟活動人口」中約占六〇％（中等以下階層）左右的人的頭上來。而且國民黨也以這台灣「一千八百萬人」做幌子主張這、主張那，黨外也以台灣「一千八百萬人」做幌子說這、說那，美國國務院和少數一些參議員也以台灣「一千八百萬人」做藉口干涉這、干涉那，但我們人人以為常，從來沒有人認真問問這「台灣一千八百萬人」論的具體內容是什麼。「一千八百萬人」，只是一個空洞而無意義的數字。人口學上的數據，有各種不同的具體含意。特別是涉及政治上的主張時，更應該將人口數字擺在台灣具體的社會生產關係裡去評估和思想，才有確實的意義。這麼一來，我們才清楚知道了：在台灣，是什麼樣的人占最多數，哪些人的利益和願望最應該受到重視。否則，不論國民黨、黨外和美國所提的台灣「一千八百萬人」云云，就是一個假話，至少也是一個空話。

要求黨外擴大社會基礎！

在去年大選敗北後，台灣中產階級黨外運動，應該是張開眼睛，看清自己一貫扮演過來的角色的時候了。人民終於要向台灣中產階級黨外提出這個重要的問題——正如黨外一向對國民黨提出的一樣：黨外的先生們，請你們好好看清楚台灣的社會和人民，正確地擴大你們運動的社會基礎吧！

初刊一九八四年三月《夏潮論壇》第十二期、總第二卷第一期，署名趙定一
收入一九八八年五月人間出版社《陳映真作品集12・西川滿與台灣文學》

打起精神，英勇地活下去吧！

懷念繫獄逾三十三年的友人林書揚和李金木

從泰源監獄到綠島，他們倖免於死；等了三十三年，但國民黨仍要他們老死囹圄之中。報復主義可以撲滅人權燭火嗎？

今年元月二十二日，忽而聽說十一名三十年以上的政治終身犯假釋出獄。正為著這些我曾在台東泰源監獄和綠島感訓監獄共同生活過的老難友欣慶，卻旋即證實麻豆的林書揚和李金木兩人，並沒有被列入假釋的名單裡。頓時間，我被一種撕裂似的心的疼痛和深沉的憂悒，推落到近於絕望的、廢然的深淵中。

同在五〇年代初葉被檢束，並且在巨大的肅清中倖免於刑死，以終身監禁勉強存留了性命，開始了不知終期的、漫長的服刑生活的二、三十個老政治犯，總是互相攙攙扶扶地過了三十多年近於停滯的、岑寂的獄中生活。然而，原以為終於要老死囹圄之中的共同的一生，忽然在這兩年中，難友們陸陸續續釋放回家，只剩下孤單的兩人。林書揚和李金木一定會感受到被殘酷的政治報復主義和一貫不顯露出溫情的歷史所拋棄的、深刻的孤獨吧。

第一次知道書揚兄，是一九七〇年我被移送到台東泰源監獄的時候。然而由於管理上的隔離，一直要到七三年整個泰源政治監獄移轉到綠島以後，管理上重新編制，我才得以有機會和書揚兄、金木兄一塊生活。

林書揚

即使寫著稿的現在，不用閉上眼睛，就能在心中的幕上清晰地看見書揚兄清癯的臉龐。他的眉毛粗而且黑。一雙或者因為削瘦而顯得大些的眼中，經常透露著一種認真、誠摯和堅定的亮光。他的個性和平、溫藹而且穩重。在成分極為複雜的押房裡，發生爭執甚至打架，並不是稀有的事。但是在綠島那些年，我就從來沒有看過書揚跟任何人有過任何衝突。然而他又似乎以一種無形的、嚴苛的原則要求著自己。他關心同儕難友的各種精神上、生活上的困難，關心別人的病痛。在平時，他真可說是一個手不釋卷的人。因此，日語固無論矣，他是三十多年老終身犯中少數幾個能寫一手流暢、深刻的中文的人之一。他自修得來的英語，也令我這正式受過長時期英語教育的人嘆服。

在這謙和性格下，對於有關知識和是非的問題，書揚兄的態度卻是嚴肅而認真的。一九七五年初吧，我和書揚兄在放封散步的時候，偶爾談起似乎是關於台灣社會的性質問題，不料一連好幾天，放封散步的時間，竟成了我們一次難忘的討論。現在想來，對於他在討論中表現的一絲不苟、誠懇和認真的風格，留下很深的印象。

這種認真，不肯在時務下輕易變更原則的書揚兄的個性，還表現在他認真寫「自省自勉錄」上。所謂「自省自勉錄」，是獄方交給每個犯人的小本子，要人天天檢查自己的思想吧。大多數的人自然懂得寫些雞毛蒜皮的瑣事交差，唯獨書揚卻每天認真地記下所感所思，絲毫不因獄中現實環境的荒謬性格，而稍微曲筆。

「這樣，只會惹來無謂的麻煩吧。」

有一次，在他告訴我一則他寫的「自省自勉」內容後，我擔心地問。

他沉默了一會，獨語似地說：

「如果對自己最起碼的真實的勇氣都喪失了，我要到哪裡去得到力量，支持我度過這漫長的二十五年，支持我度過前頭漫無終點的囚人的歲月？」

他的聲音是平靜的。幾十個在那個秘密的監獄中的放封場上或慢跑、或疾走著兜著圈子的犯人，都脫光上身，貪婪地親炙著五月的離島上並不猛烈的陽光。天空是一片純淨的碧藍，而我的心中卻哽滿了書揚的話所激起的動盪、翻騰的情緒。

去年我作客美國的時候，碰見某一個國際人權組織裡的人，告訴我幾年前，據說有一個人權單位的人到綠島感訓監獄中參觀，遇見了林書揚。書揚竟坦然地帶著那人去看、去認識獄方極不願意外界知道的事。這位外國友人問我，林書揚會不會因而觸怒了獄方，從而表現出他顯明的憂慮。

書揚還是那個書揚啊。

記得在入冬的紐約，在沉默中，我兀自這樣地想著。和平、沉靜、溫藹，卻在義不容辭的時候，不稍姑息、隱讓的書揚的性格，在外國友人的談話中，活鮮地浮到當時的我的心中。

聽說了政府竟能允許國際人權組織的人，親自走進綠島監獄訪問，對於台灣在不為人知的角落中的開明作風，我始則半疑，繼則驚異。既然都准許外國人權單位的人走進了監獄，聽起來又似乎可以自由自在地接觸犯人，類似書揚的反應，就應該在獄方的估算之中，從而可以推定書揚應該不致於因此而遭到獄方的忌恨吧。記得我是這樣地安慰那一位素來不曾與書揚謀面，卻是幾年來僅僅因為單純的對人權的信念，關懷著書揚的命運的外國友人。但其實恐怕是我自己在不知不覺間，感染了那位外國友人的憂慮，而說了那些話來安慰自己的吧。

現在，書揚兄果然不幸地被摒除在假釋名單之外。我不禁想起那一張滿臉是紅色的絡腮鬍子的、猛抽著菸斗的、憂愁的臉——

「林—書—揚——會不會因此觸怒了獄方呢？」

書揚的兄長林書桎在一篇訪問中說，對於他，書揚在過去犯下什麼樣的錯誤，這錯誤是怎麼回事，到現在還令人諱莫如深。同樣，是書揚什麼樣的「錯誤」，使他被殘忍地剝奪了假釋出獄的權利，沒有人知道。

李金木

認識李金木兄，也在我跟著台東泰源監獄整個移轉到綠島之後。

那時候的李金木兄，是一個壯碩、身材中等的木匠。他的手掌粗厚，一看就知道即使在囹圄中於當時已二十五年以上的生活裡，他也不曾離開各種外役勞動。他那雙粗厚、結實的手，為難友們挑過水，炒過菜，種過菜蔬，蓋過房子，刨過無數的木頭。一直到今天，只要想起來，我都能鮮明地記得他那微腫、半閉的雙眼，和他朗笑時露出來的一嘴潔白、堅硬的牙齒。

我和金木兄在綠島共為囚人的生活中，最難於遺忘的一截，是我和他共同在獄中奉命挖了一個庭園小池的經過。

記不清楚獄方決定開一個庭園小池，何以竟選中了我當設計者。總之，我這「設計師」和幾個對土木、蓋房子有經驗的老終身犯，每天被釋放出來建造水池。利用綠島海灘上多的奇詭的礁石，果然讓我們開出了一個約略有些「雅」意的小池。為了在池邊的奇石上放一座小小的七層寶塔，正是李金木用木板做好每一層塔簷的小小板模，灌上水泥成形，一層層「蓋」了起來的。

即便是那小小的水池，即便是那更為小小的七層寶塔，於今怕也是早已爬滿了一遍又一遍歲月的青苔吧。這次回來的難友告訴我，金木仔已不復當年的勇健。他患上了嚴重的高血壓，半閉的雙眼，如今就更加經常地緊閉著了。

一個純樸的、農民出身的工匠，這次竟何以和比較上具有知識分子的原則執著的書揚兄被滯留下來，沒有人能給我們一個清楚的答案。

與自由無緣的兩人

三十三年！

多麼漫長、岑寂而又荒蕪的歲月。在這三十三年中，世界和中國，以及台灣，經歷了多少變化。韓戰結束。隨著六〇年代美國在中南半島上的挫折，到了七〇年代，基本上改變了東西冷戰的結構。而台灣，也因為極為複雜的因素，幸運地在遼闊的第三世界中，奇蹟般地獲得令人矚目的經濟成長。台灣的資本主義化行程，在過去二十年間，有了空前的發展。國民黨開明派和一部分台灣資產階級已經有力量提出「一個國家．兩個政權」的口號，去看待中國問題。從這歷史變化的背景看，作為歷史問題的五〇年代初期的政治案件，早應有相應的、新的評估。

今年元月間釋放了十一個終身刑政治犯，除了剩下的林書揚和李金木，五〇年代檢束的政治犯至此已經全部釋放完了。這或者便是國民黨用它自己的方式重估這個歷史所遺留下來的特殊問題的一個表現吧。然而，也正因為這是歷史問題，而不是個別政治犯「悛悔」與否的問題，滯留林書揚和李金木，不能不說是這重大政策的執行上一個極為令人遺憾的缺點。

而如果林書揚的被滯留，果然是針對著他在獄中會見外國人權人士時的言行的報復與懲罰，恐怕更應該追及當初允許外籍人進入獄中訪問的決定才對。

事實上，長達三十三年以上的監禁，老早已經喪失了原來的政治的、歷史的性格，而沉積為無法辯駁的、重大的人權問題。林書揚的哥哥林書桎說，就算書揚是個殺人放火的凶犯，判了三個無期徒刑，目前也該出獄了。他又說，如果書揚用他最輝煌的青春歲月，去償付他因而受懲的行為，由任什麼角度來看，他的刑罰也夠了。

李金木的女兒，在確定被囚禁了三十三年的父親仍不能回家時說，雖然父親在她還很幼小時被抓走了，但她一直都思念著囚中的父親。政府即使「不可憐一個關了三十多年的老人，也該可憐我們母女三十多年來無夫、無父的生活。」她記憶中的李金木，是個「那樣沉默、老實」的人。但這樣的人「卻與自由無緣」，女兒說，「只希望政府能可憐我們母女，將父親還給我們……」

歷史的拷問

二十多個原以為會一起共老、同死於獄中，三十多年來相依相持地生活過來的難友們，忽而全放走了，只剩下孤單的自己。對於面臨著這種巨大的刺激和變動的林書揚和李金木，獄方有沒有採取必要的措施，去評估和對應這巨大變動和激盪為這兩人帶來的緊迫（stress），我是極為憂慮的。

想起患有嚴重的低血壓、良性皮膚脂肪瘤的書揚和患有嚴重高血壓的金木仔兄，我不能不強忍著悲痛，但願千里傳聲，說一聲——

書揚、金木：

千言萬語，無論如何，請切切保重。

被囚禁的您們，在那悠藐的島上活著一天，歷史就對囚禁者的良心拷問一天。

書揚、金木，讓我們全打起精神，英勇地活下去吧！[1]

初刊一九八四年三月《夏潮論壇》第十二期、總第二卷第一期，署名許南村
收入一九八八年四月人間出版社《陳映真作品集8・鳶山》

1 林書揚與李金木於一九八四年十二月十七日假釋出獄。

「鬼影子知識分子」和「轉向症候群」

評漁父的發展理論

無的而放矢

由於曾經幾次讀過有些作家費力、忿怒而又無狀地為自己的作品做解釋、說明的文章，深深以為不堪、不可，就時常告誡著自己，千萬不要強做自己作品的解人。近來拜讀漁父的大作〈憤怒的雲〉（載七三年一月二十一日至二十三日《人間》版），敬服之餘，自然也猶不至於打破向來對自己的誡命。只是和許多明眼之人一樣，覺得漁父的大文，談文學，其實是假的，其實只是個幌子；談有關第三世界發展理論，才是真的，才是他「用心急切」的本意。對於社會科學，我真是一個只在「業餘」之時，偶爾一年只讀一、兩本書的人。溷跡商場，面目可憎，原是「既無能力也無資格」就有關第三世界發展問題發出議論的人。然則漁父的大文，卻無端地引起了我的興味，因此在絕不觸及漁父對我文學作品的批評這個原則下，單就第三世界發展的理論提出幾個和漁父頗不相同的意見。如果因而引起台灣年輕的、新的社會科學研究者的討論，未始非為美事。

漁父的大作中，貫穿著一份出奇的焦慮。這溢乎言表的焦慮之情，使他迫不及待地把小說集《雲》中的幾篇小說，判定是「顯而易見」地為所謂「依賴理論」張目的小說。其實，倘若漁父不那麼「用心急切」，他應斷乎不至於留下這於他為絕無必要的破綻的。

〈夜行貨車〉、〈上班族的一日〉和〈雲〉，主要地只寫出在現代企業經構下，受薪的企業人的形成以及與這形成過程相應的人的異化的過程。因此，這三篇小說中企業體的老闆，即使換成中國人，依然是可以成立的。〈夜行貨車〉末尾一場宴會中，如果是一群買辦的中國企業家的辱華性的謬論氣走了詹奕宏，故事的精神，依然不會有什麼改變。這三個故事的背景是不是跨國性企業，其實和小說的題旨可說是並無關聯的。則它們和漁父所急於打倒的「依賴理論」，更是風馬牛不相及了。

唯獨在〈萬商帝君〉中，我比較用心地寫了一個跨國性企業，以它全球性的行銷管理(marketing management)活動，如何對地主國的價值和思想進行深刻的改造運動。在現代傳播技術和國際範圍的管理技術下，即使土著企業的行銷活動，對人的行為、思想和價值的強大影響，是生動活潑的台灣生活裡每天中的真實。我只是因著自己曾經在台灣的跨國企業中負責過中級管理者的工作，參加過幾次亞洲級的管理訓練會議之體驗，更加深刻地注意到，以整個地球為企業管理的基盤的國際性企業，其行銷管理對於全球土著文化之令人震驚的改造力量罷了。

然而，嚴格地說來，即使這〈萬商帝君〉的主題意識，和理論結構上的「依賴理論」，以及和下文將要逐一分析的，顯然為漁父所理解錯誤的「依賴理論」，毫無必然的關係。理由是簡單而明白的：批評跨國企業的行銷活動，對落後國家文化的解體和改造，只是「依賴理論」中對跨國企業活動之批判的一小部分，更何況由於跨國企業的行為愈來愈引起世界經濟學家和政治學、社會學者的注意，各從各自不同的專業角度研究跨國企業者愈來愈多。有人搞跨國企業與全球性生態、汙染的關係；有人搞跨國企業中個人認同與民族認同的關係問題；有人搞跨國企業行為與各民族國家的國家利益間的關係，等等。然而，據我所知，「依賴理論」中對跨國企業的批判，似乎更著重在跨國企業倚仗其本身雄大無倫的資本力和超強母國的政治力，對落後地主國施加政治力和軍事力，從而以落後國社會、政治、經濟的「發展不足」為代價，穩固和擴大企業的超額利潤。ITT[1]和美國中央情報局共同顛覆智利阿葉德政府，就是一個生動的例子。據此以觀，即使是拙作〈萬商帝君〉，又和漁父所急於撲滅的「依賴理論」之間，殊無形式內容上的關聯了。因此，不能不說：漁父在一開場，就犯了議論所忌的「無的放矢」之過吧。

從史的展開去理解依賴的形成

雖然極不願意談論自己的作品，但是在與本文絕對相關的範圍內，把截至目前為止，拙作與依賴理論之間的「顯而易見」的完全無關性，做了概略說明如上。

接著，我想檢討一下漁父對於依賴理論的理解，以及基於這理解所做的反論。

首先，漁父似乎錯誤地把依賴理論中的「依賴」這個概念，看成是靜止的和外加的東西。漁父開宗明義地說道：

「依賴理論」認為，先進的資本主義國家，通過建立在商品經濟基礎上的國際分工秩序，來操縱、剝削和控制落後國家，由此形成一種「中心」和「衛星」的經濟關係。不僅在資本主義世界體系內有「中心」和「衛星」關係，環環相扣，最後連成一條上接歐美資本主義國家「中心」，下貫落後國家邊陲鄉村「衛星」的環索。在體系之內，資金和資源的吐納，所依靠的運作工具就是跨國公司。

漁父和一些現代世界體系的辯護士們，總是先把「依賴」理解成一個既有的「商品經濟基礎上的國際分工秩序」課予落後各國的鎖鍊，從而加以批評。事實上，依賴理論的主要精神，在於它歷史的、開展的性格，認為「依賴」是早在十五、十六世紀就開始的西方殖民主義歷史的展開，和近、現代世界史中帝國主義以及新殖民主義歷史的展開，在落後國家所造成的一種情境(D. L. Johnson)。正好是在這種制約性的情境中，一些「先進資本主義國家」發展的歷史行程，和廣泛的後進國「發展不足」的歷史行程，互為補倚，使廣泛的後進國經濟，受到少數先進國經濟發展和經濟擴張所制約(T. Santos)。依賴，是這四百多年來的新舊殖民主義歷史發展所造成的歷史的情境，絕不是漁父們所說富者原富、貧者自貧的貧富天定、天成論。

例如以非洲各族人民今日的悲慘情況的形成來說，就可以追溯到當年的奴隸貿易和殖民帝國主義。歐洲人在一七八三年到一九七三年間不但從非洲掠奪了無量數的象牙、鑽石、香料、黃金、白銀和獸皮，並且搶掠了數百萬人以上的非洲奴隸。沒有人能否認，在兩百年內，黑色非洲以她富饒無比的寶藏和數百萬奴隸的強迫、無償勞動，為西方「先進資本主義國」完成了原始資本積累，促進了工業革命的展開。同樣，有誰能否認，今日雄峙寰宇的美利堅共和國的形成過程，正是以北美印地安和黑奴的種族滅絕和種族歧視、奴役和壓迫作為代價？

如果中國曾幸而在十七、八世紀中免於西方殖民者的占領和奴役，則對於十九世紀列強帝國主義的侵侮，我們應有太鮮明的悲傷的記憶。幾萬萬兩白花花的銀子，在羞辱性的「賠款」項下，流出了中國。幾個重要的港口都邑，被強迫開放，成為西方「先進資本主義國」資本和商品肆無忌憚地闖過中國毫無準備的關口據點。勢力範圍的割切、租界的割讓，併吞台灣、控制稅收和海關，干涉司法和主權的獨立性……難道說，中國這一切悲慘的命運，不正是中國受制約於西方列強「發展」和「擴張」的歷史過程中，一個相應的崩潰、解體和淪落的、生動的說明嗎？

二次大戰以後，亞洲、非洲和拉美一些只取得形式上獨立的前殖民地國家，情況非但沒有根本的改善，而且有些地方、有些情況，遠遠比過去還糟。總督、警憲和殖民地官僚走了，卻換來傀儡政權和一批裡通外國主子的買辦中產階級和知識分子。西方「先進資本主義國」一仍透過複雜的國際政經關係，控制和掌握著今日各落後民族和國家的經濟發展計畫。原始原料出口和工業品不等價交換；在「先進資本主義國家」中的資產階級和落後地區內部資產階級的勾結下，進行對後進國勞力和原料的榨取和先進商品大量傾銷，更不必提國際產業—政治—軍事複合體為了保持和增加跨國企業的利益，對落後國家明裡、暗裡進行的各種干涉、威脅、顛覆和暗殺的罪行了。漁父和同他一般為十六世紀以來不斷擴大的「世界體系」辯飾的人們，例如發展論者和現代化論者，在喋喋不休之餘，儘管他們有些相互不同的說詞，卻有一個重要的共同點：那就是他們全都絕口不提殖民主義和帝國主義與今日世界「先進」與「落後」的結構之關係；總是要去強調別的一些他們認為「重要甚至更重要的」「其他因素」，例如「決策人所扮演的角色」，也例如「企業精神」、「基督教文明的影響」、「成就動機」，等等（Cheddo, McClelland）。

問題不在於關係，而在關係的性質

其次，漁父顯然對於依賴理論中「發展不足」的形成論，有錯誤的理解。試看漁父是怎麼說的：

依賴理論有幾個主要命題：落後國的發展不足（underdevelopment），正是由於先進資本主義國家發展的結果，換句話說，落後國家的貧困，是因為它被納入了「體系」之中。如果它們能擺脫依賴，獨立自主地發展，經濟成長一定會加快。

漁父在這短短的敘述中，犯了這幾個「顯而易見」的認識上的錯誤：

首先，由於漁父把依賴看成是一種自存、既存的情境，而不是將「依賴」理解成一種歷史發展所形成的情境，因此認為別人主張的是「落後國的發展不足，正是由於先進資本主義國家發展的結果」。據我有限的知識，幾乎沒有一個依賴論者有過這樣的簡單化的機械的主張。從十六世紀開始形成的世界體系的歷史發展去看問題的依賴理論，是從新舊殖民主義、帝國主義四百多年的歷史行程中，去看依賴和支配的互動關係。落後國家的發展不足，非僅是「由於先進資本主義國家發展的結果」，也同時是「先進資本主義國家發展」的原因。同樣，先進「資本主義國家」的「發展」，不但是「落後國」「發展不足」的原因，也是其結果（D. L. Johnson; D. A. Offiong）。

漁父對依賴理論的另一個錯誤理解，是說「落後國家的貧困，是因為它被納入了『體系』之中。如果它們能擺脫依賴，獨立自主地發展，經濟成長一定會加快」。

實際上，依賴理論說的是，落後國家的發展，往往嚴重地受到世界經濟體系或國際市場中支配性經濟的制約與限制。依賴理論者絕對承認落後國家，在被「納入體系」中以後各別地、特殊地、局部地「成長」的可能性。問題在於，這有限的「成長」和「發展」，是作為「先進資本主義國」更為巨大的發展和擴張的一個反映而存在的。依賴理論清楚地理解到：國家不論貧富，沒有一個國家能脫離世界市場而「獨立自主地發展」；也沒有一個國家能在制訂和選擇繁雜的發展政策時，能夠完全「獨立自主」，不受任何因素的拘束。然而，不同的在於，貧困國家的「發展」和「成長」，是「先進資本主義」支配國擴張的一個反射（reflex）時才發生，而且這「發展」和「成長」，是更多地按照支配性的外國經濟而不是本國經濟的需要所促成的（I. Katznelson et al.）。在一個依賴性的社會裡，類如資本和技術等外國的生產因素，一直是經濟發展和社會政治生活中的決定性因素。從而，因著在這「世界體系」中世界市場上的若干重大決策的決定權都操縱在大國的手中，除了屈從之外別無選擇的貧困國家的發展，就不得不受到大國的支配和限制了。

以現實的歷史實例來說，帝國主義的資本、技術和商品，有扼殺中國和印度的自發性、土著的萌芽期資本主義發展的一面，當然也有介紹現代資本主義生產方式、現代化公共設施、交通、電訊、教育制度、衛生機構和銀行體制等的一面。但這一切相對性的「成長」、「進步」和「發展」，是作為英、法、美、俄帝國主義支配經濟在中國和印度的擴張與發展的一個組織部分而發生。如果我們不曾忘記當時稅收、海關、法律、價格、市場和原料等等全操在列強之手，依賴理論的歷史解釋，特別是從一個落後國知識分子的立場上去理解，就會有極為清晰的認識了。

國際規模上的「貧富天成」論

自古以來，關於貧富不均的社會事實，一貫存在著兩種不同的看法。一種是貧富天成論，認為有錢的人原來就有錢，或因祖宗積德，或因命中富貴，或因本人貴重，總之，富貴者天生就是富貴。同樣，貧者、賤者，原就貧賤，或者因原命輕賤，或者因其好逸惡勞，總之，貧困者自始就是貧困。當然，另一種看法，就包括在一句極為普通的話：「為富不仁」。意即富者之所以致富，總是以不同程度的「不仁」，完成了財富的蓄積與集中的。

在國際範圍內，漁父和一些其他類似的理論家，是深信著富國自富，與貧國之困窘無關；貧國自貧，與他國的富強無干。很有一些西方種族中心論的學者(例如D. McClelland)，認為落後國原就在文化和經濟社會上落後，而把西方的「先進」和「發展」看成原就「先進」和「發達」，從而把社會發展階段分成「傳統」社會和「現代」社會，把落後國——例如非洲各國之所以落後，歸咎到落後國自己因為本身這樣、那樣的因素而跳不出「傳統社會」階段，對於西歐對非洲長達五個世紀的殖民地凶殘掠奪、榨取和摧殘，隻字不提。而漁父正好也是這樣一個理論家。他說：

富裕國家之所以富裕，未必是由於「殖民經濟」。北歐國家、瑞士、加拿大、澳洲，從未向未開發地區抽取任何資源，甚至毫無經濟接觸。它們之所以富裕是因為自身的資源豐富，生產力發達，特別是人力資源的豐富。那些與落後地區接觸的先進國家，在最初接觸時，已經十分富裕。它們的富裕，和落後國家的落後，其實沒有因果關係。

這不是典型的、國際規模的「貧富天成論」又是什麼呢？

在前文中，我們已經舉出凡殖民地知識分子無不熟悉的這些歷史：橫越大西洋的奴隸買賣、殖民主義、割地、開埠、通商、賠款和干涉，是怎樣重大地構成先進國血腥的原始積蓄，構成從商業資本向著工業資本飛躍的物質誘因，直接觸發了西歐工業資本主義全面發展的工業革命。四百年來新舊殖民主義和帝國主義開展的「世界體系」形成的歷史，說明了早期英法的發展和今之美俄的發展，恰好是同樣一些國家發展不足相輔相應地展開的，豈能說「富裕國家之所以富裕，未必是由於『殖民主義』」呢？

殖民主義就是殖民主義，是歷史的、經驗上的真實，我們是絕不在引用時加上括號的。依賴理論所剖析的，如前所言，是十六世紀以還的英法美這些殖民帝國的發展，自然不論「北歐國家」和「瑞士」等發展的取樣上，不成一個典型，在國際經濟學上，幾乎沒有討論價值之國。關於「北歐國家」和「瑞士」的原始積累如何形成，我慚愧毫無知識，不敢妄論。但今日它們皆以最尖端、精密之工業產品與世界其他地區——應該也包括貧困國家吧——進行不等價交換，也是周知之事。

說到加拿大和澳洲，漁父似乎竟忘記了這兩個地方，不折不扣地是英國人和法國人所建立的白人的殖民地。漁父難道真不知道，這兩塊白人的大殖民地的發展，明明白白地是由於英國、法國對非洲、拉丁美洲和東亞殖民統治所搜刮之剩餘（surplus）去建設的嗎（A. K. Bagchi）？再者，加拿大和澳洲的「富裕」，難道不是以這兩個地方的原住民族印地安人、愛斯基摩人和大洋洲上才離開新石器時代不遠的土著民等的種族滅絕這個殘酷的基礎上建立起來的、血腥的「富裕」嗎？漁父似乎刻意漏列了美國。今日美國的形成，和英國從亞洲、非洲搜刮所得去投資經營，和起初是印地安人的滅絕和對於黑種人奴隸的強迫性無償勞動之掠奪，嗣後是無遠弗屆的「五角大廈—國際企業—ＣＩＡ」複合體向全世界的擴張，當然有密切的關聯。

然後，漁父不憚乎孜孜不倦地告訴我們：富國的雙手是絕對神聖而潔淨的。漁父說道：「它們之所以富裕，是因為自身資源豐富，生產力發達，特別是人力資源豐富。」

而倘若說到「資源豐富」、「生產力發達」和「人力資源豐富」，今天散列在遼闊的世界南方的落後而又貧困的中國、印度、拉丁美洲和非洲，早在今天「先進的資本主義」國家尚在茹毛飲血的時代，不是都創立過輝煌無比的中國、印度、印卡和伊索比亞、埃及的精神和物質的文明嗎？從十六世紀開始，正是拉丁美洲、非洲和東亞的貨物、織錦、黃金、白銀、工藝、獸皮、香料、寶石……吸引了貪欲的西歐航海探險的殖民主義者。準此，誰也不能說第三世界資源不豐富、生產力不發達、人力資源貧乏。漁父們這些歐美系社會科學者規避從十六世紀展開的歐洲新舊殖民主義和帝國主義的歷史發展所形成的世界體系，想來大約只有一個目的，那就是笨拙地為「先進資本主義」世界經濟全球性的支配做掩飾和辯飾，因為如前文所不斷地指出，「那些與落後地區接觸的國家」，如果沒有奴隸貿易、沒有對於東亞、非洲和拉丁美洲的殖民地掠奪，就沒有工業資本主義發展所不能或缺的原始資本積累和劃時代的工業革命，也就沒有今日「十分富裕」的「先進資本主義國」了。說這些「先進資本主義」國家的富裕和落後國家的落後，完全沒有「因果的關係」的歐美系社會科學家們，總是認為貧窮國家的貧困與落後，是自生、自有的；是源於這些落後國家自身的「落後」和「傳統」性格，與世界體系的開展，「沒有因果的關係」，從而認為只要揚棄後進國社會自有的「落後」性與「傳統」性，吸收「先進資本主義」各國社會自有的「進步」性與「現代」性，就是後進國開始文明開化，開始發展和成長之日（W. Moore）。站在西歐「先進資本主義」世界體制的立場，做這樣的論議，至少還是比較上可以理解的。但不知也跟著歐美社會科學者學舌的漁父，究竟是以什麼樣的立場而云然呢？

「沒有發展的成長」

漁父的論點，開展至此，終於迫不及待地顯露了他熱烈擁護和支持當面世界體系的親體制性格了。他說：

> 第三世界的落後國家，如果拒絕納入「體系」而獨立自主地發展，是否經濟成長就會加快？事實證明並非如此。統計資料顯示，徹底參與資本主義體系的國家，長期來說，經濟成長

率要比不參與的國家高。以東非共同體的國家肯亞、坦桑尼亞、烏干達為例。在獨立之前，坦桑尼亞和烏干達經濟發展水平比較高，資源也比較豐富。但獨立後，坦桑尼亞實行獨立自主的烏伽馬主義發展路線，烏干達採行一種改裝的部落主義經濟，肯亞則被納入資本主義經濟體系之中。但如今坦桑尼亞是世界最窮的國家之一；烏干達的經濟也一塌糊塗。對照之下，肯亞的經濟倒是走在前頭。

我們在前文已經說過，依賴理論認為納入資本主義世界體系的落後國家，各別地取得一定程度內的「發展」是完全可能的。問題在於這「發展」的性質。依賴理論認為，在世界體系中的落後國家，是作為先進國發展和擴張的一個反射而有局部、各別的成長，是在先進國發展和擴張的全盤計畫中，作為這計畫的一個附庸而發展，而不是以後進國本身為主，以自己需要為導向的發展。而落後國家這極為有限的「成長」與「發展」，又回過頭來成為先進國更大發展與擴張的工具和條件，使落後國對於世界體系之依賴的結構，更形加深與鞏固，從而是抑制而不是促進了使一個國家經濟獲得真正發展所必要的結構性的改造(S. Amin)。像這樣，僅僅是在「統計資料顯示」的「成長」，而沒有伴隨著往更大、更長遠、更實質性的自然發展所必須的社會經濟構造的變革，也沒有以自己民族現實需要為中心的、由自己參與、指導和計畫的活力的「成長」，稱之為「沒有發展的成長」(growth without development，或譯「矮化的成長」)。

在若干第三世界國家納入「體系」後所取得的「沒有發展的成長」中，往往一方面是一大堆「統計資料」和一般性經濟數據上所「顯示」的「成長」，而另一方面卻同時並存著較有活力的經濟部門和更廣泛的停滯、解體的經濟部門，和逐漸深化的貧困；在在缺少生產上的結構改革；政府部門和經濟部門中缺少熟練技術和缺少本國人對高層經濟和生產部門參與；缺少一種自力更生，奮發圖強自立自主的信念、展望和決心。事實上，一些「徹底參與資本主義體系的」第三世界「國家」，為這「沒有發展的成長」所付出的代價，便是對於「先進資本主義」國家經濟發展和經濟擴張的高度依賴。象牙海岸和賴比瑞亞[2]就是其中典型的成例之一。

聯合國「統計資料顯示」：以共同投資形式，「徹底參與」了法國和歐洲共同市場「資本主義體系」的菲力・胡費・白格尼總統的象牙海岸，經濟成長率在六%以上，國民平均年收入也高於平均的非洲一般其他國家者。投資保持穩定地成長，政府有錢從事發展和建設，政府在行政上的花費，較許多其他非洲國家低得多。但在另一方面，整個象牙海岸的經濟結構和它在殖民時代者幾乎完全相同，國內富裕的少數精英與廣泛的、貧困的農民間的巨大差距，依然沒有改善。確實，在農業生產上，象牙海岸有顯著提高，但在基本結構上，依然是外國不在地主投資的大莊園經濟。除非根本上廢除形成一種倒退性的社會結構的、由外國地主付薪的農業勞動體制，在整個農業生產部門中進行結構性改造，象牙海岸的農業就無法取得更進一步的發展(S. Amin)。

在資本和財務上，象牙海岸採取了與法國、歐洲共同市場合作的政策。但這種合作投資的政策，是以損害自主性地設計自己的發展計畫的權利和以損害主權的獨立為代價的。在象牙海岸，外國資本對於全國經濟取得絕對性支配的地位。外國資本在象牙海岸所獲取的高度報酬，恰好說明象牙海岸經濟成長對外國資本的依賴程度。「統計資料顯示」：象牙海岸的僱主資本家，在數量上大有增加。但其中真正的土著的民族資本家卻微乎其微。即使有人可以說：今天，資本主義在象牙海岸確實有長足的發展，但人們卻絕不能據以說明：象牙海岸自己的資本主義有所成長。雖然象牙海岸不受法國和歐洲共同市場的統治，但在經濟上，今日象牙海岸與它在殖民時代者殊無二致：如果一切勞動者是象牙海岸的黑種人，那麼絕大部分的、真正的象牙海岸資產階級，是遠遠居住在歐洲，只是提供資本、技術和管理的歐洲人「不在資本家」(R. W. Clower et al.)。

再舉賴比瑞亞的例子。

比較上是「民族主義者」的托伯爾特總統在一次政變中被推翻以後，繼任的塔布曼總統採取了一種「門戶開放政策」。為了「徹底參與資本主義體系」，賴比瑞亞開門允許外國資本和土著資本無限制地發展。根據「統計資料」，在一九六〇年代中，外國資本湧入賴比瑞亞平均每年達七千五百萬美元。賴比瑞亞的國家總預算，從一九四三年的七十五萬美元升高到一九六三年的五千萬美元。但這一切改變，為賴比瑞亞帶來什麼樣的發展呢？美國國際開發總署（USAID）的專家指出：整體看來，賴比瑞亞人從事政府工作，經營橡膠園、運輸業、建築業和法律服務業。有少數一些賴比瑞亞人從事醫療工作和工商企業。外國人則絕大多數從事鐵礦、橡膠工廠和木材廠的經營。在重要企業和工業中，有一小部分賴比瑞亞人因法律的規定，受僱於外商機構，但他們大多只從事企業中公共關係、法律事務和廣告業務，不能參與真正的高層管理工作（R. W. Clower et al.）。正是由於缺少一種結構性的改革，「徹底參與」了「資本主義體系」後的賴比瑞亞，即使美國開發總署專家們，也觀察到這些缺點：龐大的官僚特權集團放棄了許多發展的機會，外交花費過高，教育預算偏低，殖民地時代的政治經濟殘留太重，政府部門官僚、家族關係影響效率。這些情況一直到托伯特總統時代依然沒有基本上的改變。賴比瑞亞少數一些買辦的資產階級和外國資本合作，經由外國資本和技術，對於本國進行盤剝和掠奪。在「統計資料」上，今天的賴比瑞亞比起托伯特總統的時代，固然有若干可以看見的「發展」，但是對於廣大的、貧困的賴比瑞亞人民，情況幾乎沒有什麼根本的改變。即便是在漁父所讚美的肯亞，歐洲殖民者所殘留的數百英畝土地，在「獨立」後由歐洲銀行貸款給富有的肯亞農民去購得這些土地，或由特權關係的肯亞農民取得，形成富裕的肯亞地主和貧困的佃農所構成的社會結構，取代過去歐洲地主和肯亞貧困佃農的結構[3]。「獨立」後肯亞土地所有關係在根本結構上的改革之闕如，和肯亞農業對於世界「先進資本主義」體系的依賴，使肯亞持續存留著類如殖民地時代暴露在強大榨取下在生死邊緣掙扎的農民(subsistence farmers)。

該死的民族主義者

漁父以非洲一些不願意「徹底參與資本主義體系」的國家如坦桑尼亞、烏干達在經濟上的失敗，作為受到「資本主義體系」膺懲的例子，來說明如果窮國不依賴富國，不但無從圖發展，簡直是在這世界體系中，無地容身的命運。

在某種意義上，漁父所舉的例子雖然令人沮喪，卻是真實的。在世界「資本主義體系」之下，弱小國家「追求『經濟獨立』」的困難(注意漁父以括號來表現「經濟獨立」這個理念時所傳達的深度揶揄意味)，也許可以用奈及利亞的經驗來說明。

由於深深地體會到要從幾世紀來的殖民經濟中自求解放，奈及利亞先要真正掌握自己的經濟，以期在經濟上而不只是政治上獲得獨立，奈及利亞軍人政府進行了經濟上的國有化和本色化（indigenisation）兩個政策。所謂國有化，是由奈及利亞政府將若干重要的外資企業和工業收歸國有，由政府接管。而所謂本色化，是政府經由法律的強制，迫使外資廠商接受奈及利亞人參與其管理和營管過程。奈及利亞政府分階段、有步驟、有規畫地進行了國有化和本色化的工作，並舉行各種訓練，期以提高奈及利亞人在管理、技術、生產和經驗上的能力，為培養和發達民族的資本而努力。但奈及利亞為了追求「經濟獨立」的努力，卻遭受到來自兩方面的複雜而巨大的困難。第一個困難，來自內部。長達四百多年的殖民經濟結構中，奈及利亞的民族資本無從發展。一切重要的企業、貿易和工業，長期掌握在外國人的手中，自己的民族資本積累無從形成，沒有自己的管理知識、技術和人力資源。在科學技術上，更是被掌握在外國廠商的手中。奈及利亞「經濟獨立」的努力，最先就碰到這些源於數世紀奈及利亞殖民地歷史所帶來的現實困難。而這些從數世紀殖民歷史所沉積下來的困難，即使是國有化、本色化，用國家力量強迫增進奈及利亞人接管既有外國企業，並由國家融資中小企業這些「民族主義者」的手段，也一時難以解決。

第二方面的困難，則來自外國企業的百般阻撓，企圖破壞奈及利亞的國有化和本色化的努力。收買奈及利亞人出面頂替，利用奈及利亞人出面購買一些政府規定不能由外國人經營的企業，以利實際上由外國人控制那個企業；收買奈及利亞特權人士，請他們當公司虛有其位的董事，卻把管理實務性位置掌握在外國人手中；遲延或抗拒政府的國有化和本色化改造……這些外國商社的阻撓和破壞，生動地反映在奈及利亞政府頒布的許多禁令之中（D. A. Offiong）。

但是，相形之下，奈及利亞在力圖「經濟獨立」所遇見的困難和挫折，比起其他同樣為自求解放而努力的國家所遭遇的命運，還是十分幸運的。新殖民主義，正是透過對於第三世界國家進行蠻橫的干預，發揮它維持並強化舊殖民地時代的超額利潤的功能。因此，對於新「獨立」的前殖民地國家，國際新殖民主義總是要千方百計地維持住原殖民地社會的法律系統、政治結構、價值體系和意識形態，以利其遂行新殖民主義的榨取和掠奪的機轉。任何這些舊結構和系統的革新和改造的企圖，往往帶來來自世界「資本主義體系」的蠻橫干涉：收買當地政治和軍事勢力，反對「民族主義者」的改革，政治暗殺、經濟封鎖、軍事政變，支持最苛烈的獨裁統治……不一而足。從二次大戰結束以來的三十年間，這些無情干涉和鎮壓貧困國家自求解放和力圖「經濟獨立」的事例，幾乎無年無之。而且在六〇年代，漁父所任職的聯合國，就曾經參與過幾件顛覆和暗殺非洲幾個企圖掙脫世界「資本主義體系」的政府及其領袖的罪惡案件。恩克魯瑪、魯孟巴，只是這些該死的「民族主義者」中較為倒楣而著名的兩人罷了。

漁父還舉了印度的例子，企圖破滅一切想要掙脫國際新殖民主義的經濟控制的民族主義者爭取自力更生的希望。漁父說道：

有些國家在發展之初，為了追求「經濟獨立」而大力推展基礎工業，結果適得其反。印度在五〇年代不惜代價，不顧產品需求情況，大規模投資重工業。這個政策使它從六〇年代開始，不得不長期「依賴」大量的外援食物和資金援助。

漁父想說的是這樣的結論：「追求『經濟獨立』而大力推展基礎工業」是使印度「從六〇年代開始」「不得不長期『依賴』大量的外援食物和資金援助」的原因。但是，事實又是怎樣的呢？

印度的問題之複雜，到了不必是搞世界經濟的人都能想像的地步。但是把印度今天悲慘的境遇，簡單地歸罪到印度妄自「追求『經濟獨立』」的漁父的宏論，恐怕絕無僅有吧。

「獨立」後的印度，在製造、農業莊園、金融和批發生意上，早已分配在以英國資本為主的外國人手中，即使在「獨立」後大量湧現的印度企業如煉油、製藥、人造纖維、各種耐久消費品等技術密集的工業，外國人私人資本和技術仍占有支配性地位。美國企業在印度的發展，更受到美國援助計畫的支持（PL480貸款基金）。早在六〇年代初，印度建立了兩個「基礎工業」的煉鋼廠，但都在資本上和技術上依賴於英國和西德的煉鋼資本。許多其他印度「基礎工業」，一開始就倚重西歐和蘇聯的資本和技術。但為了這種倚賴，印度必須付出重大的代價。每一個「合作」計畫，都有數不清的各種課加在印度身上的限制，例如限制產品輸出的地區，限制把某種技術許可給第三國；規定不經參與投資的外商允許，印度方面不准從事研究發展工作(A. K. Bagchi)。

由美國福特基金會推動的「社區發展計畫」，在印度渴望發展糧食生產的背景下，使美國農業資本和技術深入地滲透到印度的農業生產、技術和教育各部門。但喧噪一時的「綠色革命」，根本上失敗了，並沒有為印度解決嚴重的糧食問題(Punjab et al.)，從而使印度市場更加狹小化和毫無生氣，連帶地引起了公共企業資本財生產的頹落。一九六七年以後印度經濟危機，在資本財需求下跌的同時，產品輸出的必要，引動了極廉價產品的輸出。而出口工業的賦活，又深化了對於西歐和蘇俄市場和資本的依存。一九七五年間印度經濟、政治、社會和外交上的危機，使國內市場疲弱、外銷競爭乏力的印度經濟，成為重大壓力，迫使印度政府一步步放棄「經濟獨立」的方針和政策，更深地組織到世界「先進資本主義體系」，愈陷愈深地落在蘇聯和以美國為首的「經濟合作發展組織」各國的支配中(A. K. Bagchi)。

「印度在五〇年代」以來的經濟發展中所面臨的問題，大略已如上述。印度的故事告訴了我們，在政治上取得形式上的「獨立」的各國，在經濟上是如何地難於從舊殖民地殘留的枷鎖和新殖民地縝密的網罟中解放出來，從而讓我們更加深刻地體會到恩克魯瑪所說：「第三世界除非徹底地打倒、擺脫新殖民主義，永遠無法取得經濟、政治和文化上真實的獨立」的話。漁父，正像一切歐美資本主義體系的代辯人一樣，把落後國家落後的原因歸咎給這樣、那樣的理由——例如說什麼「追求經濟獨立」、「大力推展基礎工業」，「不惜代價、不顧產品需求情況大規模投資重工業」（！），卻獨獨隻字不提新舊殖民主義破壞性的影響因素。

是誰做主的發展？是為了誰的發展？

時常有一些出身於貧困的第三世界，到「先進的資本主義」國家受了教育，看見「先進資本主義國」目迷五色的繁榮和富裕，便對於自己祖國的貧困、落後起了深刻的輕蔑和仇恨，尤其如果看到長年以來祖國力圖「經濟獨立」，掙扎著擺脫「先進資本主義」的世界體系，卻不但一事無成，似乎愈搞愈窮時，這些知識分子的「先進資本主義」的「唯成長論」，竟可以達到不惜以重做那「世界體系」的奴隸，但求一口飯吃的徹底的買辦主義的程度。

然而，像漁父和類如漁父的一些歐美社會科學家，似乎永遠無從理解：第三世界的人民再窮、再飢，也還有人的尊嚴。他們絕對不只是幾億讓漁父們看了心煩的，因了飢餓而徬徨、掙扎著的牲口。依賴理論所不憚於陳詞的，是四個世紀以來世界體系發展，正是新舊殖民主義、帝國主義世界結構的形成過程。在這個過程中，第三世界國家在完全沒有準備、沒有預備好條件的情況下，硬生生地被推進「世界體系」之中，身不由己地隨著「先進資本主義」國家貪婪的發展、擴張的節奏和需要而運動，形成對於「世界體系」無奈的、苦痛的依賴。在這依賴的結構中，第三世界國家許多重要的經濟發展的計畫和決策，因著殖民地歷史所形成的政治、經濟關係，因著高度發展的國際金融組織和大眾傳播技術所形成的跨國性巨大企業，都是在歐美、日本的辦公室而不是第三世界國家政府和經濟機構所自動自發制訂，從而一切第三世界一切經濟發展的政策和方針，無不是為了「先進資本主義」各國的發展、擴張與成長的利益，而不是自己民族和人民的利益。為了達到此目的，「先進資本主義」各國，有時不惜以賄賂、威脅和收買貧困國家內部的特權官僚，支持和增進大國的掠奪。不少的時候，大國可以直接透過公開的政治或武裝干涉、暗地裡的選舉操縱、政變和暗殺，甚至利用貌似中立的國際組織如六〇年代的聯合國，進行暗殺、顛覆和武裝干涉來支持「先進資本主義」世界體系的利益。此外，外來的「先進資本主義」在貧困國內所培養的新興的買辦資產階級，和國外的國際壟斷資本階級，在這「世界體系」的運動過程中形成自然而且牢固的同盟，在貧困國內的政治、經濟生活上，發揮對於外來支配勢力的呼應和認同的作用。在意識形態上，貧困國家的一些買辦知識分子，也會自然而然地挺身出來，以「資本主義體系」無害有益論和「追求經濟獨立」該死之論教訓國人，更是不足為奇了。

必須指出：依賴理論從來不曾主張「擺脫」和世界的經濟和市場間的關係。依賴理論所批評的，是這關係的不平等的、受制於人的性質，從而要求改變這個不合理、不公平的關係。依賴理論不是只知「不惜代價、不顧產品需求狀況大規模投資重工業」的呆子。恰好相反，他們心憂慮煩地希望祖國的發展，是真正為了自己民族萬世千秋的利益所做的發展，是自己真正當家做主，自己按著自己現實需要和具體利益制訂發展計畫和政策，而不是永遠做別人的利益、別人的發展和擴張的工具，追求劇毒性的「沒有發展的成長」。退一千一萬步說，即使「追求經濟獨立」，在現代「世界體系」中是難到近乎不可能，第三世界人民要求經濟、政治、文化的獨立自主，自立自強，無論如何，是第三世界人民神聖不可侵奪的權利，不容輕侮。每一個民族都有權利按照自己的具體條件，按照自己的理想、良知和道德，選擇和決定自己民族發展的道路，並且有權反對和抵抗任何壓制和阻礙自己決定的發展道路的惡勢力，做堅毅不拔的鬥爭。

當漁父以殷惠敏的筆名，在香港一家雜誌元月號發表〈台灣與依賴理論〉時，以狀似不經意間提醒人們，依賴理論是列寧的帝國主義論發展出來時，無非是漁父用心深刻地想告訴人們，依賴理論的強烈的意識形態的性格。除了對於漁父在落筆片刻中表現出來的靈魂的墮落，感到傷痛，我想引用美國一位保守的社會科學者——他的「窮國之窮未必肇因於富國之富」論，以及「即使沒有掠奪窮國，富國照富不誤」論，和漁父的壯論完全雷同——彼得·柏格的話，供漁父和一切第三世界買辦的知識分子們做個參考。彼得·柏格說道：

資本主義在今日第三世界的滲透所造成的實際效果，大部分是有事實為證的。此種資本主義所付出的巨大社會代價和政治代價，絕不是單靠武斷的信念，而是有事實根據的。富國與貧國之間的兩極化；貧國之內大多數貧民與絕少數顯貴之間的兩極化；悲慘狀況的增加；第三世界外債的不斷增加，貿易與收支平衡的不斷惡化——這一切都不是馬克思主義者杜撰出來的，而是有其客觀事實為根據的。

——Peter Berger，蔡啟明譯

保守的、親體制思想的代辯人，不論其古今中外，都會死抱著一個不智的立場，那就是把只要一般的良心和道德就可以清晰地理解的道理，也氣咻咻地歸咎於這樣和那樣的「危險思想」的煽動。更何況，依賴論者，在深入檢視第三世界悲慘的現況之後，也知道除了西方資本主義體系之外，還有來自蘇聯的「社會帝國主義」、「壟斷的社會主義」和「蘇維埃帝國主義」，並且不憚於對它們發出深刻而尖銳的批判。漁父企圖向著台灣的同情依賴理論的人們飛來的「列寧主義」的帽子，不論在主觀的理論本身，和客觀上台灣言論政策的合理化跡象中，恐怕註定是一場徒勞的心機吧。

好一個無辜的跨國企業

漁父當然不免於要為被稱為國際巨無霸（international giant）的跨國性大企業說盡好話的。他說道：

人們往往忽略了跨國企業在發達的資本主義國家之間的投資與貿易量所占的重大比例。它們並非一定要靠第三世界的資源和市場才能生存。

依照「統計資料」，一九七四年美國在海外投資約一千億美元中，有三分之二是在擁有高度科技的國家中投資。在落後的第三世界國家的美國對海外投資，只占美國海外投資的百分之二十五（一九七五年美國國會聽證會紀錄）。但是，任誰也無法否認，跨國企業對於落後國家的投資，利潤率最高、最肥厚，遠遠地超過了資本在「發達的資本主義國家」中的投資回報率。理由是明白的：第三世界勞動力的價格低，在台灣十個月的工資，只能抵得上「發達的資本主義國家」中工人一個月的薪水。韓國、菲律賓、泰國和智利、巴西的工價還遠比台灣便宜得多。此外，第三世界國家在稅額、投資優惠、財政優待上的利益和特權，尤為可觀。因此，一九七四年，以美國為基地的美國跨國企業從埃及吸回美國的利益，等於同一年埃及國民生產毛額的四倍之高。一九七四到一九七五年間，美國從第三世界滙回美國的利益是兩百三十三億美元。在過去三、四十年中，美國跨國企業De Beers從坦桑尼亞滙回美國的利益，是當年它在坦桑尼亞投資的金額的三十倍（E. Onwumere）。

這些價值，恐怕還沒包括跨國公司以不正當手段千方百計地把賺自貧困國家的錢「盜」回本國的數目。這些不正之手段，包括高報投資用的機器、設備和高等原料；包括母公司和子公司間各種不按國際市場價格，而以所謂「移轉價格」的買賣；包括出口給相關公司時低報價格逃稅；包括國際管理人員差旅費、薪資的浮報等等。由於第三世界國家海關、稅務、會計的不發達和容易收買賄賂，這種不正當的手段幾乎是各跨國公司高層財務會計人員所熟悉的看家本領（D. A. Offiong）。

儘管漁父和其他歐美系社會科學家老是裝著一副滿不在乎的模樣，以各種不同的語言說：跨國企業「並非一定要靠第三世界的資源和市場才能生存」。但從幾十年來，駐在第三世界各國的跨國企業，為了確保自己的利益，不惜以超強大國的政治力、外交力、經濟力、軍事力和特務力，公然破壞國際法律和人權、道德與良心的制約，犯下罄竹難書的罪行以觀，對於第三世界的榨取和掠奪，依然無可否認地是歐美跨國企業甚至政府的重大利益。當然，對於這一點，漁父還是要做困難而技窮的狡辯的。他說：

跨國企業進入第三世界，未必會造成後者的貧困化。但跨國企業的主顧時常是一國的政府。為了追求利潤，維護壟斷的經濟利益，跨國公司往往發覺它和專制政權是利害與共的。可是由此建立起來的相互依存關係，雖然可以保障眼前的利益，但同時也可能成為一個必須在未來付出重大代價的政治陷阱（伊朗就是一個例子）。一般而言，隨著所在國政治的多元化及各種不同的社會壓力集團的出現，跨國公司所扮演的角色也會發生變化。認定它們必然地與專制勢力「狼狽為奸」，本身就是一個專斷的看法。

「跨國企業進入第三世界」，會不會「造成後者的貧困化」的問題，是應該擺在整個「先進資本主義」世界體系中的新殖民主義結構中去思考，而不是單獨、孤立地問「跨國企業」對第三世界國家的影響。即使前文舉過的保守派社會學家彼得·伯格也不能不捫著未死的良心這樣說：

在新殖民主義形態下，外商通常將新產業的利潤轉回母國，而使第三世界國家的支付逆差不斷增加。而推動耗資而不經濟的工業化所負的債務更會使支付逆差的壓力顯得格外沉重。發展所謂的「進口替代」(import substitute)工業的策略，在一九五〇年代及一九六〇年代初在拉丁美洲及其他地方曾被廣泛推介為發展的標準處方。但它應用下來的結果，幾乎在任何地方皆招致失敗。由此可見，新殖民主義正是意味著愈來愈窮，以及對外國勢力愈來愈依賴。

——Peter Berger

彼得·伯格並從而印證，以跨國企業為主要的作用機轉的現代新殖民主義在第三世界中所造成的，是一種使第三世界不斷地奔向愈陷愈深的「發展不足」的形成過程(development of underdevelopment)，也就是貧困化、解體化、附庸化的過程。

其次，既然漁父自己談起了，讓我們也約略地看一看跨國企業和「專制政權」的關係。為了免於理論的冗繁，我們就以美國參院自己的調查報告為依據，談一談美國國際電話電報公司(簡稱ITT)、美國政府和中央情報局怎樣以周密的計畫，推翻了智利阿葉德政權。

為了阻撓、破壞主張把美系銅礦企業、石油公司收歸國有的智利總統候選人阿葉德當選，早在一九七〇年，ITT的總裁(前美國中央情報局高級官員)約翰·麥康就曾出資數百萬美元，找智利人進行阻撓阿葉德在總統選舉中獲勝。同年八月，國務院正式訓令美國駐智利大使柯爾利，要他採取由美國出兵干涉以外的「任何方式」，挫折阿葉德在普選中成功的機會，並撥出美金三十五萬元賄賂智利國會議員，促使他們推翻總統選舉後阿葉德當選的結果。後來，另外一位曾在美國國務院任職長達三十五年，當時任職ＩＴＴ高階管理工作的尼爾，向國務院呈遞了一份包括了十八個行動要點的政變計畫，用以推翻智利新政權。美國政府完全接受了這項周密的計畫，開始了長達五年的布署，由當時尼克森政府的財政部長康耐利主持其事，並派遣國務卿羅哲爾和幾個美國大跨國公司ＩＴＴ、福特、Anaconda、Purina、花旗銀行、美國銀行的最高決策人舉行秘密簡報，一再保證「尼克森政府是企業界的政府」，它的責無旁貸的任務，在於「保衛美國企業的利益」。這以後，美國政府聯合跨國性企業、國際性銀行團對智利進行周密、無情的打擊、孤立和掣肘的行動，企圖造成智利的經濟混亂，癱瘓其貿易，並收買智利報紙、工會和國會議員，造成強大的反阿葉德輿論和政治反對力量，終至於以軍事政變，一舉擊潰了阿葉德政府（R. Barnet and R. Muller）。

不錯，阿葉德是個所謂「馬克思主義者」。但是跨國企業和美國政府、中央情報局合力以長達將近十年的時間，花費高達一億三千多萬美元，處心積慮所打倒的阿葉德，無論如何也無法用單純的意識形態動機去解釋這件舉世著名的政變，從而去掩蓋這次大手筆政變背後隱藏的經濟動機。「尼克森政府是（美國）企業界的政府」這句話，正好道盡了倒阿政變的根本性格。如果漁父們依然不服，那麼我們隨隨便便地便能舉出另外的好幾打這種國際企業、超強政府、超國界特務甚至國際機構——如六〇年代初的聯合國——共同合作，顛覆許多亞洲、非洲和拉丁美洲的膽敢「追求經濟獨立」、膽敢搞經濟國有化和本色化的政府之實例。多明尼加、剛果（薩依）、索瑪利亞、玻利維亞、希臘、巴西只是這些倒楣的政權的一部分罷了。至於盧孟巴和卓姆貝，那只是幾個倒楣的、被暗殺的領袖中的兩人而已。也許漁父們終於還要說，這些人不少是「左派」、是「共產黨」。那麼，我們仍舊以堅定相信著資本主義優越性，對於曼坎（H. L. Mencken）的名言——「若果相信蘇聯已經擺脫了資本主義的一切罪惡的話，那無異於像是相信聖靈降臨派教友們的確是擺脫了一切的罪惡一樣的荒謬」深為共感的彼得·伯格的話，來回答他們：

在第三世界裡，資本主義在對付滿足人類的需要上，幾乎完全失敗……第三世界許多國家可能會面臨愈來愈令人灰心的情境，而社會主義便在表面上看來是唯一剩下來的可靠的途徑。即使資本主義最後仍然行得通，但對於許多國家來說，有些短期的社會緊張與壓力，已經愈來愈難令人忍受了。……但在此種情況下，革命可能是一觸即發的。通常，這種革命都會揭起社會主義的旗幟，特別是資本主義滲透得十分強烈的國家裡，譬如是拉丁美洲。正如一位著名的（天主教）主教阿西歐（S. M. Arcéo）本來是反對基督徒參與到任何政治主張裡面，但自從參加一項在智利召開的「基督徒與社會主義」會議後，對社會主義卻表示完全支持。他說：「除了社會主義以外，別無其他解決之道。」此種結論將來極可能廣布到所有第三世界國家。

——Peter Berger，蔡啟明譯

任何讀過彼得．伯格《犧牲的金字塔——政治倫理和社會變革》（台灣譯：《發展理論的反省——第三世界發展的困境》），都清楚知道上引彼得．伯格的一段話，絕不是在為「社會主義」張目。恰好相反，伯格試著告訴我們，在新殖民主義支配下的第三世界一片灰暗，令人絕望、沮喪的情況下，任何憂時愛國之士，即便是一個有神論者，終於是難於不被因「資本主義」「十分強烈」的「滲透」而「愈來愈令人難以忍受」的情況所激怒，而奔向「社會主義」的。伯格的話，是要求那些動輒「一味歸咎於左派的批評」的，對於市場功能的理性和社會發展或成長懷抱著高度迷執，並不惜以生命的意義去交換的人們一個反省的角度，從而去探索伯格自己的政治倫理。至於他國是否有權以國際範圍的力量去干涉別國自己選定的經濟發展路線和制度，就不必我在這裡饒舌了。

漁父善心地談到第三世界國家應該安靜地等候一些具體條件——例如「政治的多元化」、「各種不同的社會壓力集團的出現」——的形成，更加安靜地等待「跨國公司所扮演的角色」「發生變化」。關於這，我們只舉出兩點：在上舉的，動人心魄的超強國、國際企業、國際特工、國際組織聯合起來的封鎖、打擊、暗殺、政變和顛覆，世上又有幾個國家能不為之粉身碎骨？更何況，截至目前為止，我們還沒看見一個現實具體的實例，告訴我們跨國公司怎樣變換了「所扮演的角色」。跨國企業，絕不是像漁父所稱那麼無辜地忽然「發現」了它與結構性壓制和反改革勢力「相互依存」。不，容我們說，早在「東印度公司」時代，跨國企業便在發生當初帶有無可辯飾的掠奪和壓抑的性格！

在台灣，我自己親身的體驗中，曾經遇見過不少秉質優秀、練達、勤勉、正直的跨國企業幹部，贏得我真誠的友情和敬意。跨國企業的一切缺點，源於它內生的體制機轉。依賴理論在批判這些顯著的經驗上存在的事實之餘，沒有人反對過與跨國企業合作。不同之處，在於他們要求跨國企業應該本於企業倫理，和地主國合作，遵守地主國的法律，理解和尊重地主國社會和經濟發展的目標與理想，嚴格整肅自己的紀律，絕不從事和參與破壞、干涉和顛覆他國以增大企業利潤之事。跨國企業總有面臨這樣的選擇之一日：真正「改變」它所「扮演的角色」做一個殷實的國際商人，或者是在廣大正義的世界人民之前轟然倒塌。

「忍辱負重」——問題在於要忍到幾時？

歐美系為世界體系百般辯護的社會學家，不時地告訴人們，第三世界應該乖乖地在世界體系之內，採取歡迎外來投資、鼓舞自己的資本主義。雖然在整個過程的初階段，貧富差距擴大，失業大量產生……但這是奔向發展的必要的陣痛。要在這段痛苦的時期，趕緊形成資本積累，準備「經濟起飛」時代的降臨。等到資金積累到某一個程度，自然能進行社會財富的再分配。歐美資本主義，便是這樣發展起來的，如今不但社會富有，而且分配也一般平均了。這些學者因而要人等待，要人忍耐。用漁父的話來說，就是「不惜暫時地忍辱負重」，要從「具體的生產因素著眼，在資金、資源匱乏的條件下，利用豐富的人力資源來發展加工形式的出口導向成長」，等等。「不惜暫時忍辱負重」，時間一到，經濟發展的利益終於能均霑到每一個國民之說，便是類如漁父所說的所謂「布澤效果」或「擴散效果」(trickle down effect; spread effect)。但問題在於：當前第三世界的具體經濟經驗中，根本沒有任何最輕微的跡象顯示這種「布澤」或「擴散」的效果。貧富兩極化、飢餓、疾病與失業狀況，在過去十年間不但沒有改善，甚且反而呈現惡化的現象。沒有人能確切地告訴人們，大約再過多久，在什麼具體條件下，情況會必然地好轉。忍辱負重，對於苦慣、窮慣了的人民，那是毫無問題的。問題是忍辱負重到什麼時候？瞭望那遼闊的貧困、絕望的第三世界，沒有一個漁父那種經濟學家可以舉出一個——只要一個——實例，作為典型的第三世界國家走向起飛、奔向富裕的國家的例子。相反地，我們卻看見巴西、看見墨西哥……這些在貧困、失業、破產中逐年下陷的國家；看見跨國企業愈來愈相互合作，進行著垂直的和水平的兼併，進行著管理上的長程計畫、最大限企業風險安全，和有效保持有利於跨國體制的氛圍等這些全球管理技術的發展。

「出口導向的成長」——另一劑靈藥？

在六〇年代向廣泛的第三世界推銷過以「進口替代工業」促進發展與成長的「歐美先進資本主義」學者們，當「進口替代工業」在整個第三世界範圍內全都覆滅以後，到了六〇年代，又大力鼓吹「出口導向的成長」(export-led growth)的法螺來。因此，漁父說道：

> 在資金、資源匱乏的條件下，利用豐富的人力資源來發展加工出口形式的出口導向成長，無疑是海島經濟形態下的一條合理的出路。面對著人民生活真實的改善，指責這樣的發展模式為飲鴆止渴，並不公平。

從台灣的經驗看來，漁父的話似乎有一部分道理。但依賴理論所談的，是一個世界體系的歷史發展下對於整個第三世界當今處境的分析。因此，從整個第三世界的背景去評估，所謂「出口導向的成長」，至少存在著這些問題：

首先，是在世界市場上，第三世界出口原始農產品和初級工業加工品的國家，由於完全缺乏國際性政治組織和複雜的供需規律等因素，所以完全缺乏議價的能力。先進國新的化學合成物質，不斷地取代了第三世界所出產的原料（如色素、染料、橡膠、樟腦、合纖等），使價錢暴跌。咖啡、茶葉的市場早已飽和（Helleiner）。面對著壟斷性的國際採購公司，第三世界的出口商人往往被殺價殺得片甲不留。近十年來台灣的出口商最知道箇中的滋味。

其次，是「先進資本主義國」對第三世界出口品的嚴格設限（Massel）。有些先進國對於自己國內生產的農產品如肉類、糧食都以法律加以保護。其他工業產品如紡織品、電視機、皮革製品等，常常受到所謂「配額」的限制，或者動輒宣告某項工業品違反了他們的「傾銷法」。但在另一方面，卻以政治壓力強迫向第三世界傾售他們過剩的農產品和工業產品。好幾年來台日間為香蕉輸日數量和價錢的爭議，日本拒絕增加台貨輸日的爭議，只不過是全第三世界在近十年來愈來愈常見的景象的一小部分罷了。

再次，近十年來，以美國和日本為首的一些國際性企業，在廣泛的墨西哥、巴西、菲律賓、印尼、台灣、香港、新加坡、南韓、南斯拉夫(甚至最近的中國大陸)等低工資地區,或投資設廠,或轉包給當地工廠,按照他們規定的數量、規格和品質,生產若干中下級產品,輸往本國或其他先進國家,形成一個遼闊的國際性轉包(international subcontract)結構,而被像漁父這樣的經濟學家誇為第三世界飛向發展之道的一列快車。然而,研究已經指出,這國際轉包的規模,是極為有限的。如果從墨西哥、台灣、南韓這些重要轉包經濟國看來,國際轉包出口毛值,是各該國出口額的五%至一五%。再細分而論,這種國際轉包又分兩種:一種是轉包給第三世界當地製造商,另一種則由各貧窮國內的跨國企業分公司自己承包。如果把後者扣除,國際轉包在第三世界的生產總值比率就相當低了。至於類似而可以相互取代的產品,貧國自己設計生產外銷的產品,比起在國外設計、轉包到第三世界當地廠商或跨國公司子廠商的轉包業務量,就更加地少了(Sharpston)。

台灣是出口導向經濟的一個典型。台灣的一切進口,主要是為了再加工後出口。出口品又多屬手工、勞動力密集的產品,也多屬上述從歐、美、日轉包過來的業務。但是,愈是附加價值高的產品,愈是受到跨國企業的覬覦,受到跨國資本支配的程度也愈高。因此,台灣本地設計、生產出口的商品,多屬勞力高度密集、業務量小、資本積累困難的產品。近來,經濟部要求台灣工業「升級」,使資本技術都更上層樓。這個政策,是好的、正確的。但這個政策也碰到這考驗：跨國公司肯不肯把生產高技術產品的機會禮讓給台灣本地廠商？十幾二十年來，台灣的摩托車、汽車、電視，以及近來錄放影機、電腦周邊設計等工業發展上所遇到的困難、掣肘，生動地為像漁父那樣執迷「出口導向的成長」的經濟學家，提供了另一面的答案。在依賴體制下，第三世界貧國，幾乎永遠也無法在資金、技術上獲致獨立的(Y. C. Chen)。

有人說，為了要發展出口工業所引進的先進技術，可以幫助第三世界國家在技術上飛躍。但是事實上，這些技術全是低等、簡單的技術，而且率多皆需佐以大量人工，再不然就是一些迅速報廢過時的技術。至於出口導向的成長政策，往往招來別人所不要的高度汙染工業和技術，更是一項負面的結果。

「先進資本主義國」的工業資本階級，尤其在連年全球性不景氣下，積極向著遼闊的第三世界勞力低廉地帶尋求轉包設廠，將是一個有增無已的趨向。但這只有使第三世界更進一步經由外國資本、技術和市場的機轉，更加深刻地組織到世界資本主義體系中，從而加深對於世界體系的依賴罷了。看來第三世界永遠在扮演著搭錯班車的人的角色。從殖民地獲致形式上的解放後不久，第三世界馬上模仿西歐的技術和生產，大搞「進口替代工業」，而全盤失敗。現在，第三世界又在世界資本主義體系的經濟學家的指導下，大搞「出口導向的成長」。它會不會像當年大搞的「進口替代工業」一樣，走向原始目標的反面去呢？目前的經驗正在一點一滴地告訴我們真實的答案。第三世界國家如果沒有結構性的、內面的根本改革，以利源自內在的真正經濟成長，從而使自己可能從世界體系中一步步獲得自由，隨著外國的經濟學家，無反省地奔向「出口導向的成長」，則終竟不免要再次遭到挫敗的命運，也未可知。

台灣經驗的特殊性

反對依賴理論的人，最喜歡拿「亞洲四小龍」，作為第三世界應該組織在「先進資本主義」「世界體系」中，才能獲致經濟發展的證明。漁父自然也不例外。而且漁父以台灣為例，是有著不可言喻的十分細密的用心的。漁父說道：

> 至於所謂外資的比重同經濟成長以及收入分配的平等成反比的命題，已有許多實例可以證明它並非普遍的真理。以台灣為例，台灣不僅持續保持很高的經濟成長率(平均為九%)，而且同一時期反映收入不平等的基數，從○．五七下降到○．二九。在這方面，決策者無疑發揮了重要的作用。

台灣奇蹟似的發展，不但舉世聞名，對於跨越了窘困和豐富兩個時代的我，感受尤其的深刻。離開台灣的社會生活只七年許，一九七五年，當我回到家園，覺得台灣真是由滄海變為桑田，有些街市到了無法確認的地步。物質生活內容變化之大，實在不可以道里計。任何數據，都沒有住在台灣的人鮮活的感受更具說服的力量。問題在於：台灣成功的例子，是可以放諸全第三世界而皆準，可以複製，可以仿效，可以作為樣版呢？還是它是由好幾個條件湊合起來的特例，為一般標準的第三世界國家無法適用？答案，依照一般研究第三世界經濟的學者的意見，屬於後者。那麼，台灣有哪些特殊的條件呢？

首先，在五〇年代，由於東西冷戰的高峰韓戰，美國政府大量、持續地對南韓和台灣投以援助。這種為了配合美國全球戰略鞏固台灣的政策性援助，和美國在其他地區名為援助，實為增進美國企業利益，傾銷剩餘農產品的外援，在數量和性質上，頗有部分不同之處，而這是其他第三世界所不曾獲得的。五、六〇年代的美援，對於當時戰後殘破期台灣經濟、金融的穩定，有巨大貢獻。其次，台灣成功的土地改革，造成台灣廣泛農村財富的再分配，形成一時穩定、有生產意欲和購買力的農村，對日後台灣工業發展，有重大幫助。許多其他第三世界國家都有嚴重的、封建的、殖民地的土地關係問題，也都有各式標籤的土改，但很少或根本無法和台灣比較徹底的地制上的改造相比擬。原因是其他第三世界國家的當地和外國地主階級，阻力很大，和官僚勾結，千方百計破壞土改(R. Barnet and R. Muller)。最後，台灣面積小，人口絕對數少，和印度、巴西等巨大第三世界國家比起來，只不過是他們境內的一個小區域。巴基斯坦人口七千一百三十萬人，印尼一億三千多萬人，而印度有六億二千多萬人。台灣只有一千八百萬人，把香港、新加坡、南韓其他亞洲「小龍」加起來，才五千九百多萬人(A. K. Bagchi)。亞洲「四小龍」何況還有其他為其餘第三世界國家不能有的特殊國際政治、地理和地緣等諸因素。但是，不論如何，從基本性格、從世界體系的國際生產關係上說，台灣在市場和技術上，不可否認地對美國、日本和歐市有典型的依賴關係。而台灣在財政上、資本上的依賴，比較上要較其他第三世界為低(A. K. Bagchi)，但也要注意外國金融資本在近年加強了對台灣的滲透這個事實。在大觀園這個「體系」下，在大觀園外租佃大觀園的土地而勞動的貧困農民劉姥姥，和在大觀園裡老夫人跟前穿細喝辣的丫頭，儘管生活水平有很大不同，但其同為奴僕則一。台灣經驗，明顯地不可引用在其他亞洲、非洲、拉丁美洲國家，其理甚明。至於台灣的「決策者」所「發揮」的「重要作用」一類的頌聲，在台灣的文獻中，可說汗牛充棟，相形之下，漁父一句「發揮了重要作用」，只不過是一句無足輕重的空話罷了。隨便舉個例，台灣的「決策者」從歷史經驗中積累了寶貴政治技術，使美國三十年來各種直接、間接對台灣的滲透、支配和顛覆，難以得逞，避免了社會政治的不安，對於台灣的發展，貢獻就很大。但是，從另一方面說，萬一一個第三世界國家的「決策者」的意識形態、經濟政策和大國意識形態相悖，和大國的跨國企業利益相左，從而違反了大國的全球戰略，則以許許多多冤死在暗殺、政變、陰謀的非洲、亞洲、拉美的「民族主義」的「決策者」為殷鑒來看，怕是再賢明，也難以「發揮」「重要作用」吧。

關於「利用外資外援」、「價值觀念的交流」及其他

主張依賴理論的人，並不曾像漁父所說，絕對地拒絕「外資外援」。依賴理論所指責的，是這「外資外援」，不論來自西歐和美國，或是來自蘇聯，大多帶有令人無法忍受的、對於受援國的支配、控制和榨取的性格。跨國企業資本對各投資設廠當地的發展，並不是絕對不能發生正面促進的作用，而是它不正當的營運，對於它自己巨大經濟、文化和政治力量的惡用，破壞了它所能發揮的正面功能(O. Akinmolandum)。在一項聯合國調查報告中，這樣說：

由於能夠發揮巨大的經濟力，跨國企業也能發揮政治力量，不時干涉公司駐在的主權國家之內政。這種行為，是對於駐在國家主權和獨立的拒否，從而對於發展中國家對於自己的自然資源和自己的經濟發展，產生負面影響……若干跨國企業在其支持若干落後國家中的

殖民主義的、種族歧視的、種族差別主義的政策上所扮演的重大角色，構成對於世界和平、安全與緩和之威脅。……跨國企業阻害了（落後地區）工會的充分發展。

——聯合國「跨國公司委員會」報告，一九七六

如果漁父們肯花一點工夫，就近到聯合國檔案中翻一翻資料，他們一定能在同一報告中找到更多關於跨國企業如何干涉和破壞各地主國金融、法規、投資政策、外匯政策和勞工政策等；如何對各地主國法律和司法拒不服從，對各國內政進行直接與間接的干涉，並要求其母國為了跨國企業的利益，對有關的各地主國進行政治和軍事干預和威脅；跨國企業如何成為其母國「外交政策之工具」，從事於為害各地主國的情報、顛覆和陰謀活動；跨國企業如何做有利於各地主國中殖民主義、種族主義、種族差別主義和外國占領的活動……這些事實。即使是世界上最大的跨國企業基地的美國，它的國會為了警覺到這些「國際巨無霸」對美國某些長程利益的危害，進行過深入的調查。如果漁父對這件事不去故意遺忘的話，他就應當想到，如果國際組織如聯合國，如果美國自己的國會都對跨國企業深懷戒慎恐懼之心，漁父又憑什麼要別人相信「只要」（！）「頂得住」（！）「外在的經濟逆勢而維持下去」，就可以「利用」（！）「外資外援」？

其次，我們也來談談「外援」。第三世界各國不但不拒絕「外援」，還曾主動向富國和大國要

求外援。依賴理論不批評「外援」的本身，卻不憚於詰問這「外援」的性質。第二次大戰以後，一切窮困受援的具體歷史經驗，幾乎沒有例外地告訴人們這外援的支配、干涉性格。三十年來，受援國人民對加援國產生愈來愈深刻的仇恨情緒，恰好是一個生動的佐證。

關於「外援」，我們還是先看看聯合國的資料：在一九六〇年代，聯合國在西歐經濟學家和發展理論和現代化理論家的指導下，搞過幾個促進落後國家進步與發展的組織和工作。說過許多漂亮的話，做過無數慷慨的允諾之後，美國和西歐「先進資本主義」各國，不但不肯承認以自己國民所得的百分之一，來援助落後各國的經濟發展的先前的承諾，還大打折扣，把百分之一降到〇．三五左右。對於緩和落後國債務壓力，開放部分市場給貧困國，增加貧困國船運在世界船運市場中的比率，對貧困國家提供資本和技術援助……這些承諾，不但不遵守，而且實際上大搞關稅和非關稅壁壘以及市場壟斷，並把大量的金錢投到花費驚人的武器競賽中。因此，聯合國的一項報告沉痛地指陳：

> 把當前世界武器費用挪用其百分之五，聯合國原先計畫中的援助（落後國家發展的）目標……只要對軍賽費用做實質的限制，會造成帶動社會經濟發展的資源的移轉。一九六九年，落後國家所需要的固定投資總額估計為六五〇〇億美元。只要把世界軍事開支的百分之

十移作投資，就能提供更充分的資源。

——C. Waterlow所引

其次，「外援」總是帶著深刻的政治、經濟上的苛刻條件的。有些「外援」往往不是因應受援國人民自己的現實需要，而是按照援助國的意識形態和它的國際體面而給予、執行和監督的。二次大戰後，所有這些對貧困國家的外援，只留下一個共通的結果：失敗。農耕機廢置在荒曠的大地上生鏽，許多與民生無補的「面子」工業和建設比比皆是，浪費、技術知識不足、政治上的腐敗、貪汙，充斥著受援國的社會（C. Waterlow）。大部分的「外援」往往和受援國真實、基本的發展脫節，只讓少數官僚、買辦資產階級獲益，而廣大的民眾卻一仍無法獲得「外援」的利益。尤有甚者，這些「外援」往往支持和強化一些軍事專制政權，以維護加援國在當地的政治和經濟、軍事上的利益。而且即使是來自形式上比較非政治性的組織如世界銀行、國際貨幣基金會的援助，也被一定的意識形態所支配，成為大國達成其外交、政治、經濟和軍事目標的工具（C. Waterlow）。美國對伊索比亞專制政府長年援助，支援葡萄牙政府在非洲的殖民主義戰爭，在安哥拉、薩依、南非的各項「外援」，只是這種模式的「外援」典型之一。此外，蘇聯和東歐集團對第三世界的「外援」，也同樣帶著帝國主義性格。蘇聯的援助，目的也在把受援國的經濟和它自己的經濟圈連帶起來。接受蘇聯援助的代價，是把當地農產品和其他產品以低於世界市場價償還——例如埃及和蘇丹共和國的棉花。蘇聯以賤價獲取，卻以高價在國際市場出售，使受援國失去獲取外匯的機會。因此，問題不在於「接不接受外資外援」，而在於接受什麼性質的「外資外援」。正如一位非洲國家的領袖說的：

倘若我們要建設國家，我們非但需要技術資源，更需要資本資源。如果我們能夠在國際社會上獲得所需最小的外援，我們就會接受它。如果有現成的公共資金要幫助我們，我們就要。但是，我們要問接受這些外來投資的條件，問這投資的計畫上的條件。除非我們在經濟計畫、在法律上真正是自己的主人時，我們對任何公共和私人資本所做的讓步，才是我們在自由、獨立的條件下所做的讓步。

——Madeira Keita

這些話真是道盡了大多數第三世界人民心中對「外資外援」的看法，也道盡了二次大戰以還一切「外資外援」所具有的帝國主義的、自私的性格。

漁父在為新舊殖民主義的物質支配辯護之餘，當然不忘為它的精神支配說話。他說：

國際經濟是相互依賴的。除非採取一個封閉的發展模式，否則就不能避免經由商品貿易所引起的文化價值觀念的交流。即使沒有跨國公司的存在，以出口貿易為主的國家，由於大量生產外國訂購的商品，也自然而然會受到這些商品所反映的文化與價值觀念的影響……。

當漁父說「國際經濟是相互依賴的」，他似乎企圖說明這「依賴」的「相互」平等的性質。這當然是歐美經濟學家的謊言。在資本主義世界體系中，貧國的經濟和社會，是作為富國經濟和資本的發展與擴張的反射而運動的，已如上述。至於說到「文化價值觀念的交流」，漁父也想用「交流」這詞，來表現交流的相互的、平等的性格，這當然又是歐美經濟學家的謊言了。

跨國公司為了在全世界推銷產品，它的行銷計畫，也是以多國為範圍的。在整個行銷過程中，跨國企業以雄大的財力和人力，對第三世界市場國文化進行依乎行銷目標所必要的利用、改造、解體的工作。現代大眾傳播技術的不斷發展，使國際性行銷管理如虎添翼，透過各種行銷傳播，達成塑造新的「文化價值觀念」，改造傳統的「文化價值觀念」，以利商品的傾銷。結果，許許多多欲望解放主義、享受主義、消費主義破壞和取代了許多古老亞洲、非洲、拉丁美洲各民族傳統的「文化價值觀念」——例如與天、與自然相和諧，欲望的適當節制，知足知限的哲學與倫理——以利創造和操縱人類超乎自然的需要和欲望，達到商品的國際範圍中的推銷目的。

透過成本很高的各種大眾傳播形式，例如電影、電視節目、廣告影片、報紙和雜誌，大國的「文化價值」在廣泛的第三世界中所向披靡。種族偏見（例如美國西部片中的印地安人，外國電影中的中國人）、殖民主義、白人種族中心主義、對商品的誇大過的飢餓，從美國、西歐的觀點和偏見去報導和解釋時事新聞……都透過西方強大的大眾傳播打入第三世界人民的心靈中。

大國設備完善的教育機構和研究發展單位，每年吸引了大批第三世界知識分子前往各大國受教育、研究和訓練。其結果是大規模高效率的洗腦工作，對第三世界知識分子，進行向著文化、科技「中心」改造的運動。人材外流，在第三世界內部培養了一大批和大國的國際資產階級有共同語言和共同利益的買辦知識分子，或如法蘭茲．范農所稱的「鬼影子知識分子」（phantom intellectuals），不但向他們的國人大肆轉販新殖民主義的「文化價值觀念」——例如發展理論、現代化理論、依賴理論和資本主義世界體系不可反抗論——還協同外國支配者對自己祖國進行剝削，為鞏固本國軍事獨裁政治拿主意、出點子。

這是什麼樣的「相互依賴」、什麼樣的「文化價值觀念」的「交流」啊！

至於說把可口可樂工業、麥當勞工業，同散在外國的中國餐館相提並論，則是漁父的另一個笑話。可口可樂、麥當勞，是不折不扣的世界性企業，有全球的管理觀點，都沒有自然或政治的邊界，都利用它的跨國性規模、財力和力量，透過國際銀行團、現代通訊、傳播技術、現代企業組織和管理，有效地獲取企業在全球範圍中的利潤。漁父怎麼能把這「世界巨無霸」級的企業，和一些苦哈哈的中國人在西方開的中國餐館相提而並論呢？

麥當勞帝國主義之所以能在口味精巧的台北中國人社會中造成轟動、造成一日百數萬台幣的生意，絕不是它的東西好吃，而是由於它品牌的「威名」，由於美國大眾傳播長年來在台灣所造成的廣告效果，崇洋媚外的氣息……。在赤貧的中南美洲，農民甚至可以積存小錢，為了去買一瓶從美國進口的糖水——可口可樂。如果可口可樂在拉美貧困的大地上，經由廣告和行銷，創造絕非必要的消費，造成大量外匯的喪失，拉丁美洲的「民族主義者」（注意漁父用引號表現的，對於民族主義、民族主義者的輕蔑和仇恨的情緒）當然有權反對他的人民繼續喝別人的可口可樂，特別當他們也有自己的「黑松汽水」的時候。

「鬼影子知識分子」和「轉向症候群」

如上所述，所謂「發展不足」，並不是說完全沒有發展，在發展性質和層次的比較上，「發展不足」始有了意義。一個落後國家被組織到「先進資本主義」國世界體系中的落後部門愈久，這些「發展不足症候群」就愈為明顯：貧富差距不斷擴大，城鄉差距和不平等增加，城市中貧民窟蔓延；文盲人數增加；農業生產停滯；國民營養不良情況每下愈況；疾病普遍，生育率居高不下。在某些地帶中，甚至死亡率也在增高。國債日增，財政赤字增加，軍事開支有增無已，而警察的壓制不斷強化。外國企業榨走大量的原料和利潤……總之，落後國家的發展，是一種不均衡的發展，忽略了絕大多數最急切的社會需要，卻滿足了境內一小撮富裕的消費階級和外國公司的利益（C. H. Anderson）。除了新、老殖民主義，外來的文化、軍事和經濟干預，第三世界「發展不足」的動力性原因，在於「先進資本主義」經濟體系本身對於成長的狂嗜所造成的對於經由控制原料、廉價勞動、出口市場、關稅優惠和特權、價格操縱和財務利潤的系統性的貪欲（C. H. Anderson）。而正是在這「發展不足」的形成過程中，在廣泛的第三世界內部，產生了與外國的國際布爾喬亞相結托的買辦資產階級和知識分子。正是這一層人，在前殖民地獲致形式上的獨立之後，取代了殖民者官吏和商人，在國內和國外的國際資本加強了彼此的連帶，往往在經濟上、政治上進行著違反自己的國家和民族的行為。為新殖民主義辯飾，打擊和密告「民族主義者」，宣傳「先進資本主義」「世界體系」之光榮繁華、之不可抵抗論，以為國際資本在地主國內預備良好的意識形態氣候（ideological climate），只是依賴理論中所說的這些「買辦階級」／「買辦知識分子」／「精英布爾喬亞」以及法蘭茲．范農所謂的「鬼影子知識分子」的一部分屬性和日常工作罷了。在充滿著革命與反革命、侵略與反侵略、殖民主義和反殖民主義複雜鬥爭的近代、現代第三世界歷史運動中，第三世界知識分子間發生著相應的、複雜的分化。有一部分人投入祖國的獨立和解放的鬥爭，有一部分人成為外來勢力的傀儡，而另有一部分人從反抗者轉向，成為買辦和鬼影子知識分子。漁父所引的韓國抗議詩人金芝河，正是韓國革新的、抵抗的詩人。然而，深入地理解金芝河思想，人們不能不發現，金芝河那「充滿著人間愛」的「眼裡」所看到的「一幅交織著血與淚的構圖」，正是直接向著支配著韓國的日本新帝國主義勢力，以及與這勢力相結托的軍事獨裁體制所發出的強烈控訴。離開了韓國的「發展不足」，就不能真正理解金芝河。金芝河，是反對一九六四年六月三日「日韓會談」的學生幹將，並且因而在六四年和六五年投獄。在他手寫的《民青學連宣言》中，對於韓國的繁榮與發展，金芝河是這樣理解的：

> 以飢餓輸出立國，以GNP信仰為教理，以促成民族資本的壓殺和買辦化，把數十億美金的外債轉嫁給國民以榨取血稅，把絕對性權力奉呈到獨裁者的手中，把包括基幹產業在內的經濟部門化為閥族私有的韓國買辦閥族，是造成今日韓國無從緩解的悲慘的元凶。極少數的特權軍閥，把國民經濟引導向全面的破綻狀態，卻把責任歸咎到國際性原料的大暴漲，而企圖掩蓋真相。

對於當時韓國經濟的認識，金芝河是清楚地具有結構性的理解力和分析力的。金芝河緊接著就說道：

而這一國民經濟的全面性破產，正是將資源和勞動力廉價出賣，把外國獨占資本當作宗主並使之在本地生根的買辦特權體制，和由於不正腐敗的餘波所擴大再生產的娼婦經濟構造的總的產物，至為明顯……。

在民眾悲慘的狀態中，反而提倡豪遊和放蕩，難道不知道無數的民眾正流著血汗！在飢餓工資殘酷役使下的勤勞大眾和在封建榨取下呻吟的農民，使韓國內部一個被隔離的世界中，擴大著貧民窟——這就是十三年來我們祖國「現代化」的業績！

金芝河對於自己生活的社會的分析，恰好生動地為依賴理論有關「發展不足」的論點，提供了支持的證據。也許漁父會說：金芝河據以理解韓國的「理論」（據上引文章以觀，金芝河是有著廣義的理論訓練的）是「有缺陷、有破綻」的。金芝河的價值和好處，在於他沒有「橫眉怒目地跳出來」寫出「說教的味道」「濃」，「文學的成分」「稀薄」的作品。那麼，就讓我們引金芝河的另一首震驚了世界良心的長詩〈人民的聲音〉的幾句：

揭開來看看五．一六政治
流氓的賣國行誼：
想當年
帝國主義日本鬼壓制民族獨立
他就加入日本軍隊
打殺民族獨立
到如今
美國佬往哪走，他就往哪靠攏
在繩索上來回晃盪
哪兒有機會他就往哪兒晃啊
……
高舉「革命公約」，說是
為了解除民眾的疾苦
宣傳著搞「民生復歸」，
卻只把軍裝換成了西服

這就是現代化、就是建設啊
為了給對外依賴找個託詞
搞什麼韓日建交
違背民族利益才是真實！
引進外國資本
使民族經濟破產，奄奄欲死。

這首長達兩百七十五行的長詩〈人民的聲音〉，對於政治獨裁、買辦禍國、貧富差距擴大、經濟危機、沉重的國債、豪遊冶蕩的社會風氣、農村的破產、對工會運動和學生運動的抑壓、苛捐雜稅、買辦知識分子的曲學阿世等，有痛烈的抨擊。對於當局不公正地優容「外資外援」，金芝河似乎也「橫眉怒目」地「跳出來」唱道：

外資企業暴利，怎能視若無睹
整備外資投資環境
發揚那買辦的根性

把免稅特惠大把鈔票
孝敬祖宗似地送到出口免稅區
外資企業的利潤，每年兩億美金還不止
國內企業的利潤總額，連那零頭兒都比不上
加工出口區，使國內地域格差更擴大
在資本集中的邏輯下
大戶享盡特惠特權
中小企業啊，連片地倒……

對於漁父，金芝河的〈人民的聲音〉，恐怕不但「用心太過急切」，也是「野心太大」、「所要探討的問題太多」，充滿著理論文章式的「長篇大論的鋪述」之「敗筆」吧，但對於為了民族獨立和政治民主的革新的韓國人民，是一九七四年四月三日韓國「全國民主青年學生總連盟」的民族主義、民主主義爭議中起了感召、控訴和鼓舞、感銘的作用，成為第三世界抗議的、良心的、人道主義文學的重要典型。

如果在認識上和情感上不同意大國在政治、軍事、經濟、文化上對小國的支配，不承認國際資本和國內一小撮「買辦閥族」的結托對國內獨裁專制政治的支持作用這些經驗的歷史的事實，就不能認同金芝河作品中所表現的，韓國在「發展不足」的形成過程中，韓國人民的「苦痛和掙扎」的「血與淚的構圖」。如果一個人認為服從於「先進資本主義」世界體系是對的；認為落後國「發展不足」與富國的擴張無關；認為落後國家納入世界體系經濟才有發展，反之則會搞得經濟「一塌糊塗」；認為跨國企業不是「必然地與」地主國的「專制勢力『狼狽為奸』」……他會對金芝河的作品和思想產生共鳴，斷然是欺罔的。那麼，在經濟理論上明顯昭著地是保守的漁父，何以竟表示尊崇金芝河反帝、愛國的、民族主義的文學呢？這就要從所謂「轉向症候群」（conversionist syndrome）加以分析了。

在宗教心理學上，對於信仰轉向（一稱「改宗」或「叛教」）的心理，做了分析。一個轉向者總是從一個激烈的價值，改變為與前一個價值完全對反的一組價值，並且保持原來的激狂，或者比原來更為激狂。這是為了為自己的改宗轉向以真實或欺罔的道德與良心的正當性之所必須。因此，改宗轉向後顯示對前一組教義的真實或虛構的仇恨與畏懼，並發而為激烈、殘酷的攻擊行為（例如宣判他前此所信的教義為「異端」而加以迫害）。而這又是對於自己改宗轉向的潛在的羞恥心和負罪心的攻擊性掩飾。這種掩飾和偽裝，還表現在對於公認的道德、人道的關心。在另一方面，有些激烈的轉向者，往往成為原信仰的熱心的逼迫者，成為原信仰最熱情的警探和行刑人。

在某種意義上，漁父的心態，恐怕與「轉向症候群」有一點關聯。六〇年代末七〇年代初，有一些北美留學生，在保釣愛國運動中向左迴旋，不一年，又向著「統運」飛躍，四人幫時代，他們目睹了中共政治的黑暗，這些人經歷了幻滅的痛苦，思想轉變，開始以另一套完全不同的價值，即資本主義和新殖民主義的價值，批評和嘲諷中共。最近以來，看著大陸向西方資本主義開門，心中竊喜，企圖在大陸和台灣進行雙向的買辦活動。他們疑心，台灣似乎有幾個死不改悔的「民族主義者」，於是，拋出類如〈憤怒的雲〉一類的文章。謂予不信，則讓我們看看漁父「用心急切」的幾段話：

> 然而，關於（陳映真）新的信念的具體內容，仍然語焉不詳……

又說：

> 「典型」已不復存在。但付出了重大代價的信念以及由此產生的情感紐帶卻是魂縈夢牽的。因此苦悶也必然會繼續下去。這不是靠理智的決定所能終止的。

前一段話和數年前某一篇對我點名批判文章，頗為相似。那篇文章，也指責我「語意曖昧」、「莫知所云」；也一樣指控我的小說是「帶著褊狹的公式去寫」的，一前一後，互相輝映，頗有異曲而同工之美。

四人幫崩潰後的中共所暴露出來的大陸政治的嚴重失敗與錯誤，不要說對中國革新的知識分子，即在全世界左翼知識分子中，也引起了廣泛的自己批評和反省的思考。但這反省卻絕不致後退、右迴旋到了否定反帝民族主義、否定「世界體系」四百年來對落後國的支配和榨取這個歷史的、經驗上的事實，到了肯定帝國主義壓迫有理論，主張窮國必須接受富國支配才能發展論，和跨國企業無罪論的地步。

彼得·伯格在論及所謂「革命的神話」（指第三世界反帝、革命的、左翼知識分子之所信）和「成長的神話」（指歐美發展理論和現代化理論者之所信）之間的差別時，並且饒有興趣地指出了它們之間互相關聯和互相結合的特質。則一度狂信過「革命神話」的漁父，在理論貧困的原點上，迅速地向著「成長的神話」狂熱地轉向，也就絲毫不難於理解了。

漁父引用的西隆尼的話，確實是大幻滅、大反省、大探索的時代中，發人深省而又鼓舞著人們向前跋涉的話語。不錯，還在發展、修正和充實的依賴理論，也許不免於還是有它的「缺點」和「破綻」，而有相對的、「一時」的性格。但它所代表的價值觀念——弱小民族追求經濟、政治真實的獨立，反對強國和大國欺凌和支配弱國和小國，要求打破目前世界體系支配下的國際經濟結構，重新探索一個平等、自由、互相尊重、平等互利的公正的國際經濟關係，「卻是永恆的」。而在「這一組價值上」，世界上凡愛好和平和正義的人們，可以努力去「建設」一個新的、大小國家和民族一律平等的「文明」，一個民族與民族、國與國、「人與人之間相處的新方式」。[4]

初刊一九八四年四月八—十三日《中國時報‧人間副刊》第八版
收入一九八八年五月人間出版社《陳映真作品集12‧西川滿與台灣文學》

---

1 「ITT」，即下文所言「美國國際電話電報公司」。

2 初刊版為「利比亞」，根據下文「托伯爾特總統」、「塔布曼總統」等敘述，採人間版作「賴比瑞亞」。文中他處不再贅註。

3 人間版刪去「，取代過去歐洲地主和肯亞貧困佃農的結構」。

4 根據人間版篇末編者說明，在陳映真以本文回應漁父〈憤怒的雲〉後，漁父復以〈理念討論的立場、觀點和態度〉（一九八四年四月二十二、二十三日，《中國時報‧人間副刊》）、〈理未易明：再論依賴理論〉（一九八四年五月十五—十七日，前揭出處）以及〈事未易察：殖民主義與民族主義〉（一九八四年五月三十日—六月一日，前揭出處）三文，答陳映真先生。

嚴守抗議者的倫理操守

從海內外若干非國民黨刊物聯手對《夏潮》進行政治誣陷說起

三月分本刊革新版出刊以後，在台灣和海外關心台灣政治和全中國出路的民眾知識分子和青年中，引起十分熱烈的回響，使本刊編輯部在銘感之餘，同時感受到責任的嚴肅和重大，深深感覺到自己在思想和文化上修業之不足，難堪重任，為之惶恐無已。

但是，也在同時，來自海外和省內非國民黨系刊物，也迫不及待地對《夏潮》進行用心十分惡毒的政治誣陷，直欲置《夏潮》於必死之地。有一位北美的讀者，為我們寄來一八一期(三月二十四日刊)北美某刊物的影印消息，標題是「島內外統派餘孽蝟集《夏潮論壇》╱戴國煇陳映真熱情擁抱在一起」。消息中說《夏潮》革新版「明示他們甘為中共統戰的馬前卒」，說陳映真「於不久前來美國『充電』廣泛地與統派餘孽及中共外交人員會晤，回台以後，立即將他所收集海外台獨運動的資料提供給國民黨文工會主任周應龍，以建立他在國民黨官方中的威信」，又說「中共奧援於外，國民黨默許於內，陳映真等人方如此大膽猛烈地攻擊島內台灣意識論者」。

這個在北美鼓吹台灣「獨立建國」的刊物，在緊要的關頭，竟這樣毫不保留地暴露出它法西斯的、造謠、誣陷的本來面目，無可辯白地顯露了他們在政治倫理水平的低下，令人驚嘆！

另外一篇同性質的文章，是刊載在三月二十七日出刊的某黨外雜誌，題為「『統一左派』對上『台灣左派』」。那篇文章的作者，以一本被日本的台灣史研究界譏為「漿糊與剪刀」剪貼拼湊而成的《四百年史》的藍本，用歪曲和變裝史料的一貫手法，炮製了一段「台灣社會主義」派的發展史，並且，不憚其煩地大談「國民黨、中共都同意過台灣獨立」、「謝雪紅是台灣左派的英雄」這些論調，從而毫不顧及史學和社會科學的真誠，居然編造出台灣有「統一左派」和「台灣左派」的奇譚怪論來。

這「統一左派」與「台灣左派」的發展論，有兩個明顯的目的。一個目的是藉機確立「台灣左派」（又自稱「台灣社會主義」，通稱左派台獨）在台灣的存在，可以不去理會，另一個目的，是藉此羅織《夏潮》是一個「以大陸為中心，受其影響和指揮，志在統一解放」、「奪回台灣、合併在中共政權之下，實行社會主義」，並且明白地指出「統一左派的成員包括：陳（映真）、戴（國煇）、王曉波、蘇慶黎、胡秋原、黃順興和尉天驄等，擁有的刊物有《中外文學》（?!）、《夏潮》、《文季》、《中華》等雜誌」。

北美雜誌的消息，和台灣某自命為自由主義的黨外雜誌所刊〈「統一左派」對上「台灣左派」〉，是急於想著寫給誰看，是想向著誰通風報信、是想向著誰去以論敵的生命與鮮血為代價，領取告密檢舉獎金，只要看過文章的人，即使對三尺童子，也是昭然若揭的。

不幸的是，這些在政治道德上墮落得不堪聞問的小技倆，是註定要徹底失敗的。《夏潮》的立場，尤其是她對於中共體制的批判，事實俱在。胡秋原、王曉波、陳映真諸先生歷年來對中共嚴厲的批判，文獻俱在，不易誣陷。至於陳映真旅美期間，有沒有「廣泛地與統一派餘孽及中共外交人員會晤」，「回台以後」，有沒有「立即將他所收集的海外台獨運動的資料提供給國民黨文工會主任周應龍」，美國的聯邦調查局、中央情報局和台灣在美的情治體制一清二楚，似乎不必勞動海內外這些一貫高舉著民主、自由、人權的刊物，急於寫密告誣陷的文章，一下子用自己的手把以往正義、人權、民主、自由的招牌砸個粉碎，雖然愚昧，雖然叫人齒冷，但畢竟不能不讓一些素來不斷努力對黨外抱著一次又一次的期待和敬意的人們，感到深刻的失望和惋惜。

手無寸鐵的抵抗體制的知識分子，唯一的武器，是他的倫理風格和知識深度。黨外運動能在過去二十多年來贏得人們的欽佩和支持，不為別的，正是為了他們在重大的束縛中，勇敢地主張正義、民主、自由、尊嚴這些凜然的、深具倫理重要性的理念。如今，少數一些自命為黨外的人，對於《夏潮》提出的不同意見，不從知識、論理、社會科學的方法和手段進行相互討論和爭辯，反而使用誣陷、羅織這些他們自己曾深受其苦，並聲言誓死反對並要加以打倒的手段，不能不使廣泛長年關懷和支持黨外的人民、知識分子和青年深感苦痛。而這苦痛，正來自這樣一個嚴肅的疑問：在將近一世紀歪扭的歷史下發展的台灣政治運動，在體質上，是如何潛在著深刻的悲劇性的弱質！一切真誠的、在台灣的中國自由知識分子，在對此感到噬心的悲痛之餘，應該激起我們更認真、更為嚴肅的反省意識，對二十多年來台灣中產階級黨外運動，做好檢討和反省的工作。看了這些無原則的誣陷文章，人們應該清醒地看清這事實：對於黨外隊伍，群眾再不促其反省和檢討，肯定是絕無前途的！

至於《夏潮》的「立場」，我們是素來不以為有什麼不可以公於天下的。不錯，我們是中國民族主義者。我們同徒具其名的民族主義和海外「台灣民族主義」之不同，在於我們強調在世界資本主義體系下，中國、連帶地是台灣，都受東西帝國主義的支配。這種帝國主義中心國對邊緣國的支配，正在鄧小平們「開門」政策後的大陸，頑強地挺進，更遑論台灣了。在反不反對美日帝國主義這一點上，《夏潮》和國民黨的所謂民族主義、台灣民族主義確有不同，從而，對於海外所謂台獨「左」派的「中國民族對台灣殖民統治論」，以及由之延伸出來的「台灣民族論」，有絕不相同的意見。

對於中國。我們對於中國歷史、文化和人民抱著極深的認同和感情。因而對於兩個政權和黨派，我們保有獨立的、批評的態度。這是可以從《夏潮》歷年來的文章和編輯態度予以證明的。

最後，我們從社會科學的真理，承認到台灣社會，和一切其他完整、生動的社會一樣，存在著不同的利益分化，從而有不同的利益和願望。因此我們呼籲以民眾利益代言者為言的黨外運動，正確地兼顧到大多數社會上從事生產的人們之利益和願望，擴大運動的社會基礎。這一點，又與不惜為了「台灣民族」的「整體性」這個主觀唯心論去否認和抑壓台灣社會內層的自然的利益分化，對美日帝國主義明裡視若無睹，暗裡百般溫存的海外台獨「左」(!!)派，更有截然的不同。對於這樣的海外台獨「左」派，從意識形態學的觀點去衡量，我們以為是右到極右的，有如法西斯蒂的「國家社會主義」一類之東西！

至於說《夏潮》是什麼左派，恐怕是太過高估了我們。《夏潮》，不折不扣地是一個比較求進步的台灣中產階級知識分子的刊物。他們同其他黨外中產階級知識分子不同的，是他們尚知自己在文化、知識上不足，尚肯要求反省和批判，願意力求進步，願意跳出唯台灣論的島氣，學習從全中國、全亞洲和世界的構圖中去凝視中國(連帶地是台灣)的出路。如果一定要送給《夏潮》一個標籤，勉勉強強可以稱之為進步的自由主義雜誌吧。

看見了別人迫不及待地向我們拋來恐怖的血滴子，《夏潮》應該更堅定地持守一個抗議者最基本的倫理風格，堅持優秀、理智和道德上乾淨的討論態度，為瀕臨破產的黨外運動，絕不灰心地奮力保存一點正氣和應有之格調，並且團結廣泛的黨外民眾、知識分子和青年，為提高黨外知識和道德高度，堅忍不拔地學習和工作。我們主張大家老老實實地努力，為台灣的民主自由奮鬥。[1]

初刊一九八四年四月《夏潮論壇》第十三期、總第八卷第二期，署名編輯部評論
收入一九八八年五月人間出版社《陳映真作品集12．西川滿與台灣文學》

1 根據人間版篇末編者說明，一九八三年七月二十三日及七月三十日，海外《美麗島》雜誌曾先後刊出施敏輝的〈注視島內一場「台灣意識」的論戰〉及〈台灣向前走〉二篇文章，亦是有關統獨主題的文字。

大眾消費時代的文學家和文學

消費人

台灣式大眾消費社會的形成，是晚近十五至二十年間的事吧。隨著這台灣型大眾消費社會的形成，一種嶄新的「消費人」，以不分「外省人」、「本省人」的性質登場。從社會學加以觀察，這「消費人」有這些特點：

相對於前，大眾消費時代的人的欲望抑制，今之消費人是經過欲望解放的人，以對貨財的欲求、持有和享受為人生公開的目標。

相對於前，消費社會中人之善於和易於滿足，今之消費人生活在「欲求—滿足—欲求」這種對於消費品不知饜足的飢餓感的循環之中，終日碌碌砣砣，向著無止境的消費狂奔。

相對於前，消費人之保留了人的創意、冒險性、野心，甚至反抗、吃苦這些能力，今之「消費人」為各種豐裕的商品和物質所飼養，至於馴化為無夢、無力、無性的人種。

相對於前，消費人之對於他人保有豐富的人間連帶——關懷、同情、為他人不幸而不平、無保留的愛、幫助、退讓、犧牲、奉獻……這些使人的生命更為豐裕的性質，今之「消費人」在商品和大眾傳播、廣告業控制下，變成一群消費各種商品的工具，失去思想、創造、同情、愛和憤怒的功能。

相對於前，消費社會之保持一定的、地區的連帶，今之大眾消費社會進行不斷的緣於階級、收入、工作性質、文化傳統和市場之不同所引起的細分化(fragmentation)。在這細分化的現狀中，大眾消費體制和企業的行銷管理，一方面得以發揮其功能，一方面使這個細分化更為固著。因此，在這階級、工作、文化、市場的零細化下，現代的消費人彼此越來越陌生，越不能相互理解，從而彼此冷漠和不關心。

大眾消費社會的形成和消費人的登場，造成一個思想貧困、人情澆薄、趣味庸俗的社會。在這個社會中，思想、科技、人文和文學的生活，越來越局限在大學學院、精英知識分子小圈裡，進行著有限度、有範圍的再生產。而對於廣泛的社會生活，越來越起不了作用。今天真正指導著人生的，是透過報紙、電視、雜誌等強大企業化媒體加以剪裁、重組和包裝過的一套套庸俗化的常識、價值觀念、生活方式、品味和風尚等等。從文學上說，大眾消費社會的文學，不是流於膚淺、煽情、羅曼蒂克的流行文學，就是以細緻刻畫中產階級消費人的苦悶、寂寞、空虛、私情、無聊為能事的現代西方中產階級小說。

在台灣，從整個趨勢看來，也不能例外。因此，閱讀嚴肅文學的人口正在減少。庸俗的市民文學，有巨大的市場。最近有人夸夸然談論「政治小說」。我擔心這自稱的「政治小說」，沒有類如科思達·嘉瓦斯等導演的電影那種深度，也擔心那些以「政治小說」為品牌的小說，終於也免不了成為一種「反體制商品」之在小說範圍內的翻譯罷了。

歪扭

大眾消費社會對於文學的另一個戕害，來自大眾傳播。由於經過作為企業體的電視公司製作人等按照市場的需要，將採訪得來的資料，加以剪接、再組成，並且盡量縮短利用商業上珍貴的時間，[1]大事裁删，使原有的信息大打折扣，把文學家、文學作品和大眾的關係，弄得面目全非，使文學原有的價值、信念和訊息，經過大眾傳播的裁剪、再組和包裝後，完全喪失原有的動力，從而在強烈的聚光燈下死亡。

這種危機，尤其在台灣全體性的、結構上的思想貧困下，從事大眾傳播工作者在文化、思想和知識上的一般的貧困，荼毒尤為嚴重。大眾傳播工具，為了增進內容的商品價值，製造文化、文學、藝術的話題，誇大或歪扭某些文化人、文學人和藝術人的價值或形象，使他們一夜之間在傳播媒體中享受盛名，卻因為文化、知識、才能、思想的貧困，養成這些文化人、知識人和文學人與他原來比較認真、平常、努力的自己發生了異化，認真地穿戴大眾傳播給予他的幻魔的彩衣，信以為真，馴至召來個人在文化藝術事業上過早的、人工的死亡。有些在高額獎金中產生的作家，也極少真能在文壇的地面上著床、生長、壯大。許多被媒體、雜誌、刊物、報紙略一品提，便立刻變得虛矯、傲慢、不求長進，甚至結宗立派，令人深為惋惜。

抵抗

文化、文學和知識，有要求有效的傳播、流傳的內面的需要。但是在大眾消費社會時代空前有效的大眾傳播，卻反過來主宰著文化、文學和知識。怎樣、用什麼動機和形式去傳播，什麼樣的文化的、知識的和文學的內容，已經遠遠不是作家、學者、藝術家可以自由選擇和規定的。

因此，一個獨立的文化人、作家、藝術家，需要有從迷人的聚光燈、水銀燈、大幅的顯著版面脫走的決心，在文化、文學、藝術這個自主的宇宙和天地中，真正從親炙歷代偉大的心靈，得到謙遜和辛勤工作的力量，求得在名利之前保持一份平常不動的心懷。就一個作家來說，他應該努力在生活中有意識地抵抗消費人向自私、享樂、商品狂熱、對他人命運和感情的不理解，以及由之以生的對生活、對人的倦怠，抵抗人在商品中的異化，努力復歸於原來的自我，恢復人與人、人與自然之間更為豐裕多面的生命。以對於地球上物質的不饜足的浪擲與開發為基礎的現代大眾消費社會，終必有它發展和成長的限制。於人類生活史上為不過瞬間的今日的富裕，一旦瓦解，在一片廢墟之中，或者唯有在繁華時不忍隨時轉落的文學、藝術和文化，庶幾還能發出幾處閃耀的光芒吧。

初刊一九八四年五月《中國論壇》第二〇七期
收入一九八八年四月人間出版社《陳映真作品集8・鳶山》

1 「並且盡量縮短利用商業上珍貴的時間」，人間版作「並且盡量縮短，為了節省商業社會中讀者『寶貴』的時間」。

致《政治家》發行人函

敬啟者：

（一）貴刊第七期（七十三年三月二十七日出刊）刊出，顏尹謨〈「統一左派」對上「台灣左派」──從《夏潮》批鬥黨外和台灣意識說起〉一文，指陳我們是「目前統一左派的成員」（四四頁）。

（二）該文又對「統一左派」一詞之涵意描述為：（1）「以大陸為中心，受其影響和指揮的」（四二頁）。（2）「基本上，『統一左派』是以解放，奪回台灣，合併在中共政權之下，實行社會主義」（四二–四三頁）。（3）「他們主張要統一起來實行社會主義」（四五頁）。（4）「統一左派則期望直接統一，認為台灣未來不需要成為主權國家，只可變成一個特區、或是地方政府」（四五頁）。

（三）根據以上（二）項（1）（2）兩點之指陳，「統一左派」顯係中共潛伏在台之工作人員，或同路人。第（3）點經推論則亦可得到與第（2）點相同之結論。第（4）點則為目前中共對台政策之主張。

（四）此信簽名者，即貴刊所指「目前統一左派的成員」認為，貴刊以上所說四點，全屬虛誣，不僅妨害我們的名譽，而且有陷我們於觸犯《叛亂條例》罪刑之嫌。

（五）茲要求貴刊在二週之內，以同等篇幅，正式刊出此信，並由貴刊聲明歉意，還我清白。否則，我們只有依法定程序尋求自衛之途。此致

《政治家》週刊發行人鄧維賢

副本抄送顏尹謨

尉天驄　陳映真　王曉波　蘇慶黎

《夏潮論壇》發行人　柯水源

《文季》發行人　李南衡

中華民國七十三年五月十四日

初刊一九八四年五月《文季：文學雙月刊》第二卷第一期，署名尉天驄、陳映真、王曉波、蘇慶黎、柯水源、李南衡

「學院理想主義」的憂鬱

從台大學代會主席吳叡人辭職事件談起

四月廿九日，國立台灣大學學生代表大會主席，非國民黨籍的吳叡人向大會辭職，藉以向台大校方當局的「忽視學生公意」，以及向台大「整個訓導制度」對台大學生議會「自治、自律和理性」能力的不信和猜忌，表示「嚴重抗議」。五月四日，吳叡人和幾位學生代表，到教育部陳述意見，要求對於扼殺「學院理想主義」的當前大學教育體制有所改革。吳叡人和一些同學的行為，據說為台大當局部分人士所不能諒解，目前盛傳將對吳叡人和其他幾位相關的學生採取懲罰報復措置之傳說。

在去年經過台大學生代表的民主選舉，以非黨員學生身分，第一次當選為台大學生代表大會主席的吳叡人，為什麼辭去這為同學們所負託的工作？吳叡人的一份辭職聲明回答了這個問題：

(一)吳叡人代表的學代會，想要透過「合法、理性、秩序和善意」爭取學生福利的改革，在台大當局漠視和壓迫下，受到挫折。吳叡人說，他當選為主席後的台大學代會努力的目標，是

「具體、合法、理性、制度化而有效地」為台大學生爭取「包含了物質和精神兩方面」的福利，即「除了」「爭取校園生活中物質條件的改善之外」，並「要求一個使台大人得以自由而充分地發展自我，培養一顆勇於探尋真理的自由心靈，和高度成熟的民主社會公民的自由校園」，從而為此進行校園內「制度、法規的總檢討」。但是一年下來，他發現「學生大會的決議，對校方毫無拘束力可言」，「校方」「以其對代表台大一萬四千名同學的神聖議壇的不屑」，使台大學生組織如代聯會和學代會不能不成為「除了放電影、園遊會和一些無關閎旨的瑣碎活動，充其量只是一個喜歡玩開會遊戲的團體」。

（二）校園內警察主義和逸樂主義，使台大學生成為「政治文盲」，大學生應有的理想主義被扼殺殆盡。吳叡人同學說，由於「教育當局不斷地將三、四十年前在大陸上經濟、政治、社會秩序解體的背景下產生的學潮陰影，投射在三、四十年之後，在一個現代化、多元化、高度教育普及的富裕社會中的現代學生身上」，所以對學生的「合法、理性的」改革要求，採取猜忌、「不信任」的態度，使一個「教育行政者根本欠缺主動與同學溝通的誠意，而不正確的揣測，曲解學生的善意，由此而決定了對青年學生防堵政策，不讓他們關心政治、關心社會問題的癥結」，「安全單位介入校園，約談學生，使學生對公共事務，對國家前途，噤若寒蟬」。但是，「在另一方面，則大力提倡享樂的、逸樂取向的青年文化」，「造就了新生一代的『政治文盲』」，「使學生不關心政治，不關心社會，或無由關心」，「扼殺校園內的理想主義」，「使學生不敢關心國事，不敢聽聞國事」，「用享樂麻痺青年的心靈」。

（三）一年來，台大當局對於由非黨學生領導的學生議會，進行連續不斷的、風格低下的打擊。據吳叡人指出，他當選後的一年間，連續地遭遇了以下一些令「一位單純而熱情的年輕人感到灰心喪志、苦不堪言」的打擊，例如當選當天，吳君和一些同學在一個餐廳吃飯，教官卻向學生說「黨外人士」在來來飯店開了三桌席為他「慶功」；去年立委選舉期間頻頻在家中接到騷擾性的「怪電話」，探詢他是否有意為黨外人士競選；教官傳出謠言，說他接受黨外人士金錢補助，出版《台大青年》……吳叡人痛苦地說道：「我只是一個廿一歲的青年。雖然我讀的是政治，但我不十分了解複雜的政治。但這一年來一切奇特的遭遇，使我嘗遍了『苦澀的成長』。」

（四）最近，台大當局忽然公布：學生代表不得連任。吳叡人代表學生代表大會向校方磋商，要求撤銷這個新規定，不為校方所接受。吳叡人說：「在目前這種種受校方管制的現狀下，任何真正誠懇期望它發揮功能的人，都應該了解有經驗的學代連任將對學代會工作有多大的實質助益。」「學代由班上同學選出，並非指派……校方為何干預，如此則校方有何民主可言？」他從而有這深深的感慨：「一年來，本人的挫折，失敗，說明了學院理想與現實碰撞的失敗」；「在校園政治的舞台上」，「代表同學公意的『理』已俯首於校方的『力』之下」。因此，他再也不能在無力感中在妥協、衝突的循環中工作下去，成為「台大歷史的罪人」。

從校外看來，吳叡人辭職事件至少顯示了以下的幾個問題：

(一)在三十多年來戒嚴體制下，台灣的大學園內，嚴重缺乏學園內部的學術、思想、行政和管理自由和民主。因此，本來應該成為一個時代中知識、思想和文化的中心和領導力的大學，三十年來，在台灣的大學在這方面都沒有什麼成績。尤其在近十五年來，隨著台灣在經濟上的發展而形成的台灣式的消費文化的侵蝕下，台灣的大學園正在迅速地逸樂化，大量養成一批對政治冷淡，在知識和思想上幼稚、自私而現實的大學生，長遠地看來，是整個民族的隱憂。

(二)教育當局為了求得校園內的安定與溫馴，採取一方面用安全、訓導、軍訓勢力監視、調查、壓制的方法，造成老師和學生一般地迴避現實問題的性格，一方面從公、從私的角度，直接和間接鼓勵學園內的荒嬉、逸樂的傾向。目前的政策，似乎寧可讓學生成天跳舞、烤肉、郊遊、騎馬、射擊、野營、登山，也不願意學生讀一點深刻一點的書，關心和談論國事。在校園內，也一般地不准學生過問校內行政、課程，更不許學生對老師的知識、講課的品質，提出半點質疑。

(三)最令人擔心的，是校方一部分負責校園安定的職員，不惜以說假話等風格極低的手段，對付學校內求改革的才二十出頭的學生。在大學教育的園地中，教育者對受教育的青年用謀略，玩手段，實在是對於教育本身莫大的侮辱和傷害。

台灣高等教育在政策、作風、組織、管理上存在著如何複雜、嚴重而經長期積累的問題，在台灣最秀異的大學——台灣大學這一次吳叡人的辭職案中，表露無遺。對於這個事件，教育部當局似乎沒有積極面對問題的意思，但是也似乎並沒有對吳叡人等同學到部陳述意見的舉動有深究的意思。在台大方面，虞兆中校長已經公開聲明不追究吳叡人等學代幹部同學的行為。但是據台大校園內流傳的消息指出，台大教官室和法學院當局，卻堅持非處分學生不足以保障今後的校園秩序。

我們以為台大當局應該慎重考慮教育部、校長室主張不罰學生的智慧，徹底打銷對吳叡人等學生的報復計畫。吳叡人等一貫主張「合法、理性」，事實證明從他公開辭職到他到部陳述意見的全部過程，都力主「合法、理性」和節制的原則。如果以此而尚受記過、開除學籍的報復，在一些吳叡人所指出的校園內自由、政治、文化等問題沒有解決的條件下，只有逼使學生放棄「合法、理性」的途徑去表達他們的意見，也未可知。

而最重要的，是政府教育當局應該藉此而對整個當前高等教育的思想、作風和政策做全盤的檢討。安全、軍訓、黨團在校園內是否力量過大，影響整個高等教育的行政、效率、風格和品質？是否直接、間接地悶殺了校園內學術和思想的自由發展——而這正是一個國家的大學最重要的任務和功能。以過去大陸上學潮的不快經驗為基礎所訂定的校園內政策、思想、對學生的態度，拿來用在今日台灣的高等學園是否正確？以校園內的警察主義和逸樂主義的手段，以一校、一時代校園內學術、知識和思想的貧困為代價，以維持校園內的「安全」和穩定，是不是正確？凡此，都是造成台灣高等教育學園內深在的無力感和抑鬱感的幾個根本性的、等待著回答的問題。

我們希望台灣安定，但大學生對國事及社會重大問題的關心也是正常的。想想范文正公為秀才時以天下為己任。我們也不贊成大學生參與早熟的或無意義的政治活動，這需要有學問有經驗的教師對他們循循善誘，忠告善導，指導他們研究問題，求得可能解決方法，鍛鍊他們的熱忱和智慧，以便將來立身社會時能夠擔任國家的任務。而防制方法，無論是高壓性的威嚇，或提倡低級遊樂，都只有造成偏激或滑頭的青年，這絕不是國家百年樹人之道。而且，今日社會風氣之暴戾靡亂，亦未嘗不由此而來。

初刊一九八四年六月《中華雜誌》第二十二卷總二五一期
收入一九八八年四月人間出版社《陳映真作品集8・鳶山》

保衛林少猫抗日英名演講會・主席報告[1]

今天晚上，中華雜誌社、文季雜誌社和夏潮雜誌社，特別在日本帝國主義在台所謂「始政」九十週年的六月十七日，藉這個地方，為保衛台灣人民的抗日英雄林少猫先生的英名舉行紀念演講會，這是有極重大的意義的。

從十五、六世紀開始，西方的商業資本向外擴張，在非洲和亞洲各地掠奪殖民地，以對於殖民地財貨、奴隸的貿易，完成它們初期的資本積累，從而激發他們的工業革命，使得西方從商業資本主義向工業資本主義發展。到了十九世紀，獨占性的資本主義向外擴張，以工業帝國主義的形成，在亞洲、非洲和中南美洲進行瓜分和侵奪的行為。就在這個時期，日本帝國主義霸占了台灣，在台灣進行武裝的、政治的、經濟的掠奪。而台灣人民卻以近乎不能置信的勇氣，用亢激的英勇的抵抗，回答了日本帝國主義者的壓迫。台灣人民的抗日英雄林少猫先生，是這個抵抗的一個非常光榮的典型。

從十五、六世紀開始一直到今天，隨著新舊殖民主義在世界史上的展開，一個資本主義的世界體系在形成、成長和擴大之中，而也在這個資本主義世界體系的形成、成長和擴大的歷史裡頭，殖民地人民的反抗運動也在形成、成長和擴大。一直到今天，反對殖民主義的政治、經濟、文化和思想運動，也在以新的性格、規模和意義，不斷的在茁壯之中。

在遼闊的第三世界國家，民族和人民，對來自資本主義的帝國主義和所謂社會主義的帝國主義，正進行著越來越廣泛、越密集的批判和抵抗。而這抵抗的旗幟正是被壓迫民族和人民的民族主義。正是這個民族主義，使得帝國主義在各地的侵奪受到一定的制約和限制。

資源國家的所謂資源民族主義，要求打破世界上人類的不平等貿易。各地的民族主義，要求外資對地主國經濟和社會的回報，要求真正的技術轉移，要求本地人在管理權上的比重要增加。各地的民族主義，使得今天的帝國主義在世界資源、市場、勢力範圍的分割倍感困難，使帝國主義間的矛盾和競爭越來越激烈，使帝國主義企圖用戰爭來解決當代帝國主義各國之間矛盾的陰謀很難得逞。這些都是第二次世界大戰後各地民族主義力量越來越龐大的一個證實。

但是在另外一方面，我們也不能忽視在今天資本主義世界體系下，思想上、知識上、文化上和意識形態上的帝國主義影響。弱小國家在思想、意識形態、文化，甚至於科技思想的殖民化，是帝國主義經濟、政治、軍事擴張主義一個重要的一環。把民族主義看成是頑固、落後；

把忠奸之辨看成是封建的、傳統的東西；把要自己在政治上、經濟上、學術上獨立自主，看成是所謂意識形態而加以嘲笑；把買辦主義、漢奸主義看成是所謂自由和先進；正是今天包括台灣一小撮知識分子在內的弱小國家知識分子買辦化、殖民地化的一個重要表現。

今天我們的演講會，正是以新的歷史觀點，去回顧、去再評價我們的英雄林少猫先生的抗日愛國事蹟的一個新的意義。並且對少數一些買辦的現代知識分子、漢奸資產階級的殖民地意識形態，提出我們應該有的批判。

我們附帶要說明的是，由於日據下殖民地台灣具有深遠溫厚的中國的文化歷史結構，使得殖民地台灣的反抗運動，帶著強烈的中華民族主義的性格，這不但是一般其他殖民地反抗帝國主義運動中所少見，也為台灣樹立了反帝國運動中鮮明卓著的愛國主義傳統，這是一個寶貴的傳統，值得我們珍視。

今天要在這個講演會講話的先生都是當代著名的評論家、文藝作家和專業知識分子。頭一位演講人是立法委員胡秋原先生，他的講題是「抗日英雄劉永福」；第二位演講人是輔仁大學教授，年輕的台灣史學家尹章義先生，他的講題是「由劉永福到林少猫」；第三位演講人是世界新專教授王曉波先生，他的講題是「林少猫抗日事蹟」；第四位演講人是台灣著名的老作家楊逵先生，他為我們講「殖民地人民的抗日經驗」；第五位是遠從屏東趕來參加我們聚會的台灣史專家鍾孝上先生，他為我們講「台胞武裝抗日的事蹟」；另外一位來自竹東鎮的楊鏡汀先生，他要為我們說「北埔事件的歷史意義」；最後是世界新專的教授曾祥鐸先生，演講「有關台胞抗日的史料」。

由於今天這個場地大家不太熟悉，為了等待那些花時間找場地的聽眾，所以我們延後了廿幾分鐘開始演講，由於場地租用時間的限制，除了要每位演講人確實的把握演講時間以外，希望每位演講人將講稿交給我們負責收稿的專人，以便在《夏潮》、《中華雜誌》上整理發表。

最後我們在後面有一個文件，表示我們對這件事的立場，希望各位沒有簽名的朋友看過以後，利用散會後等電梯的時間簽上你的大名，以表示我們的民族主義、愛國主義的立場。

現在我就把時間交給演講人。

初刊一九八四年七月《中華雜誌》第二十二卷總二五二期

1 演講會時間：一九八四年六月十七日下午六點半；地點：台北市濟南路台大校友會館；主席：陳映真。

台灣山地少數民族問題和黨外

六月二十四日，我參加了由黨外編聯會少數民族委員會主辦的「為山地而歌」這個群眾性歌謠集會，在炎陽下，聆聽了台灣高山少數民族優美朗亮的歌聲。集會不算頂成功，但這不頂成功的本身，恰好說明了台灣山地少數民族運動各種條件的不成熟和落後，從而引起人們格外的關切。

今天台灣山地少數民族問題十分嚴重。這嚴重的現實和運動的未熟，兩相對照，一方面讓人覺得編聯會少數民族委員會眼光的準確，一方面也更加認識到委員會的責任艱鉅。

山地經濟解體

在台灣平地資本主義體制的迅速發展下，山地部落共同體經濟快速崩潰。有些山地部落因資本主義工程、礦業開發，被迫遷村。於是近年來大量的山地少數民族離開山林土地，流落於平地。沒有技能、教育不足的山地人民，男性淪為低賤重勞動工人，成為隨車捆工、建築土木零工、遠洋漁船奴工和其他如礦工和拾荒業等沉重或汙穢的勞動。除了礦工以煤車件數計酬，與漢人勞動同酬外，絕大部分山地勞動受盡漢人僱主殘酷剝削。他們往往勞動時間此別人長，勞動項目比別人多，但酬勞卻遠比漢人勞動低。有些人還必須放棄星期假日，為廠方做整理、清潔等無償的工作。

解體後的山地社會，投入資本主義貨幣經濟和消費制度中，需要現款孔急，因此男女山地兒童成為平地漢人資本和賣淫集團狩獵的對象。每年暑期山地各級學校畢業典禮過後，平地漢人和山地社會中不肖分子勾結，進行斗膽的人口販賣活動，把一車車童工押賣給工廠，把未成年女童押賣到賣淫窟，用荷爾蒙注射以強使山地女童「成熟」接客。

在解體中的山地社會，滋生著高利貸資本和各種詐欺集團，用大量米酒和謊言詐取山胞口袋僅剩的每一分錢，使整個山地人民陷入愈來愈深的貧困之中。在貧困無告的環境下，山地人民的勞力愈是任人剝削，山地女性之身體任人汙辱，山地民族的幼苗投入血汗店任人盤剝和摧殘，山地人的土地一片片落入高利貸和礦業資本的手中……。

山地民族豈是低劣？

有人說山地人民嗜酒如命，天性愚昧，好吃懶做。釀酒原是每一個民族最初的文明之一。在祭禮中盡情飲酒，和他們盡情歌舞一樣，是民族重要的文化生活。但認為山地人民自來嗜酒如命，是一種有心無心的誣衊。今天山地人民的嗜酒，不能不看成面對山地社會解體後社會衝擊的一個結果。和一個絕望、喪失信心，對一切險惡的生活無知、惶恐、適應不良的人一樣，整個山地民族不能不在酒精中麻醉，逃避他們所無從應付的悲運。至於說懶惰，農業共同體的勞動，是未經異化的勞動。面對成為商品的勞動，山地人民無法適應，而沉入無底的悲慘之中。說山地人民在種族上低劣，更是漢族中心種族差別主義的罪惡偏見。

台灣山地人民的貧困化、流民化、娼妓化和奴工化，使山地民族無可諱言地成為在台灣的被壓迫民族。在種族上和社會階級上同屬於被壓迫和剝削地位的山地十族人民，不折不扣地是受到在台灣漢族統治的民族。

面對民族滅絕危機，面對民族文化、語言、精神的毀滅，山地知識青年的心境之慘苦，是可以想像的。在台大研究所讀書的阿美族青年尤幹，去年編印了三十年來第一本山地政論雜誌《高山青》，寫出極有深度的文章。今年六月，他在高雄舉辦的山地文化座談會上散發小冊子，呼籲山地民族透過鬥爭自求解放，發言悲愴而激動。他回到服役中的部隊後不久即遭軍法單位拘留偵訊。最近的消息雖透露了當局不株連、不擴大，甚至可能不辦的方針，我們仍不能不寄予無限的關心。我們呼籲軍法當局迅速結束對尤幹君的偵訊，恢復其自由，以為改善當前山地政策，團結山地少數民族的一個具體的開始。任何人設身處地為尤幹著想，都應該能體諒尤幹在絕望與奮激心情下的一切言動。

黨外要支援山地民族運動

我們覺得，向來的漢族中心的民族同化政策應該予以徹底批評和檢討。我們認為，給予台灣山地少數民族以一定的政治上、經濟上、文化上的自治，是一條根本解決當前山地民族問題的道路。尊重、發展和保衛山地十族人民的傳統語言、文化、風俗習慣、宗教儀禮、文學和藝術，重建山地十族人民的歷史，依山地人民現實需要和新的山地政策，全面改革山地教育，都是目前當務之急。此外，制定法律，確實保護流落平地的山地人民，不使受到平地資本的殘酷剝削，不使受到人口販賣集團和賣淫集團的壓迫和凌辱，已刻不容緩。

在長期壓迫與欺凌下，山地人民、知識分子和青年的政治覺悟普遍不高。在現實條件下，黨外支援山地民族運動，應該注意不鼓動運動的激烈化。鼓勵山地知青從整理自己的歷史、語言、文化著手，教育山地人民。我們也期待出現一個表現傑出的山地歌手、藝術家和詩人、小說家和政論家，透過他們的文藝和學術工作，讓廣大的漢族深入理解台灣山地少數民族的歷史文化，理解山地十族人民當前面臨的悲苦命運，理解到平地漢人勞動者運動和山地民族運動的密切連帶關係，認識到漢人的民主化、自由化運動為什麼應該真實地包括山地民族運動……。

在台灣朝野上下以近十五年來台灣經濟成長自誇自滿的時刻，汙染、山地問題、勞資爭議、道德解體……這些巨額「社會成本」，正頑強地浮現在我們的眼前。這些問題的出現，終於要逼使我們不能只是把問題簡單化，一味歸咎於國民黨。黨外運動能不能、有沒有從知識、感情和思想上感受和認識到這些問題的具體本質，並有真正的「切膚之痛」，從而探索解決之道，正是黨外反體制運動所面臨的一個重要的課題。

初刊一九八四年六月三十日《蓬萊島》第四期
收入一九八八年五月人間出版社《陳映真作品集12・西川滿與台灣文學》

美國統治下的台灣

天下沒有白喝的美國奶[1]

卅多年來，台灣成為美國全球培植的親美政權之一，在經濟、政治、文化、戰略上，從來沒有一個地方，像台灣一樣，如此深重地露出令人深憂的崇美病狂。

美利堅：超級的帝國

作為一個帝國，美利堅共和國在二次大戰中和二次大戰後，有急速的擴張和發展。她遠遠地壓倒了歐洲，成為戰後西方資本主義國家的雄長。美國一國的總消費量，等於全世界其他各國總消費量的總和。美國一國所使用的銅、鐵、重要稀有金屬、石油和能源，遠遠超過任何一個或十數個民族和國家所使用的總和，她的陸海空軍基地遍布全世界，和四十多個國家訂立軍事同盟條約，只有另一個霸權蘇聯可以匹敵。她的投資遍布全世界，不論在西歐，在第三世界，星條旗總會在地球的某一個地方上的基地和企業大樓上，迎見不沒的太陽。她的大學吸引來自全球的知識分子，世界上不論富國貧國，都有受過美國大學、研究所、研究機構訓練的知識分子，位居政、經、學、商和軍界要津。美國製的武器、彈藥、制服、軍事編制，作為美國對各該國的軍事控制和影響力的明顯象徵，遍布全球。美國的政治貸款、經濟壓力、國際特工，控制著好幾個民族和國家。

精巧的新式殖民主義

以美國為母國的國際性企業，壟斷和支配著全世界的資源、市場、政治和外交、軍事。美國的「工業、軍事複合體」對於世界上反對美國經濟、外交利益的國家，施行殘酷的鎮壓。美國的國務院、五角大廈、跨國企業、新聞處、中央情報局、軍事顧問團和學術基金會，所執行的環球策略，基本上與舊式殖民主義政策性格相同，但範圍極大、內容極精巧，即所謂的新式殖民主義。美國的新聞社、電影、電視、全球性企業公告和遍布各國的美國新聞處，對全世界進行思想和文化的美國化工作，製造對美國和世界體系的優美形象，相對地消滅、破壞其他各民族悠久、優美、深厚的傳統文化……。代替了過去的「白人的負擔」論、「文明的使命」論等，今日美國以「大國的責任」和「自由」、「民主」的「信念」，向全世界進行不知饜足的政治上、軍事上、文化上、經濟上之擴張。以無數原料國的貧窮、文盲、疾病、政治不安和內戰為價，美國支配全球各地的資源，以維持美國的「富強」；美國也以顛覆、暗殺、鎮壓為手段，支持許多第三世界的軍事獨裁政權，以維護美國的外交、經濟的利益。美國不惜支持她的傀儡政權對各國要求民主和自由的政治運動、學生運動和工人運動之血腥的鎮壓，來保障美國在各國的政治、軍事和經濟利益。

在人類的歷史上，從來沒有一個國家像美國一樣，深遠、廣泛地影響著世界上每一個人民、民族和國家。在有些國家中，美國的政治、外交、軍事政策，簡直和自己的近現代史分不開。而中國就是這樣的一個國家。

戰後美國和台灣的關係

日本戰敗以後，美國軍方為了接運來台接收的國軍和遣返在台日本僑民和軍隊，美國海軍艦隊進駐高雄港。當時，由於台灣當局對美國海軍的驕橫作風有所不滿，不予合作，美國竟派遣數千名陸戰隊非法登陸台灣沿岸要地，完成遣送日本僑民的任務。

美陸軍「駐台辦公室」

為了讓台灣作為美國空軍不可或缺的中繼站，戰後，美國迅速修復了台北、新竹、台南等地的軍用機場，並在林口和松山建立航管雷達站，進駐美國第十三航空隊。早在國共戰爭在大陸結束之前，台灣已經成為美國的一個重要軍事基地了。

美軍在戰後的對台任務，是在台灣建設美國在台灣的政治和經濟的支配。當時駐台「陸軍顧問團」在台灣當局的排拒下解散，另行組成美陸軍「駐台辦公室」。美國的台北領事館成立後，這些軍人轉隸這領事館的武官處，繼續活動。在同一時期，美國駐台軍事和情報單位，並完成對台灣地理、水文、人文、政治和經濟方面的調查。

在國民黨於大陸節節失利的情況下，美國原先支持國府剿滅中共的政策開始轉變。一九四九年，《中美關係白皮書》發表，正式宣告放棄國民政府，並且企圖以遺棄國府為代價，向中共示好，以利繼續維持美國在「革命」後中國的利益。一九五〇年，杜魯門總統宣布承認中國對台灣的宗主權；美國不圖占有台灣或在台灣建立基地，享有特權；美國不圖在台另建親美獨立政權，並不再為國府提供軍援，最後宣稱美國不介入中國內戰。至此，美國全面、徹底地遺棄了國府，暗地裡準備向中共伸出「友誼」之手。

韓戰爆發，把東西冷戰帶向一個高峰

一九五〇年六月，韓戰爆發，把東西冷戰帶向一個高峰。美國以縮小韓戰的戰爭面為言，宣告「台灣海峽的中立化」政策，一方面制止國府反攻大陸，一方面以美國海空軍力進駐台灣，嚇阻中共對台進攻。十月，中共揮軍渡鴨綠江與美軍對陣，美國開始改變對國府的遺棄政策，恢復了有規模、有組織、有計畫的軍經援助，以增強國府三軍和培植親美政權，使台灣成為美國全球戰略利益的組成部分。

從此以後，大量的美國軍隊進駐台澎和金馬地區，美國的軍事、經濟、文化、政治和情報勢力（如「西方公司」和民航公司「CAT」），隨著《中美協防條約》、美國軍援和經援在台灣的介入，大量、廣泛地滲入台灣的生活。在越戰之前，國府和美國的軍事合作在八二三炮戰時達到了高潮。而這期間美國軍事、情報單位直接介入國共雙方在外島上的幾次炮戰和海戰，已是公開的事實。越戰則造成美國與國府軍事合作的另一個高潮。這時清泉崗大型軍機場的建設和啟用，使台灣成為美國越戰的後勤基地。駐台美軍激增，而對台軍援也由贈與性的改為貸款和軍品、軍火廠銷售的性質。

一九七〇年代開始，美國為了它新的全球戰略，開始轉變對中國的政策。隨著美國與中共關係的調整，停止對國府外交承認，美國撤廢了《協防條約》和《台海決議案》，並撤走了駐軍和軍援單位，但以《台灣關係法》維持美國與台灣間政治、經濟和軍事上的利益。

國府的美國經驗：求全與委曲

一九五〇年，在大陸戰爭全面潰敗，美國宣布對國府遺棄政策下，國府面臨著旦夕間破滅的危機，卻在韓戰中，全面扭轉了危機。美國對國府也因中共的悍然參與韓戰，對國府政策也從遺棄主義逐步轉變為支持和美國化改造的政策。

文化上、政治上、經濟上，在台灣「反美」是一個禁忌

於是，從五〇年代到八〇年代的今天，親美、揚美、依美成為台灣三十年來主要的政治、經濟和文化政策。因此，台灣三十年間，政治上、知識上反美和對美國的批評，基本上是一個禁忌，極容易和「破壞中美友誼」、「共匪陰謀」扯上關係。三十年來，美國在台灣被塑造成自由、民主的最高榜樣；美國是「自由世界」偉大的領袖，是對抗邪惡的共產主義的世界盟主；美

國是富裕、有正義感、慷慨、友好的國家；美國是一切進步學術、藝術、文學的來源；美國是世界上最先進技術與科學的總本山（這一點是有部分真實性的）；美國社會是一個開放、多元、富裕、民主、自由甚至公平社會的最高榜樣……

在政治上，對美國全球目標的依存，成為台灣政治的主要方針。跟隨、配合美國的全球外交政策，成為台灣政治的主要性格。在軍事上，台灣明顯地是美國全球戰略布署中的一個基地。一九五〇年以後，在美國大量軍援下，國府軍隊得以存在、改造。美式軍事裝配、制度、管理，深深地改變了國府軍隊的面貌和品質，並且配合美國軍方，執行美國在韓戰、越戰和其他美國在遠東地區的政策，盡了一定的任務。在經濟上，美國的經援穩定了五〇年代台灣瀕於破產的經濟，完成了土地改革。美國的援助和投資，深刻地影響了台灣的經濟，使美國商品、資本和技術，深入地在台灣各處擴散，造成台灣在市場、資本、技術上對美國愈來愈深的依賴。

在文化上，美國在戰後根本改造了我國教育結構，透過教科書、派遣研究人員、到美留學，完成了我國教育領域——特別是高等教育領域中的美國化改造。美國新聞處、好萊塢電影、美國電視節目、美國新聞社的消息，基本上左右著台灣文化，並且持續、強力地塑造著崇拜美國的意識。在六〇年代，美國自由主義被當時「進步」知識分子奉為經典，美國的流行音樂、美國的抽象主義、超現實主義藝術和文學支配台灣的文藝界達十數年之久。大量的留學生從六〇年代起湧向美國，並滯留不歸。甚至在台灣的英語教育，也是純粹的美國腔調。台灣的宣傳機構，甚至在七〇年後美國展開新的「遺棄」主義時，也一再悲忿地宣稱台灣戰略地位對美國利益的重要，宣稱自己是美國再也難於找到的最忠實的盟友。

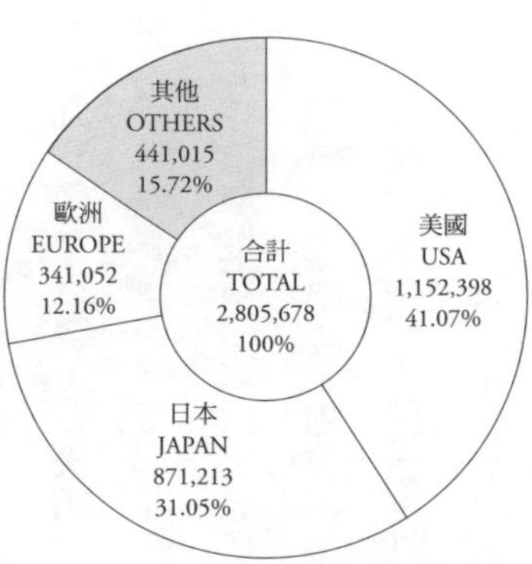

分區
BY AREA

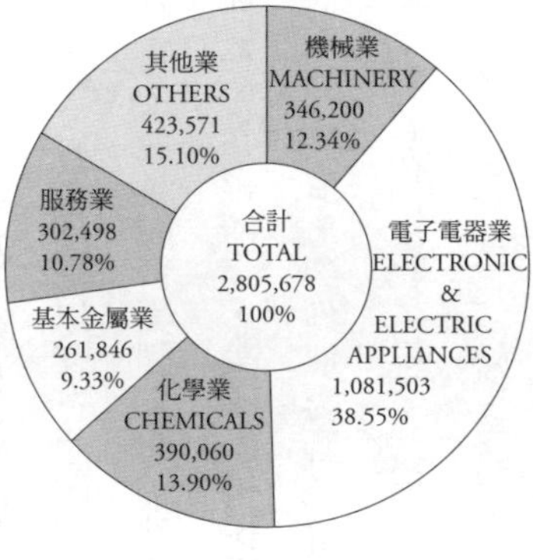

分業
BY INDUSTRY

台灣歷年核准外國人投資分區分業統計圖

單位：千美元　UNIT: US$ 1,000

一件複雜而富於諷刺的現象

但是，在這一切前台的「中美傳統友誼」的背後，卻隱藏著國府和美國之間暗潮起伏的鬥爭。從一九四九年前美國軍方顧問在台的專橫的情報、軍事行為與當時台灣當局的矛盾開始，一九五〇年重新開始的美國對國府軍援，夾帶著國府軍隊的美國化及美國支配的目的，而和國府當局展開頑固的鬥爭，傳說中的美國支持下的反政府軍事政變，經國府逮捕孫立人將軍而失敗；在國府對日本和約中，壓迫國府接受「台灣地位未定」的條款；以《中美協防條約》制止國府反攻大陸，卻同時從一九五四年起以美國ＣＩＡ情報結構展開對中國大陸的間諜和軍事行動。除此以外，從戰後美國在東京的麥帥總部對當時台灣分離主義運動者廖文毅的支持開始，美政府當局一直和台灣分離運動保持著秘密和公開的聯繫。此外，美國政府、情報當局對台灣三十年來各階段反國府的政治運動及其中的活動人士有各種連帶，其實早已是一項公開的秘密了。三十年來，國府就是這樣地和美國過著明裡握手擁抱，暗裡做著艱苦的攻擊鬥爭的生活。回想起來，台灣終竟沒有在政治、軍事和經濟上淪為美國更為徹底的新殖民地，國府獨到的政治手腕，有它的「功績」。

然而，不論美國的帝國主義政策和國府圖存的政治方略間，在暗地，在幕後，如何在三十年來的台灣進行著長久的陰謀與反陰謀的鬥爭，國府長期、公開的親美、從美政策，在台灣的朝野間，形成了一股深遠的、複雜的崇美、媚美、揚美的氛圍，並且在民族的精神和心理上造成了對美國、西方的崇拜、和對自己的自卑所構成的複雜「情緒」。而不論國府當局和批評國府體制的黨外，儘管互相批評和攻訐，卻同時對美國表現出同質的爭寵、諂媚和依存的態度。這毋寧是一件複雜而富於諷刺的現象。

美國啟示錄

魏誠庸譯

下列所示，乃是美國——主要是聯邦調查局——暗中進行的顛覆舉動。這項圖表資料完全依據公開事實，由傑瓦西(Tom Gervasi)整理。他是美國軍事研究分析中心的主任。這個中心，新近出版一系列詳備的編年表，記錄美國武力外交下仲裁調停的案件。

一九六三　古巴—企圖暗殺卡斯楚。(失利)

一九六三　多明尼加共和國—組織軍團推翻波西政府。(得逞)

一九六三　南越—突發狀況導致吳廷琰被殺。(得逞)

一九六三　厄瓜多爾—顛覆阿洛斯米納政府。(得逞)

一九六三—一九七三　伊拉克—提供財勢和武力協助巴爾薩尼建立獨立。(失利)

一九六四　智利—提供兩千萬美金協助佛瑞(Eduardo Frei)在大選中擊敗阿葉德。(得逞)

一九六四—一九六七　烏拉圭、秘魯、巴西、多明尼加共和國—訓練大批警察和情報人員，如何暗殺和審訊，打擊反對者。(失利)

一九六四　剛果—提供財力和軍事助力，打敗忠於魯門巴(Patrice Lumumba)的反抗軍。(得逞)

一九六四　越南—策畫兩萬件暗殺行動，即「鳳凰計畫」，試圖把越共的地下組織一網打盡。(部分得逞)

一九六四—一九七一　北越—美國特種部隊和農族人，從事破壞活動和突襲的任務(34A計畫)。(無結果)

一九六五—一九七一　寮國—從事破壞活動和突襲的

任務。(閃銅和大草原炮轟計畫)

一九六五　泰國—徵募一萬七千名外籍傭兵，支持寮國政府，打擊寮國的解放運動部隊。(得逞)

一九六七　波利維亞—協助捕獲萬瓦拉(Eruesto Che Guevara)。(得逞)

一九六七　希臘—協助推翻巴班德魯(George Papandveou)政府，並在康士坦丁讓位後成立巴巴多波洛斯(Golonel George Papadopoulos)軍事政府。(得逞)

一九六七—一九七一　高棉—由美國特種部隊和梅歐族人共同從事破壞和突襲的任務活動。(無結果)

一九六九—一九七〇　高棉—軍事轟炸，意圖粉碎越共在高棉境內的庇護軍事陣地。(失利)

一九七〇　高棉—推翻施亞諾親王政府。(得逞)

一九七〇—一九七三　智利—策畫暗殺、宣傳、罷工和示威等各項行動，顛覆阿葉德政府。(得逞)

一九七三—一九七八　阿富汗—提供軍事和金錢援助給多德政府(Mohammed Daud)，反對達拉基(Noor Mohammed Taraui)。(失利)

一九七五　葡萄牙—促使宏卡爾維斯(General Vasco dos Santos Goncalves)政府被推翻。(得逞)

一九七五　安哥拉—提供軍援，試圖阻止安哥拉人民解放運動。(失利)

一九七五　澳洲—各種宣傳活動，施加政治壓力，迫使惠特蘭(Gough Whitlam)政府下台。(得逞)

一九七六　牙買加—策畫軍事政變，意圖推翻曼雷(Michcel Manley)政府。(失利)

一九七六—一九七九　牙買加—支持行刺曼雷(Michcel Manley)等三人。(失利)

一九七六—一九八四　安哥拉—提供金錢和軍事援助給薩維比(Jonas Savimbi)，以不斷打擊和顛覆尼托(Agustinho Neto)政府和其繼任者。(無結果)

一九七九　伊朗—試圖安排一個軍事政府以取代原伊朗王，並鎮壓回教正統運動。(失利)

一九七九　塞舌爾共和國(Seychelles)—試圖顛覆雷內

(France Albert Rene)政府。(失利)

一九七九—一九八〇　牙買加—運用財勢壓力以顛覆曼雷(Michcel Manley)政府。在選舉中，利用宣傳及示威活動而擊敗曼雷政府。(得逞)

一九七九　阿富汗—為叛軍提供軍援，以推翻阿明(Hafizullah Amin)政府。由於蘇聯干涉及新政府的建立，而使計畫失敗。

一九八〇—一九八四　阿富汗—提供軍援給同一叛軍，以打擊蘇聯占領軍。(無結果)

一九八〇　格雷納達—試圖推翻毛理斯主教(Maurice Bichop)政府。(失利)

一九八〇　多明尼加—提供金錢援助給查理士(Eugenia Chavles)在大選中擊敗瑟拉分尼(Olioer Seraphine)。(得逞)

一九八〇　奎亞那—鼓動暗殺反對派領袖隆尼(Walter Rodney)的行動，以鞏固布爾漢(Forbes Burnham)政府的權力。

一九八〇　尼加拉瓜—支援、訓練和武裝反桑定政權部隊，在尼加拉瓜境內，從事破壞及恐怖突襲行動，意圖顛覆薩維德拉(Oaniel Ortega Saauedra)政府。(無結果)

一九八一　塞舌爾共和國—計畫軍事政變，意圖推翻雷內(France Albert Rene)政府。(失利)

一九八一—一九八二　模里西斯—提供金援，意圖使雷格藍(Seewoosagur Ramgoolam)在大選中獲勝。(失利)

一九八一—一九八四　利比亞—施用經濟壓力及運用宣傳活動、軍事演習等方法，意圖顛覆格達費政府。(無結果)

一九八二　查德—提供軍援以顛覆烏艾地(Oueddei)政府。(得逞)

一九八二　瓜地馬拉—策畫政變以推翻葛瓦拉(Angel Anlbal Gueuara)政府。(得逞)

一九八二　玻利維亞—策畫政變以顛覆多雷利歐(Celso Torrelio)政府。(得逞)

一九八二—一九八三　蘇里南—三次試圖顛覆玻特瑟上校(Colonel Desï Bouterse)的政府。(失利)

近代史中的美國對台灣政策

台灣的制式歷史教育中，美國被描寫成對中國沒有領土、政治和經濟野心的國家。在十九世紀凶惡的西方帝國主義瓜分中國的時代，據說美國是唯一主張中國的「門戶開放」，制止列強在中國劃地獨占的國家。在台灣的反國府體制的民主活動中，也把美國看成真心同情和有力支持台灣人民追求民主、自由理想的大國，在想像和實際上，引為奧援。

國府和黨外對於美國對台灣接觸的史的本質有意、無意的無知和歪曲，其實是兩者在思想、感情上形成深重的「美國結」的主要原因之一。

遲到的侵奪者

事實上，從十九世紀中葉開始，美國對台灣抱著領土、資源、政治、軍事的野心，與荷蘭、西班牙、英國等殊無二致。一八五〇年代中葉，在美國水師提督倍里叩關日本的同時，即曾奉命調查台灣資源，主張美國占領台灣，並且主張台灣在當時國際貿易與交通上，對美國有實質上的利益。同時，當時美國駐遠東外交人員哈利斯，極力收集有關台灣資料，向美國外交當局力陳美國占領台灣之利。美國商人黎基敦力陳台灣對美國之利益，主張美國派兵占據台灣。一八六〇年代末，美國曾一度以膺懲殺害美國水手商人之台灣山胞為理由，派兵登陸鵝鑾鼻。這些與當時西、法、英各國在東亞的帝國主義行徑殊無不同的思想和行為，雖然因為美國對中國事務介入嫌晚，加以美國國內黑奴問題而形成分裂，引發內戰而未有具體的結果，但美國對島嶼台灣的帝國主義政策，早在十九世紀業已形成，事實俱在。

一八七五年，美國開始了對中國的外交接觸。當時列強早已紛紛在中國劃地獨占，美國成了一個遲到的侵奪者。為了阻止列強在華繼續瓜分，以便為美國找到插手中國事務的空隙，美國倡言中國的「門戶開放」主義，其實只是為了能使美國在中國與列強爭分一杯羹罷了。

美國和台灣分離主義運動

接著，從二次世界大戰到戰後以來，美國和中國，從而和台灣發生了空前密切的接觸。但作為十九世紀美國對中國、連帶地對台灣的帝國主義政策的延長，使得先是在中國後是在台灣建立和培養一個親美、聽命於美國的政權，成為美國對華政策的一個主要核心部分。

公開提倡「台灣地位未定論」

一九五〇年，美國對國府「恢復」軍經援助的同時，主動、連帶地執行著台灣政權的親美化改造政策。以軍援、美援為手段，美國企圖支配國府三軍系統、企圖培植親美將領顛覆國民黨政府。在此同時，美國一方面以軍經支援鞏固國府在台灣的統治，一方面早在五〇年代初，即由駐東京盟軍總部卵翼廖文毅在日本的分離運動。一方面對國府恢復軍援，促成國府與日本和約的簽定；訂立《中美協防條約》，通過《台灣海峽決議案》，一方面又公開提倡「台灣地位未定論」，不但為了為美國軍事力量進出台灣和台灣海峽，製造法的根據，一方面也是用來製造各個階段的「兩個中國」和「一中一台」政策。而正是在這個「台灣地位未定論」的影響下，滋長了三十年來各派別的台灣分離主義。

林林總總的挑撥手段

尤其引人注目的是，三十年來各種主要的台灣分離主義理論，主要都先由美國或日本政客和「學者」率先提倡。一九五五年，有名的賴旭和倡言協助一個「民主台灣」之發展；同年，美國曾要求李宗仁出面推翻國府，建立獨立的台灣；六〇年，美國副國務卿倡言一「獨立的中台國」之利益；六〇年代，美國人柯爾抛出了「台灣人在人種上並非中國人」之論。另外，以賴旭和為首的美國「現代化」派學者，在肯定日本戰後「現代化」成功之餘，連帶肯定日本對台灣的殖民統治，從而謂台灣已因五十年殖民而受日本「同化」，而主張台灣與中國的分離之論；孟德爾有推翻國府而使台灣獨立，可使中共攻台失去理由，從而可維持台灣海峽之和平論；有國共和談將危害美國在台灣之利益，而力主台灣獨立之論……林林總總，不一而足。而最近兩三年間流行於北美的「台灣民族論」，實也無非以上諸論的一個延長。七〇年代以後，美國對華政策進行重大改變，在轉移對國府之外交承認於北平前後，私底下美國抛出了更多支持台灣成為一「獨立政治單元」以永久分離於中國的「兩個中國」和「一中一台」論。雖然一直到兩年前，美國才公開地抛棄了「台灣地位未定論」，承認台灣為中國之一部分，並且公開放棄了對台灣獨立的支持政策，但在實際上支持台灣自中國永久分離以確保美國之台灣利益的政客、議員、商人和學者，仍大有人在。而海外，尤其是北美的台灣分離運動，其右派如「台灣獨立聯盟」、「台灣人公共事務協會」者，固然公然採取對美附庸的立場，以促成如《台灣前途決議案》之帝國主義法案以驕人，即連自稱馬克思派的「左」翼分離主義，對美國的對台灣之帝國主義歷史和政策，也睜眼、閉眼，裝聾作啞。

台灣民主運動和美國

如果國府是一個親美的政權，那麼，何以作為國府的對立側面的台灣中產者民主運動，也抱持著絕不亞於國府的親美、媚美、美國庸屬的立場？這當然是一個複雜的問題。但是至少可以舉出兩個因素：

第一，在於美國在世界各地的「兩手主義」。美國一方面為了壓制各地反美民族主義，不惜以維護政治上不穩定的政權，以交換美國在各該國之政治、外交、軍事及經濟利益。但在同時，美國也深知這種政府不能長期穩定，為了避免被當地反美勢力顛覆，美國總是同時和當地親美的反體制運動保持密切的聯絡。美國一方面以軍經援助支持菲律賓馬可士政權，壓制其反馬可士民主運動，但一旦看見馬可士政權已無法強予維持，美國就會轉而支持像阿奎諾那種基本上親美的反馬可士勢力，就是一個實例。因此，是台灣中產者民主運動過去的原來地主—中產階級的屬性，及今日台灣中產階級的社會屬性，規定其親美性格，促成美國對他們的支持；而這美國支持的自身，又對其親美、美國附庸性格，促成擴大再生產。

台灣知識界失去對美的批判力

第二，是三十年來台灣在文化、宣傳和思想上掩蓋美國對台帝國主義政策所造成的矛盾，卻同時大力提倡親美、崇美的思想、情感和教育，使台灣知識界、文化界失去對美國政治、經濟和文化上帝國主義因素的批判力。對國府體制的不滿情緒，竟而不但沒有造成連帶地對國府表面所親倚的美國之批判，反而成為與國府爭奪美國支持的競賽。

在五〇年代的台灣民主運動中，殷海光不論在民主理論、反對風格上，皆有今人尚不能超越的成就。但即使嫉惡如殷海光，尚且不能沒有依據外力（美國）以達成台灣的民主運動目標之想。美國對當時著名的民主反對派領袖高玉樹的政治和經濟支持早非秘密。一九六〇年代末，美國中央情報局公然私運當時分離主義民主運動學者彭明敏出台灣，在美國進行分離主義運動。同時期，美國使館介入一個地下分離主義運動案件。

美國人愛我不愛你

一九七〇年代，從「台灣政論」系開始的台灣中產階級民主運動，基本上並沒有改變對美國依恃的、親美、崇美的性格。美國對康寧祥的支持與重視，表現在美國與國府斷交時將消息同時通知國府當局和康氏一事，表露無遺。康系三議員於一九八一年訪美言行，及返台後發表的聲明，表現出台灣中產階級民主運動在「美國支持台灣合於美國利益」等言論上，和其所反對的國府有共同的理論和語言。在近年黨外內部「批康」運動中，自稱在運動中更為純粹和徹底的反康一系，在批康的內容中，也絲毫不曾觸及康系的親美方針與立場。一九八二年，以「美麗島」系家屬為中心的黨外立委訪美，在美遍訪支持台灣的美國「自由派」參議員如羅勃．甘迺迪、索拉茲等，回台以後，在各自的政論雜誌上，大篇幅刊登自己和美國政要、學人的合照，甚至以此合照在八二年底的大選中作為競選的號召。同年，美國參議員索拉茲訪台，為了爭取參加他的演講餐會，黨外內部竟產生了爭執和矛盾。幾年來，黨外和國府一樣，為美國是否堅定支持台灣而心煩慮亂，一會兒高興，一會兒流淚。他們同為美國與中共間各種公報、文件中的措辭，各搞各的拆字遊戲，各自尋找「美國人愛我不愛你」的證據，棲棲遑遑，不可終日。

「美國結」——台灣結的根本大結

同在一個美國依附的社會基礎上，國府和黨外同時培養並且發展了親美、崇美、對美國基本上沒有批判意識的相同體質，並且互相影響，互相吸收，形成一個錯綜複雜的「美國結」。而這美國結的具體情感，不論在國府或它的反對體台灣黨外，都表現為下述六種心態：

美國使人陶醉悲傷

(一)各自認為自己是美國最忠實的夥伴。都認為自己最忠實地信仰和服膺美國反共、民主、自由的原則；都認自己的存在和發展，完全符合美國當前戰略的、政治的和經濟的利益。

(二)都對美國懷抱著哀怨卻熱烈的情感。都關心《上海公報》上「認知」和「承認」的差別；都希望美國為台灣「一千八百萬居民」的「幸福」與「自由」介入台灣事務；在美國與中共眉來眼去之時，都表現出哀怨的沉默，一廂情願地抱著美國「不會遺棄我」的熱情，而不敢發出怒聲。

(三)都私下堅信「美國最愛我」。有人憑著在台灣實際有效的統治和三十年來各種具體合作的歷史得驗；有人憑著三十年來美國「暗」中伸出來的手，各自相信美國「對我最好」，死心塌地，再大的考驗，都忠貞不渝。

(四)都對美國的富裕、「民主」和「自由」、強大的國力，高大漂亮的形象，有發自內心最真實的崇拜。美國國會、輿論對自己的一褒一貶，都足以使自己陶醉或悲傷。與美國相接，尊崇、敬服之心油然而生；與美國政界、商界、學界相接，則欣然有驕美之色，不知不覺間，在美國人面前自動地流露出諂笑之色而不自覺。

不論國府或黨外，都忽略了世界視野

（五）都對貧窮的中國大陸有鄙夷之情。有人對「匪區」的貧窮落後、專制暴政，長期做鄙夷的宣傳；有人對「中國民族」傳統中落後、「殘暴」、「黑暗」，懷有深刻的蔑視和敵意，甚至發展成一種反華的情感。這種對中國大陸人民、歷史和文化的鄙視，和五〇年代冷戰時代由美國推動的反共論調，有極為密切的關聯，而不知不覺間，在這種宣傳下，中國大陸竟成了他國；大陸人民竟成了他族。

（六）對美國文化、政治、國力的崇拜，造成了對西方文化、政治的崇拜，並且同時在它的對立面，都發展出對東亞鄰近窮國、第三世界貧困國家的輕蔑意況。因此，不論國府或黨外，對第三世界都不約而同地忽視、鄙視。在他們的眼中，能說歐美語、日語的人種才是高等的民族，他們都同情和支持以色列和南非，在亞洲，除了日本，他們只看得起會搞獨裁、也會搞錢的新加坡……總之，崇拜歐美、輕視第三世界，成為同時並存的二重結構。

眼中只看見一個巨大的美利堅

在這樣的「美國結」的世界中，人們在偌大一個地球上只看見一個巨大、光輝的美利堅共和國，以及在這共和國旁邊的台灣。除此而外，對整個歐洲、東亞、中東、亞洲、非洲和中南美洲甚至中國大陸皆可視而不見，聽而不聞。因此，雖然國民黨的創始人孫中山先生，在三民主義這個思想體系中，很早地表現出掙脫資本主義世界體系的遠見，今日的國府，甚至到今天也沒有改變對廣受第三世界詬病的美國、以色列和南非的「親善」態度。而黨外的視野，在這個問題上，也絕不比國府當局高明。把落後國家的疆界胡亂重劃，慫意促成許多不必要的「獨立」國家，以利對它的控制和掠奪，正是資本主義體系的傑作。非洲大陸上無數「獨立」的國家，彼此互相殺伐，正是非洲大地上從前的殖民母國一手炮製的。不認識在這「世界體系」下台灣近代史的展開，一味提倡「台灣民族」以使台灣「獨立建國」的海外台灣分離運動，其實便是在「美國結」的狹小而荒謬的世界中所產生的錯誤認識。

一九八四年六月

韓國人最沉痛的功課

事實上，認識美國的帝國主義政策，是需要一個過程的。在朴正熙、全斗煥專制體制下，勇敢地為韓國民主和自由蹶起[2]的韓國民主運動和學生運動，從戰後以來，一直把美國看成韓國民主、自由和人權運動的有力後盾。特別是在卡特總統的「人權外交」時代，韓國的「黨處」和青年學生，對美國有堅定的信賴。一直到美國雷根政府無情地允許全斗煥以美援武器、彈藥和情報器材對光州的學生蜂起進行毫不掩飾的血腥鎮壓，韓國的反對派和學生，才學會了一課沉痛的功課。

自己的同胞才是可信的依靠

在一個綿密的、由新舊殖民主義所交織成功的現代世界體系中，東亞和整個第三世界的近現代史，至少應該使這一件事實無從隱蔽：即為了爭取自己民族的解放、國家的獨立、政治的民主和自由，只有一個可靠的依靠，那就是自己的同胞。任何想援引外國——特別是強國來達成自己追求獨立、解放、民主和自由的目標的企望，幾乎毫無例外地會遭受到悲慘的失敗的命運。時至今日，在整個遼闊的第三世界中，幾乎已經沒有一個地方像台灣一樣，不論在朝在野，那樣地對美國的帝國主義政策缺少批判的認識，而對於美國的一切，還懷抱著跡近幼稚的幻想。而這一切，從台灣的反體制運動的角度來檢討，只是愈益顯現出這樣的事實：台灣的中產階級黨外運動，至少在目前階段中，在歷史、思想和文化上是如何的貧困和幼稚。如何在中國、東亞、和第三世界的近現代史的結構去思考台灣前去的道路，努力從「美國結」和親崇美國、輕視第三世界這個二重結構中掙脫出來，在中國歷史的現代中，在中國自己的民主、自由、獨立的運動中，爭取自己的地位，恐怕是台灣中產階級黨外運動今後階段中一個重要的課題吧。

一九八四年六月

參考書目

南方朔《帝國主義與台灣獨立運動》
南方朔《中國自由主義的最後堡壘》
狄縱橫《駐台美軍三十年滄桑史》

初刊一九八四年六月《夏潮論壇》第十五期、總第八卷第四期，署名趙定一
收入一九八八年五月人間出版社《陳映真作品集13．美國統治下的台灣》，
一九九一年十一月海峽評論出版社《台灣命運機密檔案》（王曉波編）

1　本文收入《台灣命運機密檔案》時，標題為「吃美國奶粉長大的孩子」。

2　「蹶起」，人間版作「崛起」。

「炎黃子孫」靠哪邊站！

根據報導，南非政府即將廢除「最後一個華人社區」，而「今後炎黃子孫所受待遇將與白人一致」。在這「炎黃子孫所受待遇將與白人一致」說法中，不免有一份欣喜，甚至驕傲之感。

白人種族主義的法西斯政權

事實上，南非這個國家，是由極少數的白人，對非洲黑種人土著和其他有色人種施行極為野蠻、殘暴、黑暗專制統治，惡名昭彰的國家。在二十世紀的今日，地球上幾乎沒任何一個其他地方，像南非那樣施行著公然的白人中心的種族差別、歧視和隔離政策。在南非，只有純粹歐美系白人才是統治的民族和階級。在白人以下，是所謂「有色人」，包括白人和土著的混血種，以及一切非黑人的有色人種。最下層，是非洲當地的黑種人。

在這以前，中國人被視為有色人種，被劃在中國人地區居住。中國人和其他有色人一樣，只准在被劃定的地區中生活，他們的工作、活動範圍、政治權利、公民權利、文化權利……都與白人不同。而黑人的權利，又遠不如有色人。他們被強迫遷到荒瘠偏遠的地區居住，一遷再遷，而且一切黑人和有色人皆不許到白人區活動、營生、置居。黑人和有色人走在街上，白人可以任意毆辱，財產幾乎可以由白人任意侵奪。黑種人和有色人在政治上受盡歧視，他們的人權、財產的權利毫無保障。

對於受壓迫的有色人和黑人的反抗，南非政府採取極為野蠻、殘酷，毫無法律原則的鎮壓、逮捕，並加以酷刑拷打。

只與三個國家建交

南非人民反抗白人種族主義法西斯政權的鬥爭，已經愈演愈烈。南非人民的反抗運動，愈來愈壯大，在許多英勇的宗教和政治領袖，以及一些南非人民的藝術家、文學家的領導和支持之下，白人種族主義法西斯政權愈來愈不得全世界的人心。在目前，和南非政府正式有外交關係的，只有三個世界上最保守的國家：美國、以色列和中華民國。其他的國家，都因不齒、反對南非野蠻的種族差別主義而紛紛與南非斷交。

受到這樣的政權授予「在白人區居住的權利」，是一項光榮呢？還是一項恥辱？近來，不少台灣的資本家到南非去做生意、開工廠，利用「政治上」一些特權，對土著勞工進行剝削。南非人民仇恨白人種族主義法西斯政權，連帶地也仇恨與南非政府狼狽為奸的外國人。南非內部政情極端不穩，或遲或早，南非人民一定會起來推翻白人殖民政策。到時候，今天「所受待遇與白人一致」的「炎黃子孫」，在南非人民忿怒的火焰中，會遭到什麼樣的處境，是可以想像得到的。

爭取南非人民真誠的友誼

中國人應該在今日與南非人民一道受苦，在明日享受南非人民真誠的尊敬與友誼呢？還是在今日貪圖名實不符的「與白人一致」的「待遇」，而走上後日南非人民正義之審判的末路？國府當局和在南非「進出」的中國商人、資本家，也應該好好的想一想了。

初刊一九八四年八月《夏潮論壇》第十七期、總第八卷第六期，署名洲子洋
收入一九八八年五月人間出版社《陳映真作品集12・西川滿與台灣文學》

建立真正獨立的產業工會，為保障工人的生命和權益而奮鬥

從兩山礦難和美資華納利電子公司工人爭議說起

六月和七月兩個月間，台灣驚傳了兩次空前的礦難事件，近兩百名煤礦勞動工人死於非命，深深地震動了台灣人民的心靈。悲傷、驚駭、疑惑甚至忿怒之情緒，充滿著關心生活的人民的胸臆。人們問：這是怎麼一回事？為什麼讓近兩百個生命活活在地底兩千公尺之下窒息、燒烤而死，為什麼沒有任何人要對這悲慘的災禍負責任。

我們在報紙上，在電視上，看到那些黨政首長打些不著邊際的官腔，沒有看見過他們一丁點切膚、哀痛的表情，沒有聽他們說過一句真正從一顆哀傷自責的心腑發出來的話語，沒有聽他們表白過為不曾盡到保護人民之責而自咎的話，更沒有聽他們說過半句斬釘截鐵的改革補救的計畫。

我們也沒看見、聽見兩礦的主人說過、表示過半點內疚，願意為在災變中死亡的工人和他們身後的遺族，毀產賠償，並為了這悲慘的變禍在道德上表示自咎和負責的話。

我們也沒有、或者很少聽見社會上的團體和意見領袖為此表示震怒，要求嚴重關心死難工人的遺族，要求政府當局和煤礦資本家嚴厲負起一切政治和道德責任的話。黨外議員不曾為無告的煤礦工人和他們的遺族發表過嚴正的抗議聲明，不曾像選舉的時候那樣熱心地動員起來、組織起來，為保障遺族權益，為追訴造成死難工人之責任，為了只有黨外才能真心申張的社會正義而堅決地工作。對於這悲慘的礦難，大部分黨外雜誌照例只是罵一罵國民黨，卻不曾深入揭發台灣長年來政權與資本勾結下踐踏、剝削工人的結構。

台灣的工人階級，在過去三十年間，為台灣社會創造了巨大的財富，用他們的勞力和血汗為台灣的社會發展做了最大的貢獻，並且用他們的血乳培養了整個台灣工商業資產階級。但是，六百多萬台灣的勞動者，收入最低，工資永遠只能溫飽，卻不能共同享有台灣社會的福祉：集體談判，為自己的權益自由組織，分享文化、知識的利益。在這個社會上，沒有一本書、一本雜誌，是為工人寫、為工人辦的。沒有一個真正屬於工人而有力量的團體，為工人職業的穩定，合理的工時與工資，工作的安全與健康發言、力爭。老實說，即使是黨外公職人員，也只在選舉的時候，口頭上說些爭取工人權益的話，選過了，就忘得一乾二淨。這次《勞基法》在立院中的爭議，黨外議員充分暴露了它的中產階級性格，對爭取工人階級的權益，表現出再也無從掩飾的冷淡。台灣的工人階級，已經完完全全被台灣中產階級社會——包括國民黨和黨外議員——拋棄了！

受到當前台灣社會所遺棄的台灣工人，在工會的名存實亡，工會和黨資本的勾結，工會的孱弱無力，以及台灣中產階級對工人權益的忽視和藐視，台灣的知識界、文化界一般地對工人無知、忽視和漠不關心的情況下，只有在渙散、個別的情況下，在個別的廠中，在忍無可忍的情況下，起而為自己合法利益與資方爭議。最近美資華納利電子公司的勞資爭議，就是無數實例中的一個典型。

原台灣飛歌(Philco Taiwan)電子公司改名為華納利電子公司(Atari)經營(飛歌頻頻更改名稱和管理層，據說是為了充分利用外資設廠五年內免稅的優惠，故而頻頻重新營業)，突然於七月初宣布再度更換經營人，即日停工盤點移交。華納利企圖整廠連工人一併移交新的經營者，規避資遣費用，對今後工人的出處，避不負責交代，引起工人的不安。據華納利工人領袖指出，該廠三年來工資一直未曾調整(而該廠工資為目前台灣電子業界中最低者，伙食、交通折現後工人工資為每月七千三百三十四元)，雖經產業工會極力爭取，亦不見改善。目前該廠宣稱「更換經營人」，拒絕資遣工人，擬將連廠帶勞動者一併移交新的經營者，對工人今後工作保障、薪給、福利概無承諾，對於工人要求與原資方協商，置之不理。工人因此強烈要求原公司停業後應依法資遣全體員工，然後工人再與新資方共商雙方僱傭契約。

華納利工人在產業工會領導下，和資方力爭之際，華納利的華人管理者不但不為自己的工人同胞撐腰，卻成為外國資本壓迫台灣工人的幫凶。工人領袖在一份公開聲明中這樣指責：「……工會決定拿出魄力和公司爭取到底。不料卻被所謂的『中國高級知識分子』出賣，幫著公司威脅員工，利用高壓手段圖謀私利，欺壓善良勞工，部分不明大義幹部亦從中協同。嗚乎！自己的同胞被老外欺負(還)不夠，還要幫著老外來欺負自己可憐的同胞，良心何在？民族意識何在？……中國一直不能太平，原來漢奸走狗太多，其果有因，實在可悲。」工會並做這樣的呼籲：「一、工會爭取(議)，要靠大家支持，不容少數破壞！二、這是一個中國人和外國人爭(的問題)，與主管無關。何況主管已不可信任！三、抱定信心、堅持到底，全心全力支持工會，必然可以勝利！四、不能白白的、眼睜睜的任由外國老爺擺布。大家要化語言為行動，化悲憤為力量，共同擁護工會堅持到底。」

從這一份文件中，我們生動地看到台灣工人階級在極為惡劣的條件下為自己的權益自發自動地起來勇敢抗爭的情形。法律不能幫助他們，國民黨不會伸出援手，大部分黨外對他們艱苦的奮鬥毫無體己切膚之情，更不用說拔刀相助了。台灣的「高級知識分子」、教授和學生，沒有人關心他們、支持他們。更可恥的是，在華納利工作的買辦知識分子管理階層，不但不幫忙，反而成為外國資本的警察偵探，破壞和威脅工人的正當要求。

在目前的台灣，知識界中不少人以民族意識、民族主義為「落伍」、為「偏狹」，和國際資本一道學舌，倡說國際資產階級的世界主義。但華納利工人的眼睛比他們還要雪亮，腦筋比他們還要靈光，在切身的鬥爭中，正確地看到資本對勞動、帝國主義對民族主義的矛盾。

台灣工人階級應該起來為自己的團結權、組織權和爭議權奮鬥。捨此，已沒有別的路可走了。三十年來，台灣工人隱忍相讓，到今天，別人施捨的《勞基法》，還要經過十年之杯葛，七折八扣。在這新的《勞基法》下，往後的勞資爭議還只是一個新的、複雜的開端。可是，代表台灣工業資產階級利益的國民黨，既然終於把《勞基法》弄出來，工人就應該先堅持這《勞基法》，據以組成真正屬於自己的產業工會，堅持工會的獨立自主，堅持把工會中墮落的黨資代理人清除出去，堅強地團結在一起，堅定地、依法為自己的權益奮鬥到底！

初刊一九八四年八月《夏潮論壇》第十七期、總第八卷第六期，署名編輯部評論
收入一九八八年五月人間出版社《陳映真作品集12・西川滿與台灣文學》

想起王安憶

初次見到王安憶，是在美國愛荷華的西達．拉比機場。

是初抵愛荷華市參加「國際寫作計畫」的去年八月末罷。有一天，聽說中國大陸的作家要抵達，我決定和「計畫」的工作人員，和聶華苓大姐一道，去機場接他們。所以做了這決定，是覺得對我個人而言，作為一個中國的作家，去會見同為中國作家同事的大陸作家，在以海峽為界相對峙、相隔絕的現實情況下，有嚴肅而且重大的意義。

就在那個小小的機場上，我平生第一次見到了來自海峽彼岸的中國作家：吳祖光、茹志鵑、王安憶和蕭乾夫婦。除了王安憶以外，大陸作家全是六十以上的前輩，使王安憶不只顯得格外年輕，而且不免於有些羞怯和沉默。

把比我所想像中還要多一點的他們的行李推上車子，大夥兒在笑語中，開回愛荷華市。就在那路上，我想到王安憶的有關中國大陸年輕一代作家的發言稿。

為了更有準備地理解來自世界各地的作家和文學家早一點抵達愛荷華的我，向聶大姐要了一些作家們預先寄達的，有關介紹各該國文學的發言稿。因為特別關心「四人幫」以後大陸年輕一代的作品和思想，我還特別用心地讀了王安憶的發言稿。

我已經不記得那發言稿詳細的內容了。但讀後心中思緒和情感的波動，卻至今難以遺忘。在那一篇發言稿中，她說到「無產階級文化大革命」給予她那個世代的年輕人的重大的影響。他們受了傷害，變得忿怒、灰心、感傷……。但是一點一滴地，他們勝過了個人的傷痕和悲哀。他們終於起來，更辛勞、更認真、更嚴肅、更解放地為祖國思考、寫作、生活和工作（大意）。現在手頭上有一小段經過英譯後的她的講話，我把它譯成中文，自然在用語上與她的原文不同，不過也可以從此窺見尚不滿三十歲的王安憶的想法的一角：

> 文化大革命使我更多地體驗了生活，也給了我一個獨立思考的機會。正是由於這些體驗和思考，我決定提起我的筆來。而我認為文學最為必要的質素，就是體驗和思考。在文化大革命之後，有好多傑出的年輕作家湧到舞台上來。雖然他們的湧現各有特殊的情況，但我寧可認為年輕作家的出現並不只是一件偶然的事……

我尚記得，在那篇簡短的發言稿中，她曾以真誠的讚賞和敬意，提到許多我不能記憶的，在王安憶心目中為重要的年輕一代作家的名字和作品。事實上，在愛荷華相處三個月，我才更為清晰地認識到她那發乎自然的，不把一切的榮光攬在自已身上的心靈的美。她懷著深的敬意談說著還沒有被中國大陸——更不用說外面世界——所認識、懷著巨大才華、深刻思想的她的同儕作家、思想家和學研工作者，對他們有深的期待，還不只一次地、坦然地說她的得以脫穎而出，以及她這次之能夠來美，不能不說是得力於她那在文學、戲劇上早已卓然有成的母親（茹志鵑）和父親，並且在言下還有為她的那些朋友們不平的意思。

五〇年代中期、六〇年代初在台灣出生的一代，對於「我」的執念很強，是周知的事實。在台灣見多了對自我的欲求、作品和主張顯出強烈執念的作家，靜靜地傾聽著王安憶談大陸上沉著地等待出世的年輕一代文學家、藝術家、思想家，把他們該有的榮光都歸給他們……有一種奇異的感動。

「計畫」的活動一開始，大陸作家就送給我很多他們輯印成集的作品。我開始日夜不斷地閱讀他們的作品，以致相當地影響了我原先閱讀大陸其他許多早已成為話題的作家作品的進度。

就那時候，我一口氣讀完王安憶的兩、三本集子。這裡刊出的〈本次列車終站〉就是其中給予我極為深刻印象的她的作品之一。在這篇小說中，我初次生動地理解到「文革」後大陸社會中人、親情、生活的方式、社會和物質的變化，和這些變化之間的連帶。而作為一個年輕一代的作家，她的焦點和情感，毋寧是明顯地集中在年輕一代遭遇和感受的。她在作品中所透露的批判，雖然沒有大陸年輕一代哲學家的深刻，但她所提起的質疑，卻有王安憶獨有的認真和誠實，感人至深。

讀著王安憶的作品，常常會引起「在台灣，一個像她那麼年輕的女作家在寫著什麼，會寫出什麼」的問題，自己問著自己，而感到苦惱。現在《文季》要把她的〈本次列車終站〉公刊，我想，應該也有些讀者會產生與我相同的苦惱，也說不定。

王安憶的母親，茹志鵑是一位十分優秀的小說家。問到她什麼時候發現女兒竟有創作的才能，她說，那些年，王安憶的爸爸受到批評。王安憶才十幾歲大，乖乖地插隊去了。就插隊的那些年，王安憶彷彿頓時長大了，寫著一封封長長的信回家，寫她的感受，寫插隊的寒村的景色和人情。

「看看那些信，我開始擔心啊。」茹志鵑說。

在那些風暴的年代，會寫東西，會想，會感受，是多大的負擔！茹志鵑疑心是母親讀女兒來信的感受，不見得客觀，托信拿了去給文藝界的老朋友們看。結果是一致驚於王安憶年輕的才華。

茹志鵑和王安憶有一個偶合的特點：正式受教育時間很短。茹志鵑是因為她出奇地貧困的童年，王安憶則因為那「文化大革命」波及整個大陸的動亂。可她們全靠艱苦自修，學習和摸索了自己寫作的事業。

這回《文季》刊出她的作品，引起了我的回想。在我的眼前，不覺浮起了沉靜、有一點羞怯，卻絕不失大方的王安憶。我記得她說她的另一本集子就要出來，而她顯然對這新的集子中的作品較有自信，較為滿意。前不久收到愛荷華友人呂嘉行來信，說讀了王安憶的新集子，佩服得了不得。我雖未能讀到她的新書，卻從心底為王安憶高興。

在愛荷華和大陸的作家們相見、相處，親同手足。那種相互間的友愛，是那樣的自然，自然得甚至出乎我的意表。從美國回來，一晃就是一年了。而回想起當時相聚的自然和友愛，才感覺到中國作家間的團結，其實在本質上原就超出了政治、黨派和地域的限制的。他們全自文學的中國承受豐富的啟示，並且都決心為著當今和未來的中國去體驗、思考、生活和辛勤地工作。那麼讓我祝福王安憶，希望她寫出一篇比一篇好的作品，豐富中國的心靈，也豐富中國文學的庫藏。

一九八四、十、二九

初刊一九八四年九月《文季：文學雙月刊》第二卷第三期
另載一九八五年二月《台港文學選刊》（福州）第二期，一九八五年三月《讀書》（北京）第四期

1 原刊篇末之寫作時間在初刊日期之後，或有貽誤，本文依《文季：文學雙月刊》一九八四年九月初刊日期定序。

山路・自序[1]

有朋友把〈鈴璫花〉、〈山路〉善意地歸類為「政治小說」，我個人倒覺得擔當不住。以近十年崛起於拉美、亞洲和非洲的，帶有集中而深刻的政治批評視點的小說和電影的標準來衡量，我的這兩個短篇，不論從規模、歷史的格局，尤其是國際政治的背景結構，具嫌不足。說它們是「政治小說」，其實是不適當地抬高了它們的屬性。

我是從來不曾、將來也無心去寫所謂的「政治小說」的。然而，竟而寫了〈鈴璫花〉和〈山路〉，對於台灣歷史的五〇年代初葉，提出反省的思索，對當時人們的夢想、鬥爭和幻滅，對當時條件下的人的活法[2]和嚴酷的考驗下的倫理和理念，帶著嚴肅的檢討心，在回顧中加以逼視，是有一些基本的條件的。這些條件是：近年來台灣在言論表達上相對性的自由化，和對於自己二十年來的思維的批判的思考之形成。

二次戰前和戰中的法西斯主義，對人類造成惡夢似的浩劫，一旦過去之後，尤其在歐洲，一直到今天，回顧和反省納粹支配時代下人、生活和歷史的歪扭的文學、電影作品，一直未曾間斷過。對於體制化的社會主義運動的幻滅和批評，不只在哲學上形成了所謂批判學派，近年來，以批判的凝視，回顧史達林主義支配下的歐洲知識分子，和美國白色的三〇年代中職工聯盟運動的電影、文學和學術著作，正逐漸多了起來。而這新的反省和批判，又似乎以參與了六〇年代[3]全球性知識分子反亂運動一代的作家、導演和學者為骨幹。

在激盪的中國近現代史中，理想的追求、幻滅和再探索的不間斷的過程下，中國人民、知識分子和青年，付出了極慘重的代價。然而，人們似乎總只是夸夸然、甚至於森森然論說著那表面的過程，卻極少探視在那過程下，在遙遠、隱秘的囚房中和刑場上，孤獨地承受一時代的殘虐、血淚、絕望、對自由最飢渴的嚮往、對死亡最逼近的凝視、對於生最熱烈的愛戀……的無量數年輕、純潔、正直的生命。

因此，我特別感謝錢江潮先生對於拙作〈山路〉的回應，那是來自一時代歷史巨大悲劇的回應。不是歷史見證了〈山路〉，是〈山路〉為歷史做了極為微小、卻尚不失真實的見證。我因此取得了錢江潮先生的同意，把錢江潮先生的〈陳映真〈山路〉讀後隨想〉，作為附錄，收在這本集子中，並且在此向他深致相知的謝意。

初刊一九八四年九月遠景出版社《山路》
收入一九八八年四月人間出版社《陳映真作品集9・鞭子和提燈》

1 人間版標題為〈凝視白色的五〇年代初葉：《山路》自序〉。
2 「人的活法」，人間版為「人所藉以生活的信念」。
3 人間版此處有「中期至七〇年代初葉」等字。

《孤兒的歷史·歷史的孤兒》自序[1]

民國六十四年，自流放的離島回來，頭一回執筆寫出來的文章，竟是反省和批評自己創作生活的路徑的評論文〈試評陳映真〉。這以後，不知不覺地也寫了不少評論的文章。其中和文學相關的部分，約略收集起來，竟成這本集子。

雖說是「評論」，其實只能說是某種隨想、雜文之類吧。這是因為這本書的寫作者，沒有受過良好的、學問的訓練，而且，由於他半生顛躓，其實也不曾讀書，更遑論日常性的讀書和思考的生活了。因此，他是一個極沒有資格和能力從事嚴格的思想知識的生產與再生產的人。特別在為了本書的出版而校訂的時候，他看到了自己的膚淺和固陋。更糟的是，他在許多地方發現了自己在某些觀點和分析上的庸俗化、簡單化和教條主義的錯誤，甚為羞慚。這就是為什麼遠景和別的一些朋友，在這數年間，不時慫恿我將一些所謂評論文章編集成書，而我卻一再婉謝的理由。

然而終於竟也決定出這本文集，和這本書的寫作者在近一、二年來不必要地和台灣某些爭論牽扯上一些不必要的干係有關。所謂「兩個結」的「論爭」；「台灣文學自主論」和「第三世界文學」的「論爭」；乃至於非文學性的「依賴論」和「發展論」的「論爭」，以及對於消費社會批判與擁護的「論爭」，都必然地和偶然地同他發生了這樣、那樣的關聯。不能不把大部分時間花費在生活上的他，發現自己僅餘的時間是那樣地有限，到了幾乎是無暇讀書、寫文章去回應討論的地步。關於文學的他的思想，其實早早地表現在他歷來的一些評論和隨筆之中。因此，想到將這些文章輯印成冊，對於進一步解答目前「論爭」中若干問題，應該有直接或間接的作用吧。

二十多年來，台灣學術、文化和文學界的文風，一般地是俗惡、膚淺的。這本書的寫作者以為：這不僅僅只是一時代語言的廢頹，而是二十多年來，台灣知識界在知識、思想、文化上深刻的貧困所致。而收集在這本文集中的文章，是不能不相應地反映了這一時代的思索和文化的貧困性格的。因此，在這本文集出版的前夕，它的寫作者，是懷著一份羞愧和不安的心情，面對著讀者的。我等待當今和未來的、先進的思想家，給予最嚴厲的批判，使這本書成為一時代思想的貧困的單純的見證，而不讓其中的幼稚、錯誤的思考，貽誤這應該不斷地前進的時代。

是以為序。

一九八四年九月

初刊一九八四年九月遠景出版社《孤兒的歷史・歷史的孤兒》
收入一九八八年四月人間出版社《陳映真作品集9・鞭子和提燈》

1 人間版標題為〈一些「論爭」的參考構造——《孤兒的歷史・歷史的孤兒》自序〉。

試著放心下來

讀苹歌的小說

一九八二年，先由通信認識了苹歌，這才知道他就是一九六九年我猶在新店獄中時一件叫作「統中會」的少年政治案中的一個朋友。這以後，他陸陸續續寄來他的文學評論和小說作品，都是他囹圄十五年裡篤志向上，不能不叫人吃驚的成績。

這些成績，無可忽視地表現出他堅毅過人的意志力，和絕不允許懶散、挫折和鬆弛有一個片刻得著勝利的，在他的年齡為不可置信的性格。

因此，他的這在小說場中初試的啼聲，與其說是天才的聲音，不如說是一個想以他堅毅不拔的性格在台灣的文壇準備一番跋涉的作家的聲音吧。

一九六九年入獄時的苹歌，恐怕還只是一個十七、八歲的少年吧。而恰恰在六九年前後，作為美日資本主義加工船塢的台灣經濟，開始了巨大的發展。到了苹歌出獄的一九八四年，台灣的社會早已越過了一九七四年繁榮的頂點，從而緊跟著世界經濟在長期的停滯膨脹中隨波逐流。而台灣社會進入台灣型的大眾消費社會，也正是莘歌「不在」的十五年。

因此，莘歌的作品最大的一個隙縫，是生活的不足吧。不錯，莘歌寫了不少台灣社會「富裕」後的工商階級（〈午后的陣雨〉、〈婚約〉），寫了社會奔向「富裕」過程中，價值的混亂（〈西風幾時來〉、〈故鄉的太陽下〉），但是總是缺少一個堅實而活生生的生活的實質感。在獄中的莘歌，當然不是全不能感受到那十五年間台灣生活的地覆天翻的變化。家裡人送到獄中的食物、衣物就有很大變化。但不論如何，這和莘歌倘若一直在那十五年的實生活中翻滾，仍然有極大的不同。而這生活的不足，似乎使得莘歌不能不在不知不覺中依靠別人寫的小說，電影、電視上描寫的浮淺的形象，去補充他生活不足的空隙。莘歌寫貿易、寫管理、寫大學生、校園……就出現大量這種很缺少生活實感的描寫。

生活的不足和體驗的不足，使莘歌所寫的人物，除了少數的幾個（例如在〈家〉中的）人物，都失之平板。例如他寫一個得意商場的年輕人，寫年輕管理者的脂粉人緣，寫大學生之間的友情和糾葛，寫不曾讀大學的青年對大學生的欽羨……，都只是大眾傳播（類如電視劇）中那種浮面的、窠臼的描繪，缺少生動的深度。

經歷了政治牢獄的試煉的莘歌，當然是一個主張在藝術作品中表現一定的思想和理念的作家。然而，前述他在生活上、體驗上的不足，也影響他對於生活、體制的批判，使這些批判缺少體驗和真實鬥爭的實質。〈午后的陣雨〉，是對企業的無情、企業對勞動人的權利和尊嚴的賤視的抗議。如果吳依文的性格會為一個小弟的受傷力爭公司的賠償，他應該很早就為貿易工作中無數的猥瑣、汙及人的尊嚴的事拂袖而去。他的正義感，在阻止他的同事也辭職抗議時發生了難以解釋的矛盾。如果吳依文的正義是因企業發展而來，卻又缺少這歷事和發展的過程和邏輯。〈西風幾時來〉裡的阿光，在他對碧玉、阿春、珍、桂芬的情感遍歷裡，顯得幼稚而自我中心，也從而使莘歌對阿光一顆墮落、背叛了鄉土的根土的心靈的批判，顯得薄弱。寫阿光重返童年的根土，然後和原先為阿光所無法忍受的、出身富裕、性格悍驕的妻子的和好，也欠少情感和邏輯發展上的合理性。

對於企業、工商體制的批評，就一個作家而言，大約可以有兩個資源：一個是作者在資本社會、企業體內豐富而深刻的體驗。有了這體驗，再以作者敏銳的洞察力和卓越的文字才能去反映出人在這體制中荒謬的、不平的處境，發為深沉、感人的抗議。查爾斯·狄更斯便是有名的例子之一。另一個資源，是作者在思想和知識上，對工商體制有深刻的研究和認識，從而以作者文學的天才，表現出作者對體制的批評。蕭伯納是這種作家的佳例之一。

在獄中度過了他從少年到青年的漫長的十五年，失去在台灣的加工出口資本主義的發展期中直接生活和體驗的機會，又一時在充斥著歐美白人中心的經濟學思想的台灣，找不到對世界經濟加以批評的經濟社會科學來武裝自己的莘歌，在他小說中的企業批評之缺乏實感和說服力，毋寧是十分自然的事。

生活與體驗的單薄感，同樣表現在兩篇以政治事件為題材的小說：〈婚約〉和〈畫像裡的祝福〉。〈婚約〉寫的是一位男友突然因政治原因被捕的女孩，在男友判罪定讞、轉調南部監獄後，決定辭職隻身遷居南部，接近監獄，就近照料男友的過程和掙扎。和其他莘歌的小說一樣，寫一個原來極有理想的楊德成（被捕的林兆生的摯友）突然放棄理想，一心想賺夠錢後「遠走高飛」，卻缺少這轉變的發展過程；寫小魏一時動搖為林兆生堅守不渝之心也寫得突兀，寫她從動搖中恢復堅貞之心，也寫得同樣唐突而缺少理由。〈畫像裡的祝福〉被檢舉的政治犯，看不出是一個為良心和強大理念受苦，具有「脫穎於苦難的神韻」、「勇於承擔挫折的氣質」和「安於冤屈的人性光輝」的人。

以政治的恐怖、黑暗和慘烈為主題的文學，於正在為民族解放而奮鬥的窮困國家中，是一個重要的文藝表現。但那文學的作者，不但要有長期、深入地活在政治的恐怖和對恐怖的抵抗的體驗，也要對整個政治惡境的國內、國外的結構，有深入的理解，從而表現出政治恐怖和黑暗下人荒謬、絕望的情境，以及更為重要地，對這情境的斷然的抗議和抵抗，從而在恐怖的黑夜中，引發出人性最強烈的光芒。如果莘歌以他從少年到青年的獄中的體驗，寫一個年輕的生命在獄中的孤絕、恐懼、絕望、對自由最深的信仰和生命最深的愛戀，應該是更為深刻動人吧。但不論如何，苹歌是頭一個以當前政治逮捕事件為題材的作家，小說雖未必好，但在開拓題材的自由上，有一定的意義和貢獻。

然而，苹歌要成長為一個有深刻思想內涵，又有圓熟、傑出的文學表現才華的作家，是可能的。這除了他在過去那十五年於人的條件為荒謬的獄中生涯中所表現力求上進、絕不荒廢於獄中為特別顯得不值錢的時間的那種罕得一見的意志力外，還有他的這幾篇初作中表現出他在小說創作上正在進步的成績：〈故鄉的太陽下〉和〈家〉。

〈故鄉的太陽下〉並不是一篇好的、成功的作品。但是，比起苹歌其他的作品，使苹歌作品往往顯得不深刻的濫情和呆板、平板的人物，在這篇作品中少了，人物也開始有了些生氣。許文榮雖然依舊是一個叫人讀來難受的、裝腔作勢、像拙劣的電視劇中被過分簡單化了的大學生，但是，他的兄弟阿旺，雖然落筆不多，卻是活著的：為某種不可能的愛情，把痛苦深埋在心中的男子。主角的大嫂，也是一個賢淑、勤勞、寬容、深情、通達事理的農村婦女，讀之可愛（對於若大嫂這種亦母亦姊的婦女，苹歌似乎有深刻的情感）。而且，在這篇小說中，苹歌頭一次為我們描寫了比較活的「大學生」知識分子：陳思源和葛小姐。陳思源是本鄉出身的大學生，學成後返鄉工作。葛小姐則是一個嬌生慣養的外省籍女性，卻至少因著愛情，努力改造自己，捨去出國留學的機會和城市中較為安逸的生活，跟隨陳思源來到偏遠的台灣鄉下獻身於教育的工作。然而，可惜的是，莘歌的野心太大，在〈故鄉的太陽下〉裡，一口氣請來了許多人物，卻沒有機會讓這些人物細緻、縱深地成長和發展成有血有肉的生命。

然而，莘歌在最近的作品〈家〉中，終於讓人感到他確有成為小說家的可能，而開始為他覺著安心。

〈家〉這篇小說，自然也不是絕無缺點的。敘述者的「我」，是一個事業上得意的律師。但莘歌寫他的富裕、寫他的騰達和成功，寫一個巨利場中翻滾了來的律師的心境，和他在其他小說中寫企業幹部、貿易公司等一樣，失之太隔。而這與實生活間的隔與疏，其實是源於前文所說作者莘歌因為不得已的緣由而來的，對於生活和經驗的不足。

但是在生活描寫上失之乎隔的「我」，在性格描寫上卻不曾跟著失敗。小說中的我，是一個不免有些自信自滿的中產階級，帶著相應的自由派(liberal)的思想。幾年前，當父母極力反對把妹妹嫁給外省郎的時候，「我」獨排眾議，支持他們的結合。他是一個對弟妹負責任，手足情深的人。幾年前，妹妹買房子，這「我」就貼了四十萬現款玉成其事。他有一個成功的律師的幹練、理智，尤其知道利害輕重，卻絕不失人的溫暖。因此，在聽說妹婿準備帶一家大小回到大陸，勸阻不成，就毅然要求妹婿辦離婚。等到妹婿指著骨肉義理問一聲：「大哥，我這樣做錯了嗎？」這「我」為之默然，為之大醉。

妹婿的出場，約在全文的五分之三處。他的出場，幾乎全以對話逐漸累積起他的形貌。妹婿是退伍的保防軍官，卻忽然理直氣壯地想帶著台灣的家小回大陸去看看老家、前妻、兒子和爹娘，然後再回台灣來。

這樣的乍看是「瘋狂」的思想，幹過保防官的妹婿卻是嚴肅認真的。他要回大陸，是出於親情、出於倫常、出於義理。他要再回台灣來，也是出於他把台灣當成自己的家園，台灣的家小早已成為他骨血的一部分。他的理直氣壯，在和妻舅反覆辯難中，逐漸顯露出這樣的事實！瘋狂的不再是妹婿；瘋狂的，其實是阻絕親人相會的禁忌！親人要相見相聚，原是再顯明不過的合理。但三十年人為政治的阻隔，使骨肉離散不通音問。三十年後，曾幾何時，想要突破人為的籬藩，和骨肉親人團聚的合理性，卻顛倒為不合理，而引起尖銳的驚訝、斥責、勸阻。對於這被人們習以為常的荒謬之大膽揭露和批評，莘歌不但塑造了「妹婿」這樣一個極為平凡又極為不凡的人物；塑造了一個站在理字上，反撥三十年思想和良心的禁忌，安靜卻勇敢地質問於大禁大忌的，鮮活人物。這樣的一個人物，更因為不是一個自來批評現狀的人，而是一個自來忠於體制的保防人員，而益增強大的人間迫力。也在當代小說題材的自由化，衝破思想和想像的禁區，有重大的意義和貢獻。而當妹婿喁喁訴說思親之苦，訴說渴望將他刻骨銘心深愛的台灣這個家庭，帶回去一省祖親，然後經過一陣沉默，幽幽地問一句「大哥，我這樣做錯了嗎？」的時候，這妹婿其實是問破了三十年的非情，問破了再也無法克制的人間親思，問破了歷史遺留下來的荒謬……，震人肺腑，感人至深。

〈家〉的結構和組織，是這本集子中最湊密的一篇小說。環結相互滋生，漫發成篇，不落跡痕。這在初為小說的莘歌，並不多見。而我是在讀過〈家〉之後，才對莘歌試著放下心來。因為我知莘歌為人好強，毅力堅韌。如果莘歌才不能為小說，我只怕他那勝強忍韌的性情，反為他日自挫之因。

這篇對莘歌初集的讀後，或者不無酷評之色。但我特別愛惜莘歌是同為囹圄刑餘之人，同為歹命的一族，不應該以虛浮應酬互相欺瞞。而況我知道莘歌在恃傲的對面，有他勤勉自勵的力量。我於是以坦白和真誠的態度表現我對青年莘歌由衷的期待。七五年從客中回來，至今尚不曾見到一個肯對藝術人文謙虛下來，以心志肌膚的苦勞，抱著長期堅苦修業的態度，紮紮實實用功的年輕一代文學家。莘歌是不是那個我們等待的人，我其實毫無把握，而且毋寧我是一直為他的傲骨擔心的。因為沒有比不必要的傲慢更能阻止人的進步。但無論如何，儘管我人拙人眼老，可能看錯了莘歌的作品，但這區區之誠，這苦待後生強人之出的殷切，不論如何，卻是真實的。

初刊一九八四年十一月十六日《自立晚報・副刊》，署名許南村

一個罪孽深重的帝國

這一個月來，美國現任總統隆納·雷根和下屆總統候選人瓦爾特·孟岱爾在電視上進行兩次電視辯論。這兩次辯論的全部錄影，曾在台灣電視台上播放過，各電視台並請來一些「專家」加以熱心地講評。報紙上也是成篇累牘地刊登辯論旨要和關於辯論的評論。

美國總統即台灣的總統

三十年來，在台灣的傳播工具中，一直是美國傳播資訊的天下。對於戰後歷屆美國總統，由於不斷出現在我們的報紙、廣播和電視上，台灣的老百姓簡直耳熟能詳，如果說美國歷屆總統，差不多也是台灣的總統，並不為過。尤其是自從甘迺迪和尼克森辯論美國要不要防守金門·馬祖之後，台灣的傳播媒體，更加明白地在台灣為親台灣的美國總統候選人搞競選。尼克森當選了，台灣的新聞報導簡直像是國民黨的候選人當選那麼高興，卻不料尼克森竟然成為推動美國與中共建交的美國總統。在卡特取代尼克森之後，台灣輿論悒悒寡歡。及至雷根上台，台灣輿論簡直是雀躍三丈，喜不自禁了。因此，在雷．孟辯論時，輿論和一些「專家學者」，還是要打起精神來強說雷根雖然失常，但不至影響選舉勝利云云。到第二次辯論之後，台灣的評論簡直為雷根之「略勝」，而大為高興。

在美國，可也有另一批打從台灣去的人，捧著另一個主兒孟岱爾，往他身上下注。為的是據說「自由派」的孟岱爾特別「關心台灣的一千八百萬人民」。於是乎，那些人以美國公民的資格熱心地捐出幾千幾萬美金，做孟岱爾的「送財童子」，希望選出孟岱爾，讓國民黨好看……。

然而，用嚮往、羨慕的心情守在電視機旁看雷．孟爭辯的小老百姓，卻在那辯論中發現不少叫人瞠目咋舌的事：

美國竟也有窮人

第一，據孟岱爾說，美國的富人愈富，窮人更窮。而且，窮人、失業人口都在增加之中。這些窮人，是所謂下等的白人、黑人、墨西哥人和波多黎各人吧。這種說法，和三十年來在台灣聽說美國人莫不富甲天下，貧富平均，社會福利如何了得……，大相違悖，這於是才理解到貧苦之人，在普天之下，其實是無往而不貧，而且也無往而不遭遇著「貧者愈貧」的鐵一般的命運。而這「貧者愈貧」，又似乎相應於「富者愈富」的過程而愈陷愈深。

黑手黨國家

第二，孟岱爾揭發雷根政府的中央情報局（CIA）在內戰正殷的薩爾瓦多依照一本由中情局印發的指導小冊，深深地介入別人的內戰。據孟岱爾說，那小冊中記載：美國特工人員不但指使別人暗殺薩爾瓦多的「黨外」領袖，也指使別人去暗殺親美的薩爾瓦多政府要人，然後把謀殺罪案嫁禍給薩爾瓦多「黨外」（據稱是「共產黨」），製造輿論和口實，再以鐵鞋一舉撲滅薩爾瓦多的黨外。雷根總統不否認「小冊子」的存在，只說他「不知情」，並且要懲罰與製作「小冊子」有關的中情局人員。

如果「小冊子」不是孟岱爾為了贏取選舉揑造出來的東西，那麼，美國政府和黑手黨有什麼差別？舉世界超強之力，從事顛覆、謀殺和干涉外國內政，這樣邪惡、恐怖的國家，為什麼一直在人們的腦中是一個「民主、自由、開放、友善、沒有領土野心、慷慨、基督教」的國家呢？

此無他，這些天使般的形象，是由好萊塢、美國電視節目、美新處、留美歸國教授專家和滯美不歸又常常在國內寫文章的「海外學人」刻意和不經意所塑造出來的。舉例說吧，評論第二次雷．孟辯論的、我們電視螢幕上的「專家學者」，就沒有一個對那恐怖地獄的「小冊子」發表過半句評論，硬是聽而不聞，硬是胡扯雷根「在談笑間淡化了對年齡問題的質問」，而讚佩不已。

人權自由？愛說笑！

第三，孟岱爾抨擊雷根無視人權標準，到處支持獨裁政府，並問雷根是不是一定要繼續支持菲律賓的面臨民眾忿怒聲討的馬可仕政府？

雷根總統的回答是，在菲律賓，美國再也找不到另一個親美的買辦附庸政治家來取代馬可仕。總不能讓菲律賓的黨外（雷根說是「共產黨」）建立一個反美政權來取代馬可仕，使太平洋地區多出一個「共產主義政權」！至於慘死馬可仕殺手槍下的菲律賓「黨外」頭頭阿奎諾，雷根沒有一句惋惜、哀悼和抗議的話。

雷根總統的說法，有兩個要點：首先，做美國的「盟邦」最重要的條件，是親美反共。親美，為的使美國資本、經濟政治、文化可以自由支配該國。反共，為的是要附庸政府成為以美國為首的資本主義世界經濟體制在「二體制對抗」的世界中的一個傭兵和僕從。除此以外，「民主」、「自由」、「人權」云云，全是騙人的幌子。美國以「維護自由民主制度」和「自由企業」做幌子，在美國勢力所到之處，不惜以血腥手段殘酷鎮壓各附庸國內人民的民族．民主主義的國民運動、工人運動和學生運動，支持獨裁軍事政權。一個買辦政權，不論怎樣不符合美國式的「民主．人權．自由」，只要有效地統治，那怕是用多麼殘酷的獨裁維持統治，美國就堅定支持，甚至到全民起而抗議（如今之菲律賓），也要支持「老朋友」到底。這其實是戰後美國政府外交政策的一個一以貫之的傳統的罪惡政策，由白宮、五角大廈、中央情報局、美國的跨國企業……合夥執行，豈獨雷根政府為然乎？

雷．孟辯論的教育意義

對於雷．孟電視辯論，此間官方輿論是一片頌揚之聲，一些吃了半輩子美國牛油麵包的「專家」、「學人」、「自由主義者」，也跟著拍掌叫好，即連某些黨外言論，也表示讚揚，自然在讚揚之餘，總不忘藉題罵幾聲國民黨。在朝、在學院中受重用的知識分子，表現出協同體制的親美言論，雖令人不齒，倒也可以理解。如果在野的黨外知識分子也彈同一個美國調子，美國的新殖民主義者就要撫掌而笑了。

雷·孟辯論比賽所揭露的帝國美國在國際政治外交政策中邪惡·犯罪本質，只是戰後三十年來美國在這個地球上所幹的滔天罪行中的極小一部分。雷·孟的辯論在相當程度上，生動而深刻地教育了我們，在以支配和掠奪為基本性質的「世界經濟體系」中，擺脫「東西二霸」對立架構，走中國人自己獨立自主的道路，才是一條尋求中國的國家獨立和民族解放的大路。

初刊一九八四年十一月《夏潮論壇》第九卷第三期、總號五十，署名編輯部評論
收入一九八八年五月人間出版社《陳映真作品集13·美國統治下的台灣》

試論施叔青

「香港的故事」系列

在二體制對峙中成長

二次戰後，整個世界立刻進行著全面、重大的整編：「自由世界」與「共產陣營」兩個營壘的對峙。在這個對峙線的前衛，屹立著香港、台灣和南韓。二陣營對峙的基本態勢，使美國加強和加速了對日本戰後資本主義的鼎力扶持的政策。二次戰前為日本帝國主義勢力範圍的香港、台灣和朝鮮，在鞏固二體制對峙的兩次戰爭——韓戰和越戰——以及隨著日本資本主義復興並且重返世界資本主義經濟體系的過程中，取得了巨大的經濟發展，香港、台灣和南韓的生產事業蓬勃發展，出口劇增，對日機械、重化工業品和機械製品的輸入快速增加，在日本資本主義急速肥大的同時，加快了自己的工業化和徹底組織到世界經濟體系的全過程。

比起東亞的台灣和南韓，香港在二次戰後的繁榮，除了由於韓戰、越戰的戰爭景氣，除了由於依賴於日本資本主義發展而發展，香港的經濟繁榮，還因為它是東亞和世界重要的金融市場中英國、美國、華僑和日本資本的調節湖。加工出口工業和金融企業同時發展，使香港在七〇年代中達到高度的繁榮。

香港的繁榮，便是這樣地帶有戰後現代世界史東亞史的意義。香港和共產主義中國大陸的分離，在形勢上並不是因為美國在二次戰後的反共干預而形成，而是在舊式帝國主義時代，英國對中國不平等條約項下割離了中國，並在戰後得到中共微妙的默許，而存在至今，成為台灣、新加坡以外，在中共占據大陸後中國人（華僑）資本和資本家集中活動的「外島資本主義」（offshore capitalism）中心之一。在政治上，它有長達一百四十餘年的殖民地支配，和東亞其他在戰後快速發展的「小龍」一樣，沒有經歷和工業化相應的民主化過程。正相反，由於殖民主義，由於香港集中了中共「社會主義革命」後反對和逃離社會主義的華人，由於三十年來社會主義大陸的嚴苛和貧困，香港實際上存在著比較普遍的反共主義。此外，由於香港在政治、經濟上的殖民地性格，加上逃亡於香港的華人對國共雙方的疲乏感，使香港人在民族認同上呈現出一種微妙的錯綜和苦悶。這種苦悶，在七〇年代高度發展的經濟中，使香港人更快速地滑落到另一種身分認同去安身立命——那就是從商品中尋求自身的認同，在汽車的品牌、衣著的質料、房子的坪數和結構中，去認出自己的靈魂。

自由的專制

施叔青的「香港的故事」系列，便是刻畫在這樣一個特殊的世界現代史中的、香港獨特的世界政治經濟學中的香港人，並觀察、描繪這香港人的生態和靈魂的作品，而與她前期的比較神經質的、幼小地肉感的、夢魘的作品，有了截然不同的風貌。

香港，是一個「自由」之港。人有不知饜足地追逐、浮沉在各種豐裕的商品和財貨中的「自由」。經過大眾消費文化價值自動的審檢，香港有「自由」的庸俗文化、言論和思想。在英殖民地加級後特別豐厚的薪俸下，香港的學院「自由」地沉浸在保守、不干涉生活的象牙塔中。逃難人、流亡人、失去國家的人們，「自由」地在赤裸而苛酷地相競爭的社會中，變賣著勞力和靈魂，「自由」地過著勞苦、焦慮、不安和墮落的生活。在七〇年代的景氣中暴富的商人、投機者，以及圍繞在他們周圍的寄生者，「自由」地過著空虛、縱欲、失去生活目標和意義的生活。而這些「自由」的總和，又構成一種荒疏的、甜美的、不安的專制和支配。施叔青在「香港的故事」系列中的男男女女，便是在這「自由」嚴苛的專制和支配下徵逐、喘息、掙扎、耗竭著的人們。

一九八五年二月

嘔吐

〈愫細怨〉便是描寫人在這「自由」的專制與支配下，逐漸異化成為一種馬庫西所說「單向度人」的過程。

受到突如其來的情變的打擊後，愫細離了婚，極力要在設計公司找回自己。她認識了洪俊興，一個從大陸流亡來港，生意上有小成的平凡小商人。在「一時間的脆弱」裡，兩個文化背景和品味截然不同的男女，迅速跌入愫細所無法掙脫的愛慾中。文化上的驕傲和肉體上的軟弱，使愫細成為易怒、蠻橫，而又嗜慾的情婦。不知不覺間，愫細刻意使情夫用無盡的美食、錦衣、珠寶和各種侈華來換取自己一時的歡娛和匝接的身體。她忽然想起年輕時代和前夫純潔、真誠的愛情，頓然驚覺徒有一身文化訓練的自己的深刻的墮落，一時噁心，在荒蕪的海灘嘔吐起來。「她開始嘔吐，用盡生平之力大嘔，」施叔青寫道，「嘔到幾乎把五臟六腑牽了出來。」

這盡情的嘔吐，表現了一個愫細對另一個愫細的厭惡、失望與絕望吧。那是「和狄克在榆樹下定情，手指套了細樹枝圈起的戒指就以為擁有了世界的快樂女孩」的愫細，對於「任由洪俊興用金山銀山把她堆砌起來」，以「屈就」她需要卻絕不愛戀的俗惡的男子的愫細的厭惡、失望與絕望吧。而後一個愫細的形成，是在七〇年代香港快速成長的過程中，整個香港金融資本、加工出口特區工業、國際和華僑資本免稅樂園的發展，和不斷擴大再生產的大眾性消費體制的形成運動中，人被徹底地、空前地動員起來，投入一個巨大的改造運動，把每一個人改造成寂寞、焦慮、失去了愛、同情和忿怒的能力，失去了生命的意義的消費人這樣一個過程的結果。

精緻的頹廢

描寫香港人的單向度化時，施叔青選擇以刻畫愛情的腐敗、頹廢和絕望來表現。在〈窰變〉中，方月的年輕丈夫潘榮生為了投身於世界性股票投機事業，甫從台灣來到香港，被冷落的妻子方月，認識了一位婚姻失敗，穿著考究，對生活有精緻品味，對古董有深的素養，對人生存著一份滄然的寂寞的中年男人姚茫，雙雙相戀。滄桑之後的中年男子獨有的溫柔，固定、特殊品牌的板菸味，生活上資產階級精英分子特有的細緻、豐裕和考究，對於年輕的方月形成了無法抗拒的魅力，無從自拔。但是，從一個外來的第三者何寒天的眼中，方月有了巨大的改變。繁華、徵逐財貨的香港，在它那「自由」的專制中，使原來有過理想、有過創意的方月「不見」了「從前的靈氣」。如今，方月在香車、豪華餐廳、醉人的音樂、香醇的名酒、珍貴的海鮮和各種中外珍饈、各種舒適、各種名貴的衣裙鞋帽中安居如飴。直到有一夜，方月在姚茫的置滿古董的、死氣森然的家中，看到醉後姚茫的寂寞、絕望和有若燈滅油盡的生命，留下便條，黯然離去。姚茫是優雅的、有教養的；在愛情上，他溫柔、謙抑。但這一切卻掩遮不住他的基本上的頹廢、寂寞和某種表現在考究生活上的腐化，從而使他對古董的豐富知識成了一種對於香港精英資產階級的深刻嘲諷。古董，這應為人類所共有的精緻遺產，成了一批庸俗無文、卻囊中多金的新富的私產，而「優雅」的姚茫，正是以某種可笑的驕傲周旋於俗陋的新富中。

方月迷戀著姚茫，也許是被姚茫那獨特的廢頹，含蘊在古董世界中的優雅的死味和精緻的腐敗所發散出來的，如同鬼火般的魅力所吸引吧。這樣的愛情，其實和姚茫精緻的消費生活——對菸草、醇酒、衣飾、美食的追逐一樣，是現代富裕社會中心靈枯萎、不快樂的一個寫照。這些酒色徵逐，是人在「不快樂中的狂喜」(euphoria in unhappiness)。被人為的、操縱的、誇大了的需求與滿足所撥弄的男女，在商品和財貨中變得百無聊賴、憂悒而孤單。他們雖也相互貪婪地沉溺在慾情中，卻無能相愛，失去了彼此堅貞、成熟，真實地相愛的力量和功能。

愛的殘廢人

〈情探〉是另一個描寫在愛情上殘廢的一群人的故事。刻苦出身，從上海淪落香港，終於撐住一個不大不小的場面的小商人莊水法，遇見了為人所棄，被生活逼去賣淫，為小報寫點俗陋文章的殷玫。兩個各有滄桑的男女，卻又不禁相戀。施叔青在背景上為我們介紹了一撮香港殖民地華人資產階級的生活：男女互相勾引和彼此狩獵，忙著打牌、賭博、吃飯、跳舞，應酬占滿了他們每天的行事曆。故事結束的時候，莊水法在一個牌局後的閒談中，聽到別人蓄意揭露殷玫曾試以自己的色身去換取一棟房子，而嗒然離去。當時的莊水法對殷玫是同情？是憎惡？還是忿怒？施叔青沒有告訴我們。但她卻以一個香港腐化的資產階級生活為背景，烘托出一個只能以自己的肉體在那慘酷的社會中求存活的女性的深沉的悲哀。

人的單向度化

在〈窰變〉中，方月的那疾病似地熱中於工作的丈夫潘榮生曾這樣說：「如果要在這凡事以金錢、成功來衡量的香港社會生存，必須以命相拚。」

在一個被稱為東亞新興的工業發展社會之一的香港，人，已不再因他的風格、品性和才能取得別人的評價。人受到「衡量」的標準，是他擁有「金錢和成功」的程度。然則，即使是「金錢和成功」這個標準，關於金錢擁有的數量，擁有財貨（商品）的種類、數量和用途，「成功」與否的標準，又全是因人的設計、操縱、誇大的產物，而遠遠地超過了人自然的生理需要和倫理容量。則一旦被遺棄的殷玫，初則可以只為基本的生存而淪落，但繼則又不會不為初時逼使他淪落的體制所消化和同化，成為與這體制頗相協調的一部分。

殖民地資本社會下，工業的高度發展，人變成了金錢和財貨的工具。人失去了人自己的目的。人追逐愛慾，卻不能堅貞而真實地相愛；人追逐各種逸樂，卻得不到真正的幸福與快樂；人狂嗜各種財貨，卻永不知饜足；人的交際相與頻繁，卻空前的孤單；人有各種瑣碎的知識，卻失去了智慧；人有空前豐富的處世術，卻永遠失落了信仰。人成了消費的動物，成了一群心靈和精神的殘障者。

〈一夜遊〉恰恰是這群殘障者相聚的盛會。不惜以不熟的計謀、年輕的肉體去達到使自己在香港上流社會中求進的雷孟嘉；在演藝世界中艱困沉浮翻滾後倖存，像女王蜂一樣機警、淫冶、狠毒的過氣女星，富有的製片家顧影香；顧影香的玩物、「新銳導演」染辛；以及曾經一度為三〇年代英國「憤怒的年輕人」一代中的一員，對電影有豐富的知識和掌故，憎恨古典樂，沉迷美國爵士音樂，頹廢、孤獨、自恨自惡、酗酒、白人優越感的香港殖民地文化官僚伊恩·湯森，卻在一場由香港偽善的大資產階級所催開的「慈善籌款宴會」中登場。由醇酒、美人、珍饈、美食、華服、水淋淋的冰雕、總督夫人、名媛貴婦構成的一個虛偽、浮蕩的舞台上，這些單向變化的人們陸續上台，在互相計算、狩獵、窺伺和監視中喘息、掙扎、亢奮、頹喪著。在塑造伊恩·湯森這個角色上，施叔青生動地刻畫了由反叛到妥協到廢頹而絕望的西方知識分子，反映了整個富裕的西方，經由五〇至六〇年代的戰後資本主義景氣，復從七〇年代落入長期停滯膨脹的過程中，相應地由反叛到反叛的解消，又從而自妥協而頹廢的歷程。

金錢關係中的藝術

富裕、大眾消費社會的形成，使金錢關係和制度性消費不但影響了人與人的關係，自然也影響了人與文化的關係。文學、藝術，在這樣的人間關係和文化關係中，淪為一種私產和工具。〈窰變〉中的古董，不但成了不折不扣的可以增值的私有財產，更成了一種赤裸裸的投機商品，在新興富人貪欲的鼻息下，不但失去它作為全人類智慧與創造力共同財產的光輝，更且成為活墳墓似的資產階級收藏寶中的死亡的財寶。在〈票房〉中，致力為大陸真傳的平劇藝術在勢利的香港社會保存其尊嚴的丁葵芳，終於不免受到含詬挫辱的命運。同丁葵芳一樣，在大陸受過傳統中國戲劇藝術訓練的師兄妹，流亡來港之後，也沒有一個例外地在生活上、風格上向著為「苟活的掙扎」低了頭。票友票戲，官方文化單位安排演出，不再以戲劇藝術本身的價值為定奪的標準，而是以票友的財富與勢力的背景為標準。

程硯秋晚期琴師，以七十高齡，淪港之後，以到專為男女苟合的低級旅店更換床罩苟活；小生人才，根柢不差的潘又安，向年華已老的富有女票友脅肩諂笑；票房的一干琴師鼓手，也莫不奉承巴結地產新貴的情婦柳紅。連香港政府文化小官僚陳安妮，權衡利害，終於也不能不冷酷犧牲藝術（丁葵芳）而向金錢（柳紅／盧太太）妥協。

微弱的批判

總的看來，施叔青是集中地通過小說的形式，表現了香港這個在政治上、經濟上極為特殊的地區中的人的各種情況的重要作家之一。在戰後「自由—共產」二體制對峙的基本態勢下，乘兩次體制對立的戰爭（韓戰和越戰）景氣，又在美國刻意扶持下再建東亞資本主義重鎮日本的全球戰略中，成為日本商品的重要輸入者，而快速工業化和經濟成長的香港，因著在港華人特殊的歷史和社會性格——反共、逃亡，在國共對峙中有認同錯綜，產生了殖民地、美國在東亞「圍堵」線的前哨、英美及華僑金融資本的調節集散地香港所獨有的殖民地買辦資產階級，以及圍繞在他們四周的寄生者群。施叔青的「香港的故事」，便集中而括約地描寫了這在近二十年景氣中崛起香港的殖民地布爾喬亞之荒疏、空虛、孤獨、無目的、喧囂、無聊而腐味逼人的世界。

但作為這腐闇的世界的觀察者和刻畫者，施叔青的態度是微妙而不明朗的。當然，施叔青自來就不是一個批判和革新的作家。但卻不能說在「香港的故事」中，施叔青毫無批判的態度。愫細的大嘔吐，方月之留下沉睡中廢頹的姚茫、走出若豪侈的墳墓之姚茫的單身公寓，丁葵芳的忍無可忍的怒意，乃至於婦人吳雪的萬般無助、焦慮和恐懼的被迫害妄想世界，都能是施叔青對香港的社會、生活和人的反省和批評。但不能否認，這批評基本上是輕省的、不觸及要害的，和蓄意同情的。有些時候，施叔青甚至不免耽溺在她所摹寫的歡狂、幽暗、霉腐而甜蜜的世界裡的。這或許和施叔青之作為由台僑港，並且在香港社會的階級序位中特定的定位不無關係。但這反省和批判的弱質，使施叔青的作品不安地搖擺在新通俗小說與嚴肅小說之間，顛躓搖動，令人擔心。盛行歐美的新通俗小說，技巧並不全是粗拙，內容上卻一律是富裕社會中婚姻外男女關係、生活無聊、無目標、空虛……一類的題材。嚴肅小說當然也能寫這些，但卻在通姦、空虛之外，應有發人深省的感悟。

尋求新的表現形式

離開她早期作品獨有的敏感、纖細、神經質、未更事的想像的肉感(sensuality)和刻意雕琢誇大的語言，在「香港人的故事」中，施叔青的小說語言、風格和思想，有巨大的改變。這改變，從發展的觀點來看，不論如何是好的。我始終以為，一個有創意的作家，有權利按著他內在的要求，不斷改變他在藝術創作的內容和形式上新的可能性，而讓習慣、喜愛著他早先時期風格的讀者大驚失色，甚至抱怨連連。讀者和批評家，應該潛心關心、注意甚至學習這新的變化，而不是叫作者再回到過去的風格中。

但是，重新發足的施叔青，顯然還沒有找到一套適切的語言去捕捉和表現她如今最為關懷的問題。新的內容，要求著使用新的、貼切的形式去表現。如果白先勇以他獨有的語言和形式，藝術地表現了六〇年代台北夕陽族的世界，那麼，施叔青正是需要尋得她自己的最貼切的語言和形式。

建立清晰的觀點

其次，在觀察、模仿和描寫「香港人」的時候，看來施叔青需要有一個更為清晰的觀點，並以這觀點印證她自己的觀察，又以觀察強化她的觀點。觀點的模糊，帶來焦點的喪失，容易使得她的小說令人擔憂地徘徊在「文學作家」或「通俗作家」之間。當然，這觀點未必需是激進的。維斯康提的逡巡於貴族與革新之間，絲毫不影響他之作為一個偉大的義大利戰後新寫實主義導演。但即使是逡巡，也應該焦距準確，才有清晰的映像。

香港的變與不變

對於香港的一九九七，不少的人是從「變」的視座去看的。但一九九七的香港，其實隱含著許多「不變」的方面。香港資本主義基本不變；香港作為英、美、華僑金融資本調節市場的現實不變；香港在一九九七之後，仍然長時期編組在世界經濟體系的東亞部分這個具體事實不變。則香港人、香港社會、香港生活和香港買辦資產階級，將繼續滋生繁殖下去，殆無疑義。帶著犀利的批判和反省意識，刻畫香港那豐裕而空疏、自由而獨裁、開放卻狹小、鬧熱卻寂寞的社會和人的單向度性存在，對於還不能深刻理解「發展」、「成長」——尤其是依賴於世界經濟體系的「發展」與「成長」可能帶來的深刻的人的、哲學的問題的中國和她的作家們，應有更為深刻的警惕和啟發的作用吧。

初刊一九八五年二月十三、十四日《自立晚報》第十版，署名許南村
收入一九八六年四月爾雅出版社《七十四年文學批評選》（陳幸蕙編）

關於中共文藝自由化的隨想

最近我有機會在一個新聞界朋友處讀到一點有關中共「第四屆文藝工作者大會」的報導。因而對於中共最近倡言文藝創作的自由化，有一個極為概括的理解。

中共的「自我批評」

這個大會，是由「中共中央書記處」的所謂「第三梯隊」的幹部胡啟立的一篇重要講話開了鑼。胡的講話，是由對於中共長年來對大陸文藝工作上錯誤的領導展開「自我批評」而開始的。據胡啟立說，中共的文藝工作，至少有這些重要錯誤：

(一)中共的文藝工作，長年以來，存在著「左」的偏向。中共黨對文藝作品、文藝作家一貫地干涉太多、行政命令太多，且動輒扣帽子，打棍子。許多與會的作家，都毫不隱諱地指明，中共長年以來在文藝工作上「左」的錯誤，幾乎使大陸文學窒息荒廢，墮入一個長期「沒有詩歌，沒有小說」的時代。

(二)其次，中共派往各文藝單位的黨員幹部，不少是文藝的外行人，由外行「領導」內行，產生了大陸作家與中共黨之間的摩擦、不信和緊張。

(三)在「文藝作品往往有問題」這個大空氣之下，作家與作家之間，文藝團體與文藝團體之間，互相不信任、互相攻擊、互相指責的情況很多。

中共黨對於文藝的政治上、行政上的干涉、控制，由外行的黨幹部「領導」和指揮文藝工作，和文藝工作者之間相互的排斥和猜忌，自然在大陸文藝界形成沉重的壓力，直接或間接地說明了大陸文藝界創作自由受到層層限制和壓抑的實相。

「自由創作．民主批評」

關於為什麼文藝創作必須自由，胡啟立這樣說：

文學創作是一種精神勞動。這種勞動的成果，具有顯著的作家個人特色。必須極大地發揮個人創造力和洞察力；必須有對生活的深刻理解；必須有獨特的技巧。

這是說文藝創作勞動的個人性和特殊性，所以文藝創作是需要自由的。胡啟立又說：

作家必須用腦來思維，有選擇題材、主題和藝術表現方法的自由；有發抒自己感情、激情和表達自己思想的充分自由，這樣才能寫出真正有感染力、起教育作用的作品……

這是說思想和表現方法上的自由，是產生好的創作品所不可缺少的。胡啟立還進一步這樣說：

要保證作家的創作自由。文學創作中，即使出現失誤和問題，只要不違反法律，就必須通過批評、討論、爭論來解決，必須保證被批評者在政治上不受歧視、不受到處分和其他組織處理。而進行文藝批評時也必須採取平等的、與人為善的態度。不能簡單粗暴、不能無限上綱、不要戴政治帽子、要允許反批評。

這些話，其實是過去三十年來大部分時間中大陸文學創作如何不自由、如何受盡干涉，大陸上的文藝批評如何往往成為對文藝家個人或文藝界全體政治性壓抑的導火線，文學家動輒被扣帽子、被「無限上綱」、不准反批評的另一個寫照。

中共體制右迴旋和文藝路線的反「左」

有一篇題為〈文藝的春天已經到來〉的文章這樣說：

反「左」，克服「左」的思想影響，清除「左」的流毒，可說是第四屆代表大會的主要任務。

……堅決清除「左」的路線，從國情出發，改革各種體制，實行對外開放時，……經濟便迅速好轉。這一大好形勢和歷史經驗，推動著在文藝領域上也必須解除各種「左」的束縛，給作家創作自由。

這說明了中共進行所謂「四個現代化」和此次反對文藝上的「左」偏向為主要性格的「創作自

由論」，有著密切關係。特別在經濟體制、在生產和分配、在對待世界資本主義經濟體系的政策方針上，中共大幅度的向右迴旋，成為這次「自由創作、民主評論」路線的基礎。

革命文學的異化

事實上，在中共尚未取得政權之前，圍繞在中共周圍的愛國的、渴望改革的文藝作家，都以人的命運、人的解放為文藝表現的焦點。他們的作品，引導著人們與不義、不平的制度對抗，為著實現人的精神上和物質上的深刻自由而奮鬥。他們自身遭受過在嚴酷政治環境下，為了歌頌人的自由與正義而飽受壓抑，甚至投獄喪命的命運。他們曾以自己的生命，向統治者要求思想和文藝創作的充分自由。

但曾幾何時，「革命後的黑暗」，卻長時期逼使他們沉默、說謊、言不由衷地歌頌權貴，被逼著按照教條、指令和框框寫文藝創作。無數的文藝作家成為一次又一次運動的血祭，嚴重的時候，遭到亡身破家的悲慘命運。至此，人間解放的文藝，竟在「革命」之後，向著人間桎梏的文藝異化，使三十年來大陸文藝遭受了重大的損害。

中共向文藝自由低頭

早在一九三二年，胡秋原先生和蘇汶先生就曾經就文藝自由的問題，和中共展開論戰。當時左翼文藝陣營簡單化地、庸俗化地把馬克思主義的文藝思想理解為階級鬥爭的武器，理解為為了革命、為了政治服務的單純的工具，把創作自由的理念，與「資產階級的自由主義」視為同一物。服從黨、革命和無產階級政治需要而創作，成為當時「前進的革命文藝家」最高的誥命。誰要主張文藝創作的個人性、文藝創作的自由，誰就是墮落的資產階級。

恰好在距今五十多年之前，胡秋原先生提出「自由的知識階級」的理論，主張知識分子不是一階級、一政黨的工具，應該以獨立自由的立場，從事知識的生產。而文藝必須自由創作，不可為「政治的留聲機」。同年底，胡秋原先生在〈浪費的論爭〉中，提出了幾個至今仍為重要的論點：

(一)文藝與政治之間，有根本的距離。文學最終的目的，是超越階級的。

(二)文學自有其階級性。文學之功能，在「表現和批評人生」，斷非階級鬥爭之武器。

(三)普羅文學自有存在之權利，但不能排除其他文學如「小資產階級文學」之存在。

(四)文學創作必出於自由之心靈。沒有自由，就沒有文學。單是黨的指令，無法產生無產階級的文學。

（五）當時左聯優秀的文學家如魯迅等，在嚴格意義上，皆非「無產階級的文學家」。

（六）左翼文學家，作風專斷、驕橫，應先自省。

根據資料記載，左聯終於自承了在論爭中表現出來的「機械論」的、「左傾宗派主義」的錯誤。但一直到一年前大陸上「清除精神汙染」運動中，中共當局一直還在反對人道主義、反對人性論、反對中間人物論，從而把創作自由視同「資產階級腐朽思想」。五十多年過去了，中共終於在全世界面前，向文藝的自由屬性，低下了頭。

文藝自由：整整一代人付出了代價

對於中共「文藝自由」化的新政策，大陸著名的作家劉賓雁說了這樣一句話：

應該把這自由看成是整整一代人付出代價的結果。

從五〇年代開始，大陸上許許多多優秀的文藝作家受到各式各樣的壓抑。三十年來，大陸上的文藝作家一直一般地被看成政治上不可信賴，思想上危險，而橫遭歧視。因此，當胡啟立代表中共中央說創作可以自由，批評要民主，不可以打棍子、扣帽子，說中共現在認為大陸作家完全可以信賴時，報導指出，有些老作家、女演員不禁流淚了，激動地哭了。

在這些老淚、這些哭聲中，具體地表現了過去三十年來壓在大陸文藝作家心靈上沉重的窒息感和重大的壓力。

劉賓雁說得好：「作家有了自由，還有一個怎樣充分運用的問題。」

也許恰恰因為長時期不能自由地以文藝創作這個形式去思維、表現和批評人生的大陸作家，才能夠更深刻地理解到文藝創作自由的嚴肅性吧。在「自由」的西方，我們看到這「自由」的荒廢，看到這「自由」被浪費地用來刻畫極端個人的、極端失落了意義、歷史和生活的人生。文藝創作的自由，如果還缺少文藝工作者對於人的真正解放和人的命運的關注，就顯得空疏而無意義。

大陸文藝的自由化，無關中共的德政與否，而是「整整一代」大陸文藝作家「付出」沉重「代價」的結果。這是中國文藝作家的勝利，是文藝自由自身的勝利。

文藝自由與言論自由

文藝自由和思想、言論的自由是分不開的。單獨、突出地大倡文藝自由，乍見是十分奇特的。但仔細一想，像大陸那樣一個尚未被商品消費文化渲染的社會，文藝，其實是一個極為重要的思想、言論表達工具。大陸上無數的知識分子和人民，總是要在文藝作品中去尋求各種問題的解答。

但不論如何，我們還是希望有一天見到大陸在文藝自由化之後，也這樣大張旗鼓地掀起全面的、「具有中國風格的社會主義」也能民主化和自由化[1]。

「左派」也需要自由

其次，在目前大陸一片「反左」的形勢中，似乎也應該給予大陸「左派」一定的自由，讓他們也能享受到只要不犯法，不同意見應該在「討論、爭論」中解決，也不應該對他們「打棍子、扣帽子」吧。一則，這是自由的基本原則——給予所反對者以基本之自由。再則，在目前比較「右」的、體制修正的歷史時代，比較成熟、嚴肅的來自「左」的批評，不能說毫無必要。

自由和團結

有幾個作家呼籲以「安定團結」為文藝自由化的條件，卻不曾看到有人提出以文藝的真正自由，作為大陸文藝界真正的「安定團結」的條件。以安定團結為自由的條件，則一旦有人擔心這安定團結受到威脅時，就可以堂堂然收回文藝的自由。其實，只有真正的自由達成了，在自由中才能建立真正的互信、互重和團結、民主和自由，才是民族團結的重要的礎石啊。

活躍中的朋友

在資料上，我看到去年在美國愛荷華相識的吳祖光、茹志鵑、王安憶的消息。早在五〇年代就飽經摧折，卻不改率直明朗的個性的吳祖光說：「如果懂文藝的人掌權後，繼續搞『左』的一套，其危害性遠比不懂的人掌權搞『左』的一套要大得多！」

茹志鵑和王安憶母女也參加了會議。不料她們從美國回大陸後，寫了、發表了豐碩的作品，尤其是王安憶收穫最多。即使一鱗半爪，我不能不為活躍中的朋友們感到高興。文藝創作的自由，不只在中國，即在全世界大部分的地區中，一直遭受著殘酷和無情的抑壓和摧殘。文藝工作者，一直到今天，在世界各地，仍然是第一個最容易被統治者逮捕、投獄、問吊的一群人。我誠心祝禱中國大陸的文藝工作者，在付出「整整一代人」的「代價」之後，嚴肅地使用以自己的血淚爭來的自由，為全中國人民寫出真正偉大的作品。

初刊一九八五年二月《中華雜誌》第二十三卷總二五九期，署名許南村
收入一九八八年四月人間出版社《陳映真作品集8・鳶山》

1 人間版此處有「的大運動」四字。

楊逵先生永垂不朽

楊逵的一生[1]

第一次見到楊逵先生，是在綠島回來的一九七五年。我和我的父親先到東海大學去看了校園，然後才轉到校園附近的東海花園去拜訪楊逵先生。記得是一個炎熱的暮夏。我們坐在一個爬滿了茂盛的藤類植物的涼棚下喝茶。楊逵先生談著最近日本的學者，從殖民地研究的立場，研究楊逵先生的作品的情形。在東海花園，似乎不斷地有外國學者、國內的青年來造訪，從這位幾乎是歷史的本身的老人，追尋歷史的蹤跡。

台灣勤勞人民的良心

這以後，我不斷地在幾個講演會、談話會中，遇見楊逵先生。我也在許多中、日文資料中，讀到了楊逵老先生在酷苛的歷史時代中的行誼。一生貧窮、坎坷的楊逵老先生，在台灣日據時代的文化人中，竟顯得格外的偉岸，我終於摸索到其中的一點道理了。

首先，是楊逵老先生畢生不曾稍移的立場。他為台灣勤勞人民的解放而獻身、而工作的志節，不論在怎麼樣惡劣的條件下，都不曾後退或轉變。日本發動侵華戰爭之後，對台灣的思想和文化採取全面壓制的政策。在這時候，不少的人退卻，不少的人轉變方向。而楊逵老先生，在那個酷烈的時代，到了最後，隱為花農，卻以「首陽」為花園之名，顯明地向日本帝國主義者表示了強烈的反抗。堅定不移的抵抗立場，使楊逵漫長的一生在無可言宣的貧困、潦倒、壓迫和挫折中度過。但事過境遷，他的孤獨的抵抗志節，卻發散出燦耀的道德的光芒，使他成為日本帝國主義支配下台灣勤勞人民的良心、尊嚴和道德力量的表徵，使楊逵先生那樣一個精瘦、年老、素樸的老人，成為偉岸、強壯、挺拔的巨人。

堅持陣容內面的團結

其次，是楊逵老先生孜孜不斷的工作精神，使我對他抱著一份驚詫的尊敬。他遊學日本，學業未成，卻因著台灣島內蓬勃發展的運動上急切的需要，放棄了學業，毅然回到台灣來，展開了他熱烈的運動和工作的生涯。在楊逵老先生看來，不論在什麼處境，面對什麼樣的條件，和任何人相處，都是他工作的地方。運動內部發生了爭論，他被誤會、排擠，卻不能使楊逵先生灰心喪志。即使在最孤獨的時刻，他也不忘記工作。面對一個奉命監視他的日本警察，他照樣把警察當作他工作的對象。在日本當局對台灣文學、文化活動全面統制和支配的時代，他也從來不忘記在日本官式路線的隙縫中，寫出反抗資本帝國主義的作品。在楊逵先生看來，工作和實踐，不允許在人與人、黨派與黨派中，劃出機械的範圍。在他看來，反對派甚至敵人的營壘中，仍然存在著無比遼闊的工作空間和實踐的可能性。

最後，楊逵先生驚人的力量，來自他的堅持陣營內面的團結。遭受過內部派性紛爭的傷害的楊逵，對於以高亢的音調，呼喊僵硬的政治口號，從而機械地、錯誤地、甚至殘酷清算和排斥同志的作風，深為不滿。楊逵先生雖然勇於對敵人的言論還以最堅定的駁論，但他從不、或者極少參與陣營內側的爭論。他善於體諒、同情和理解勤勞人民內部不同意見者的立場、背景和落後的部分，善於在內部存異而求同，善於在內部尋求一個共同的綱領，團結一致，共同對外。光復以後，在不幸的二二八事變之後，楊逵先生在《和平宣言》中，力倡台灣人民和外省人民的民族內部的團結，付出了長達十二年的囹圄歲月，其實便是楊逵先生堅持內側團結這個信念的一個表現。他的這種性格，甚至使他敢於在敵人的內面，尋找階段性的朋友。而在堅持戰線的統一上，他對自己和自己的朋友所要求的，又往往比他要求於他人者為嚴厲。

台灣激進傳統逾為凋零

在某一個紀念賴和先生的集會上，有某一位和賴和先生同時代的文士，極力揚己貶人。這位文士不但對賴和先生有所貶抑，認為世俗過高評價了賴和先生，對於在座的楊逵先生，竟超出禮儀地斥責楊逵先生的文學是口號的文學，粗末不文。適巧人在現場的我，仔細地觀察著楊逵，看見他從容自恃，絲毫沒有激動的表情，我才深刻地體會到楊逵先生那來自生命的品質，來自無數量、長期苦難所鍛鍊出來的，不可侵侮的尊嚴，徒然使那位白髮的、大言狺狺的文士，顯得俗惡幼稚而堪憐了。

楊逵先生安息了。

隨著楊逵先生的大去，被摧殘殆盡的台灣的激進傳統也逾為凋零了。但也在這凋零中，使楊逵先生永垂不朽。

在戰後二體制對立的結構中，取得了虛構的繁榮的台灣，付出了龐大的社會代價和文化代價。汙染、公害、企業道德的嚴重崩壞、物質主義連同文化思想面的嚴重貧困化，廣泛地影響著台灣的政治、社會、經濟和文化生活。楊逵先生的逝世，一時痛切地增加了無邊的荒蕪之感。

這是一個歷史時代的終焉吧，但如果一個終結往往同時是另一個開始，台灣新一代批判的、激進的傳統能不能接著萌生、開花和結果，從目前的情況看來，恐怕是還沒有一個自信的答案吧。

初刊一九八五年三月十六日《前進》第十一期、總號一〇二
收入一九八五年三月前衛出版社《壓不扁的玫瑰》

1 本文為「追思楊逵」特輯文章。

楊逵文學對戰後台灣文學的啟示[1]

主席，各位前輩，各位朋友：

今天，我想在這兒同大家一起思考的題目是：楊逵文學對戰後台灣文學的啟示。

楊逵先生的文學，正如方才多位傑出的講演人所指出，主要地是在第二次大戰結束前的、日本帝國主義支配下的台灣社會寫成。因此，楊逵先生的文學，也主要地是反映和刻畫了台灣在日本殖民主義下人和生活所遭受的殘害，並對這殘害提出莊嚴的抗議的作品。

那麼，楊逵先生的作品，隨著日本舊式殖民主義的崩潰，隨著台灣戰後史的展開，對我們這一個世代，還有什麼樣的意義呢？

對於這個問題，我暫且提出幾點看法，作為問題的提起，提供給大家作一個小小的參考。

首先，我們都知道，楊逵文學鮮明而重要的精神之一，是他堅定地反對日本帝國主義的精神。在日本因戰敗撤退，台灣復歸於中國的今日，反對帝國主義的課題，在戰後台灣文學作品中，幾乎消失殆盡了。這種情形，特別和亞洲其他地區如韓國、菲律賓、泰國的戰後文學相較，五〇年代以來台灣戰後文學對帝國主義問題的規避性格和柔軟的性格，就顯得十分突出。

充分認識二次戰後二體制對立的世界結構下，台灣和韓國成為世界資本主義體系全球戰略中，重建我們的前侵略者日本資本主義所必需的加工區、生產線和分工工廠的位置，從而深刻理解戰後新殖民主義的構造，是戰後台灣文學工作者比較落後的一環。而只有正確認識到台灣在戰後世界經濟體系下的位置時，我們才能更深刻地理解和重視楊逵文學中反帝民族主義的重大意義，從而使我們能和亞洲其他地區的文學家一道肩負起戰後時代批判新的帝國主義和殖民主義的任務。

楊逵文學給予我們的第二個啟示，是他絕不只是單一方向地批評和抗議外來的帝國主義支配。他也以很大的力量，批判了日本殖民統治下，使殖民地統治成為可能的、自己民族內部的腐敗部分——那就是各式各樣的漢奸、買辦和地主。

這個戴國煇教授所稱「共犯構造」，在新殖民主義的時代裡，性質變得更為複雜，範圍也更為廣闊。在沒有總督、殖民地文武警憲官僚系統的新殖民主義下，在強大的跨國企業的行銷管理活動下，在綿密的西方和東洋文化、大眾傳播、教育、科研的巨大影響下，在我們內部，早已養成了一個更為龐大而複雜的「共犯結構」。台灣的文學，較諸其他亞洲文學，顯然地較少認識和批判這新殖民體制的「共犯結構」的主題和意識。

第三、楊逵文學，顯示出帝國主義下亞洲人民間的真誠的連帶和團結。在〈送報伕〉這篇著名的短篇小說中，楊逵表現出各民族間、國際間被壓迫人民的團結。

第二次大戰以後，隨著世界體系在五〇—七〇年兩個十年的巨大繁榮和擴張，使整個第三世界空前地重組到一個巨大的世界分工配序和不同性質的世界生產線上。世界企業的國際化，帶來市場、行銷和榨取的國際化，也從而帶來世界勞動者間更為密切的連帶結構。學習從世界經濟、政治和文化的結構去認識台灣，連帶地認識中國和亞洲……開闊我們的思想和情感的界域，克服五〇年代的冷戰心智，擴大愛好和平和正義的、不同民族和國家中勤勞的人民的熱情團結，應該是楊逵文學留給我們的另一個重要啟示。

最後，楊逵文學的重大啟示，是永遠在作品中為人生提出一個光明的希望，一條開闊的出路，一個鼓舞人們克服各種障礙，為幸福而奮鬥的意志。在作品〈送報伕〉中，楊逵預告了日本帝國主義在台灣的統治的必敗；小說〈模範村〉中，楊逵讓我們同享意義深遠的黎明；作品〈春光關不住〉和〈萌芽〉，更是充滿喜悅地歌頌著光明和生發的力量。楊逵先生並不以描寫和反映現實為已足。他還要藉著現實的描寫與反映，化為變革生活和歷史的意志與行動。楊逵先生的這一「新現實主義」，對於失落了批判和前瞻傳統的戰後台灣文學，應有重要的教育意義。

楊逵先生安息了。想到從前在許多演講會、座談會上時常可以見到的楊老先生，竟然從此永別，心中就有一份難以排遣的寂寞。

但是，楊逵先生卻為我們遺留下來豐富的啟示。只要我們和楊老先生一樣認真地生活、學習和工作，我們就越能理解並受益於楊老先生為我們留下來的豐富的啟發。戰後在台灣的中國文學，有了一定的成績和收穫，但也無可諱言地呈現出它的弱質。今天，如果藉著重新吟味楊逵文學的精神，為戰後台灣文學的新的發展，領悟出一點新的方向，我想，對於楊逵先生，應該是一個很大的安慰。

謝謝大家。

初刊一九八五年五月《中華雜誌》第二十三卷總二六二期
收入一九八六年十二月帕米爾書店《被顛倒的台灣歷史》

1 本文為「楊逵先生逝世紀念會演講錄」之一篇。

歷史的寂寞

楊逵先生永垂不朽

三月十日，在歡迎戴國煇先生的懇談會上見到楊逵先生，看見他還和往常一般的健朗，卻不意在那以後的不幾日，聽見他大去的消息，心中為之嗒然者良久。

這嗒然的感覺，與其說是因為噩耗的過於倉猝，則不如說是因為在倉猝間面對了一個由楊逵先生所代表的歷史的終結吧。楊逵先生的盛壯之年，生在日本帝國主義在台灣進行最赤裸的壓迫、台灣知識分子和民眾對那苛酷的壓迫進行艱苦的抵抗的時代。在那樣的時代裡，楊逵先生以台灣農民的正直、誠實和堅毅，對日本在台灣的壓迫結構，進行了持久而頑強的抵抗。

日本侵華戰爭動發，日本在台的統治急速苛烈化，對台灣的抗日文化、文學和思想運動，不但進行全面的鎮壓，更在台灣展開日本軍國主義戰爭體制的建立。在「皇民奉公」的口號下，少數一些人甘心折節媚敵；不少的人含垢忍辱，和敵人虛應故事。在敵人囂狂的淫威下，許多人看不見一絲希望，喪失或者放棄了抵抗的意志。但唯獨楊逵先生卻在這最難於展開工作的時期，寫成了他的「皇民劇」——《撲滅天狗》的二幕舞台劇。日本良心的殖民地文學研究者尾崎秀樹這樣寫道：

作為「皇民劇」、「島民劇」運動而創作的楊逵二幕戲劇《撲滅天狗》，表面上是一個猖獗於當時台灣窮農家間的流行病「天狗熱」撲滅運動中的民眾劇本，骨子裡卻是以十分「楊逵式的」痛烈的諷刺，直攻榨取農民的農村高利貸資本家李天狗的痛快之作。這樣一個作品，卻能一字不易地堂堂然登載在當時的一個綜合性雜誌上。日本當局，恐怕是真正地把它當作一個撲滅天狗熱病的宣傳劇，而通過了檢查吧。然而楊逵明顯地以「打倒高利貸資本家李天狗」，而不是以「撲滅天狗熱」為作品的思想主題……。

當時的楊逵，表面上讓人以為他在跟隨日本當時的國策路線而行，實則他卻在積極地走進農民群眾之中。楊逵帶著流動劇團，頂著「戲劇報國隊」的名義，在台灣農村中到處展開工作。《撲滅天狗》這齣戲，實際上是貫穿著一種嚴肅的台灣人民的、階級的眼光。在許多台灣作家為「皇民化」而煩悶的反面上，確然地存在過楊逵這樣的作家。當然，楊逵的批判，是指向農村的高利貸資本，當然也直指著日本的殖民統治。以寫「島民劇」的手，反轉過來刺向統治者。這便是楊逵的深深地屈折了的抵抗。

——尾崎秀樹〈決戰下的台灣文學〉

這令人想起他巧妙地以寫《怒吼吧，中國！》[1]，在日本統治下「屈折」地歌頌中國人民英勇地起而與帝國主義抗爭的形象，也「屈折」地發抒了楊逵反對帝國主義戰爭的態度。不論情況有多麼困難，卻從來不放棄任何工作的隙縫，從來不在惡劣的條件下放棄工作的抵抗的可能性，這便是「楊逵式」的戰鬥和工作的精神。

為了在苛酷的環境下堅持工作和抵抗，而屈折自己的人物，在日據時代台灣史上，留下極為複雜的歷史課題。不能不細心地調查和研究可能的志士，暗含著「將以有為」的抵抗意志，為形勢所迫，不惜或不能不一時地含垢偷生這樣的可能性。但是不論如何，像楊逵先生那樣明顯、明快、堅定而積極地以直截或屈折的途徑，向日本帝國主義者伺機抵抗的人物的存在，確實在「決戰體制」下沉悶下來的台灣抵抗運動史上，平添了生動的生命力和戲劇性。

然而，屈折的抵抗和失節事敵之間，畢竟存在著天壤的差別。有少數一些不幸地或出於自己的選擇，或出於自己當時的逡巡躊躇而向日本人投降求榮的人，最近兩三年來，似在不聲不響地為自己翻案和開脫，把分明是鮮明昭著地歌頌日本軍國主義的作品，硬說成其中如何「暗藏著反抗和被支配民族的苦悶」，這就不免太不知羞惡，太藐視歷史公正的批判了。

而這樣一位與真正的敵人戰鬥時永遠不知疲倦的楊逵先生，卻從來絕口不曾批判過在日據時代失節轉向的同僚。有些他同時代的人投機、折節而發了財，得了勢；有些人在日政下苛烈的環境中所做所為，他都瞭若指掌。但楊逵先生卻從來不曾用語言和文字去清算、揭發和攻擊過這些人，卻獨自從容地面對光復後的長期監禁、貧困和顛躓的生活，了無怨言。這樣的發自生命和風格的寬厚和從容，表現出他的風格中某種近乎宗教的崇高，使我對楊逵先生油然有尊敬之心。

楊逵先生終其一生，有一個一貫的、不曾因任何苛酷的環境而稍易的信念。對於敵人，他是一個永遠不知疲倦的抵抗者。但對於自己營壘的內部，他堅持存異求同，團結對外。作為殖民地的兒子，他的中國民族主義的立場，至死不渝。這就是楊逵先生高貴、誠樸的風格。

一九八二年，他光復後初次出國訪問美國，又一次完整地表現了「楊逵式」的風格。他公開拒絕武斷的「台灣民族」概念；他堅定地表現了中國民族主義的立場；他苦口婆心地勸導人們，在目前階段，台灣的民眾應該在民主、自由的口號下互相團結、互相溝通，避免陣營內部的矛盾和分裂；他坦然不諱地把自己定位為「人道主義的社會主義者」。當我們看見一個畢生躓踣、貧困、受盡打擊的年近八十的老人，初度訪美，卻能在派性林立的在美台灣新僑中，對應自如，絲毫沒有改變「楊逵式」的完整的風範，我們不禁從內心的深處，對為楊逵先生所內化的思想、人格的秉質，感到畏敬的詫異。

楊逵先生終於離開了我們。以楊逵先生的高齡，這似乎應該是意中的事。但他的猝然大去，畢竟讓我們感到錯愕、感到悲悒、感到一片茫漠的荒蕪。在日據時代不惜冒著身家的破滅，懍然或者屈折地向著敵人的鋒鏑挺起胸膛，卻在光復後備嘗更為長期的監禁、貧困和壓抑的楊逵，畢竟能以一種無法挫抑的偉岸，傲然地存在於無數人的心中，繼續向我們啟示著他終其生不曾也不能說明白、不曾也不能說盡的話語。也許楊逵先生在臨終的刹那，為了他終於不能等待著看見他畢生為之奮鬥的中國真實的黎明，而抱著遺憾的瞬間以去吧。但是，楊逵先生啊，您長年的預見，是一定不會落空的：中國民族內部的團結與和平；中國政治的民主和自由；中國真正的獨立和自主……；中國能對世界的和平、正義與進步做出更多的貢獻……。而面對著楊逵大去之後的歷史的寂寞和荒漫，我們真切地知道——

楊逵先生永垂不朽。

初刊一九八五年五月《中華雜誌》第二十三卷總二六一期

1 原劇為俄國劇作家特列季亞科夫（Sergueï M. Tretiakov, 1892-1939）根據一九二四年中國四川的真實事件改編，一九二六年初在莫斯科梅耶荷德劇場上演，並由梅耶荷德（Vsevolod Emilevich Meyerhold, 1874-1940）親自執導，在二〇年代後期至四〇年代先後搬演於許多國家。楊逵根據日本作家竹內好的譯本改編，於一九四三年十月在台灣首演此劇，一九四四年十二月發行單行本。

七一年，我住在一個孤單的外島上。幸運的是，我獲准訂閱兩種文學刊物，一是《幼獅文藝》，另一是《中外文學》。當時復刊的《文季》，也由家人寄來。

每月收到這些文學刊物，對當時枯索的生活，是一種莫大的心靈的滋潤和安慰。然而，也在這些文學刊物上，我聞到了外面世界巨大而激盪的變化。

點燃現代詩論戰

在《中外文學》上，出現了批判和反省台灣現代詩的文章，不論在思想內容上，在文學的意念上，在方法和邏輯上，是台灣戰後文學界，尤其是一九五〇年以後的台灣文學界裡不曾公開出現過的。我驚奇而且激動地讀著，我感受到七〇年代台灣思想和文化界一個重大的轉變。

這些文章中，最受注目的，就是唐文標的〈僵斃的現代詩〉和其他的文章。我當時覺得他的這些文章，以及若干由海外知識分子寄回來的批評獨占台灣詩壇二十年的「現代詩」的文章，雖然在整個中國新文學思潮中，不是新的東西，但在一九五〇年以後隔離著一個中國新文學斷層的台灣文壇上，卻是新的事物，有台灣文學思想史上的重大意義。而五、六年以後的「台灣鄉土文學」論戰，其實便是這「現代詩論戰」的延長。離開唐文標們點燃的現代詩論戰，就無從把握鄉土文學論戰的思想、文化上的意義。

唐文標是誰？

這是每次讀完唐文標的文章以後，禁不住要問的問題。當時，我離開台灣才四、五年，從前一向沒聽見過這個名字。但他卻顯然已經是《文季》的同仁。

文章活潑詭奇，奔馳飛躍

七五年，我回到台灣，在天驄兄家，見到了唐文標，開始了我們長年來的友情。

唐文標，是一個台灣制式教育絕難以培養出來的人才。他聰明、敏銳，才華橫溢。他的專業是數學。但他在批判理論、文學、戲劇和其他人文科系上涉獵殊廣，而且各有極為獨到的心得。南方朔就說過，唐文標在思想和治學上，是一個天才型的人物。他的文章活潑、詭奇、奔馳飛躍，閃耀著他內面的才情，和一般嚴謹苦思以治學的人大不相同。如果唐文標的外務不那麼多，不那麼喜歡找朋友聊天，不那麼為朋友的苦樂分心，則他必然是一個能治文學、思想、人文科學於一爐的宗師級人物。

唐文標一生熱愛朋友。他關心朋友在精神、物質上的困難。沒有人知道他為了朋友，散出了他私人多少金錢，花費了多少他寶貴的時間。一直到他不幸罹患惡疾，他依舊那樣繁忙熱情地關心朋友的苦樂，給受挫的朋友打氣，給失望了的朋友以安慰，給徬徨苦悶的朋友找感情和思想的出路，弄得自己頭痛、疲乏、精疲力盡。

國家的事，留給你們了！

六月九日，我和天驄兄趕去台中榮總看他。那時他已做過氣管切開手術，不能言語。一見了面，他就抓著拍紙和筆寫字和我們「聊天」。他告訴我他正在寫台灣文學史綱，尚未完成，目前正在寫五〇年前後的一段。他另外寫著一部有關台灣清朝時代農民蜂起的文章，據說有五萬多字，也尚未完工。他讓我覺得，他不安、遺憾，為了他許多想做的事，也為了他做了卻尚未完成的事。邱守榕大姐給我看前一夜送進開刀房前的他的遺言。對他的父母姊妹，他說：「我愛你們，對不起你們。」留給朋友的是——

「親愛的朋友：國家的事，留給你們了。」

我讀著，眼眶濕了。

他熱愛著中國。正是對中國的愛，使他從七〇年代開始，就回到台灣來，在台灣生活、教書、工作、交朋友。保釣愛國運動，使海外知識分子一下子投入一個激盪的時代。唐文標便是在保釣的火焰中煅燒出來的人物。但保釣運動迅速變化，從統運的高峰，跌落在分裂、絕望和幻滅的谷底。有不少的人變得犬儒，有不少的人轉變了方向。唐文標也和別人一樣經歷了希望和幻滅、經歷了勝利與挫折。但唐文標卻永遠沒有轉向，沒有撤退，沒有成為一個不但失落了理想，而且進一步成為那理想初心的敵對者。這自然有他內面天生的人格上的因素吧。但我想，這和唐文標決定把他生命的根堅毅地在台灣這祖國的土地上落實，有很大的關係。理想，對於唐文標，再也不只是在異國流浪的中國知識分子安慰寂寞情怯的工具，而是最具體實在的每天的工作。祖國和民族，對於唐文標，絕不只是流寓異鄉的知識人的感情上的蔭庇，而是具體、現實的日常生活。

走得多麼的唐突

唐文標走了。走得多麼的唐突。知道這回住院，情況比往時都壞，但也絕不曾想到次日凌晨就和我們永別。唐文標只長我一歲。這使我猛然想到自己已到了故舊開始凋零的年紀，想著唐文標走前壯志不酬的焦慮，想著自己陷身於生活泥沼中疲憊地掙扎著自己，也不免感到更深一層的孤單。

但，老唐啊，你的大去，又一度喚醒了我們。時日無多，待收的莊稼卻任它荒廢著。對於這樣懶惰的自己，不禁感到羞恥了。老唐，安息吧，我們會好好地振作起來，努力工作，說什麼也不能讓你再為祖國擔憂啊……[2]

初刊一九八五年六月十五日《前進》第二十四期、總號一一五
另載二〇〇五年七月一日《夏潮通訊》
收入一九八六年六月帕米爾書店《燃燒的年代：唐文標懷念集》（尉天驄編）

1　本文於《夏潮通訊》中為「燃燒的年代——唐文標逝世二十週年紀念」專輯文章，其版本根據帕米爾書店出版、尉天驄編《燃燒的年代：唐文標懷念集》。

2　《夏潮通訊》版篇末有以下文字：

您回來使睡夢的人驚醒，讓盲者開眼，
叫迷失的時代找到方向，
臨終留言：深以中國為憂；
您大去朋友震悼，讓伙伴悲泣，
叫奔馳的歷史駐足，
我們誓言：再不讓您為祖國擔憂。

《侵略》和《侵略原史》

介紹森正孝先生批判日本侵略歷史的兩部傑出紀錄影片

自民國六十一年以來，胡秋原先生的中華雜誌每年舉行七七抗戰紀念演講會。

今年比往年有一個重大的特點。那就是，透過台灣旅日立教大學戴國煇教授的邀請，請到了在日本長年從事呼籲日本民眾反省日本過去的戰爭犯罪，從而揭發當前日本再擴張危機的森正孝先生（日本高松中學教諭）、石島紀之先生（日本茨城大學助教授）、姬田光義先生（日本中央大學教授）和粟屋憲太郎先生（日本立教大學教授）來台參與七七抗戰紀念演講會。森正孝先生並且帶來了《侵略原史》和《侵略》兩部發人深省的紀錄片，將在會中首次向中國觀眾公映。

森正孝先生的《侵略原史》，主要地在說明日本近百年的歷史，是日本向亞洲不斷侵略的歷史。日本的「發展」和現代化的歷史，實際上是明治維新後對朝鮮和江華島的侵犯，繼而併吞台灣和朝鮮，又繼而向中國大陸和東南亞不斷擴張和侵略的歷史。日本的「發展」和繁榮，便是這樣以全東亞各民族和民眾的痛苦作為代價的。森正孝先生進一步指出，在這日本侵略史的結構中，有關當年日本對台灣的作為，不但受到日本歷史教科書有意隱諱，即一般日本民眾和文化界也加以忽視。日本對台侵略的重要性，在於日本對台殖民支配的具體經驗，對日本帝國主義有「範本」的作用，用來作為日本帝國主義嗣後侵略朝鮮、侵略中國的指導經驗。因此，台灣成了日本對外擴張實行殖民統治的實驗基地，並成為日本侵略政策最原始的歷史。

在《侵略原史》中，森正孝先生描寫了日本侵台的三大時期。第一期包括《馬關條約》下日本以武力攻掠台灣，台灣民眾激烈的抵抗運動（一九一五年的西來庵事件）；第二期包括以兒玉總督和後藤新平民政長官為中心的對台經濟掠奪和陰險的懷柔同化政策，以及霧社抗日事件。第三期包括自日軍侵略中國東北的十五年中日戰爭中在台灣進行的「皇國臣民化」政策（通稱「皇民化」運動，即強制台民改日本姓名、神社參拜和徵兵令）和台灣軍事基地化政策（物資、勞力和兵員的動員，作為日本向南洋侵略基地）。片中並且有一位台灣出身的原日本兵生動的控訴：「日本人能理解我們這種悲苦的心情嗎？他們不但不再追溯往日的戰爭責任，如今卻重又在東亞極力建設為經濟、軍事大國，長此以往，我們可以不加聞問嗎？」

另外一部紀錄片《侵略》，記錄一九三七年七月七日蘆溝橋爆發的日本帝國主義對中國本土全面侵略的過程，以及侵華戰爭的南京大屠殺事件和殘酷的「三光政策」（燒光、搶光和殺光）。

森正孝先生認為，二次大戰以後，在日本所談及的戰爭體驗，一般地集中在日美太平洋戰爭中日本的被害與悲慘。然而，對於太平洋戰爭以前日本對朝鮮、中國的侵略戰爭，卻殆不語及。這種錯誤，絕不單是日本人怠於依史實直言，甚至否定史實而已，而且成為深植在戰後日本人意識過程內質，從而不斷地生產和再生產著日本的機會主義和對亞洲人差別主義、歧視和排斥主義的根本契機。今天，日本已經在形成「防衛日本經濟成就」、「抗拒國外壓力以保國」的輿論，逐漸使日本走向再武裝、再擴張的道路。森正孝苦口婆心地要告訴日本民眾者，正是要喚醒日本公民的犯罪意識，不使日本重蹈侵略的覆轍。森正孝先生和這次來台演講的日本文化人，值得一切愛好和平的中國公民的尊敬。中日兩國真正的和平與團結的事業，應該從中日兩國一切愛好和平、正義的民眾，在堅決批判侵略和共犯結構的基礎上堅定地團結開始。

初刊一九八五年七月六日《中國時報·人間副刊》第八版
另載一九八五年八月《中華雜誌》第二十三卷總二六五期
收入一九八八年四月人間出版社《陳映真作品集9·鞭子和提燈》

勝利四十週年七七抗戰紀念講演會・主席致詞 1

胡秋原先生、各位日本朋友、各位來賓、各位朋友：

今天，中華雜誌和文季雜誌、夏潮論壇三個雜誌社，共同舉辦「七七抗戰紀念講演會」，承蒙各位不惜使用寶貴的星期天休息時間，一大早就來參加，讓我們看見，在民間，重視這具有重大歷史意義的七七抗日戰爭的民眾、青年和知識分子仍大有人在。我們為此感到鼓舞，感到振奮。而我能受派主持這個盛會，感到極為光榮。

今年的七七抗戰紀念講演會，較諸往年，有一個特點。在旅日學人戴國煇教授的組織下，我們邀請到在日本艱難、勇敢地批判日本企圖湮滅日本侵華史實，反對日本走向新的軍事大國和新的擴張主義的、愛好和平與正義的日本學者文化人，和我們共同紀念和反省「七七」這個對於中日兩國人民造成重大心靈創傷的歷史事件。這些可敬的日本朋友是：

日本高松中學教諭，今天將在這兒放映的兩部紀錄片《侵略》和《侵略原史》的製作人森正孝先生（掌聲）；

日本茨城大學助教授石島紀之先生（掌聲）；

日本中央大學教授姫田光義先生（掌聲）；

和日本立教大學教授的粟屋憲太郎先生（掌聲）。

朋友們，讓我們以熱烈的掌聲歡迎這些日本朋友，並且藉以表示我們對他們致力中日兩個民族的和平和世界和平所做的貢獻（掌聲）。

明治維新以後的日本，在日本資本主義形成的過程中，不但沒有對亞洲落後的鄰居民族和國家採取扶助和團結的政策，反而採取了所謂「脫亞入歐」的、背離亞洲、躋身西歐的政策，並且在日本未熟的資本主義條件下，躍向日本帝國主義，對台灣、朝鮮、中國大陸和整個東南亞、南洋掀起了侵略的戰火，終於嘗到了戰敗的苦果。

第二次大戰結束後，在世界「二體制對峙」的基本結構下，日本被迅速地編入世界資本主義經濟體系中遠東的支柱。隨著韓戰、越戰這兩次地區性戰爭，作為世界體系軍事後勤基地的日本，迅速恢復和發展了戰後之日本資本主義，並且先是向台灣、朝鮮、泰國，繼之則向世界各地輸出她的資本、商品和技術。一個新的日本經濟殖民主義和擴張主義已經形成，招來亞洲各國人民嚴肅的關心和深刻的批判。而戰後日本的新的「脫亞入歐」論，日本國內以日本政府為首長期推動的「大東亞戰爭無罪論」，教科書中侵華史實的湮滅，大倡「南京大屠殺虛構論」，其實和戰後依恃世界體系而肥大的日本戰後擴張性資本主義的發展，有本質的、基礎的關聯。

因此，批判和反對日本新的擴張主義和帝國主義，便不只是中國民眾的事業，而具有亞洲、第三世界甚至全世界性的意義，是包括日本民眾在內的、全東亞、第三世界和世界上一切愛好和平事業的人民當面共同的事業。在這意義上，今天我們在這兒歡迎這幾位為了中日兩國長久和平和真實友誼而艱苦工作的日本朋友，共同舉行這「七七抗戰紀念講演會」，便具有重要意義。反對日本新的擴張主義和帝國主義，正需要中日兩國熱愛和平的民眾堅強的團結，共同奮鬥（掌聲）。

末了，我們再次感謝戴國煇教授。沒有他的奔波聯繫，今天這盛會是不可能的（掌聲）。我們也謝謝許多青年，連日來為籌備這個盛會，不眠不休地工作。一直到昨夜，許多年輕朋友在這個場地布置到深夜。我們謝謝他們（掌聲）。

接著，我們的紀念會由歷年主辦七七抗戰紀念活動的胡秋原先生的致詞開始。

歡迎胡秋原先生！（熱烈的掌聲）

初刊一九八五年八月《中華雜誌》第二十三卷總二六五期

1 講演會時間：一九八五年七月七日；地點：台北國軍英雄館；主席：陳映真；講演者：胡秋原、森正孝、林健朗、戴國煇、石島紀之、姬田光義、粟屋憲太郎。

關於攝影和文學的一些隨想[1]

各位朋友：

對於攝影，我一向是個門外漢。但最近一年來，我艱苦地籌備一本叫作《人間》的報導攝影雜誌，先是和我一些年輕的同事學習，繼之和目前已經成名的我的攝影朋友們學習有關攝影的知識。但是，我所知還是十分有限，看過的攝影還不多。在這個學習的過程中，我不免以文學工作者主觀的體驗去體會作為藝術表達手段之一的攝影。這種體會的方式，使我相信：攝影，和文學、繪畫、音樂一樣，肯定是我們表現我們的思想、感情的一個儼然的藝術形式。現在，我試著將我的一點粗淺的體會向攝影界的朋友們做個報告，請大家指教。

頭一個體會，是我理解到攝影和文學一樣，有形式和內容兩個部分。在文學，形式指的是語言、語法、風格、技巧、結構，等等。在攝影，形式指的是攝影上影像的語言、符號和語法、構圖、光影、角度、鏡頭和暗房上的技巧。就內容來說，文學上指的是思想，是作者的世界觀，即作者對人、對生活、對勞動……的看法；是作者對人的活法，對人與人的關係，人與天的關係等等的想法。在攝影上，我看也一樣，一樣表現出攝影者對生命、對人、對生活的態度、觀點和思想。

所以，我體會到，攝影其實和文學、和其他一切藝術一樣，可以分成形式與內容兩個質素。那麼，內容與形式的統一，是好的藝術作品的條件這個規律，自然也適用在攝影上。然而，形式和藝術的不統一或者游離的情形，在文學上不但有而且普遍，我看在攝影方面也一樣。

台灣的文學，特別在五〇年代之後，因為受到美國和西方輸入而又打過折扣的「現代主義」的影響，長時期產生了模仿的、形式主義的文學。大家熱情地模仿和學習外國文學各種怪奇的表現形式，終至於產生好多形式虛誇、晦澀、怪異，內容極端貧困的文學作品。在這些作品中，漢語約定俗成的語言和語法遭到無知的破壞，讀的人很難從學校、父母教會的漢語系統中去理解作品的意義。在這些作品中，沒有具體的人、歷史、生活和社會，終至墮落成語言、文字的惡戰。

攝影上，也怕有同樣的危機。我經常看見一些照片，拍一些破碎、晦澀、互不連貫、瑣細猥小的事物和主題，在光影、鏡頭、結構和暗房上把技巧面、形式面膨脹誇大，卻沒有人懂得作者要說什麼。很多的時候，怕是連攝影者自己都鬧不懂自己要表現什麼。充其量，只想表現某種苦悶，某種無聊，某種孤單，某種肉慾，某種虛空和某種生活意義喪失……的感覺。在文學上，台灣有不少作品也這樣。

當然，攝影所使用的表現符號和語言、形式，和文學不同，不能要求攝影具有文學的感染力。可是，我發現到，至少，報導攝影或廣義的人文攝影和文學中的報告文學、小說很相近，很能透過照相機來探討人的處境、環境、生活，並且傳達出作者的愛、抗議和批判。

依據我正在讀的一本書（Bill Jay, *Negative/Positive*），人文攝影（humanist photography）和其他形式的攝影（如沙龍、商業、科學紀錄）不同之處，在於作者有他結構性的價值體系，並透過照相來表現這價值系統。用比較淺顯的話來說，人文攝影家有一定的人生觀和世界觀。這人生觀或世界觀，又多以人為宇宙的中心。人，是人文攝影家關懷、思考的中心點。人的權利，人的尊嚴，現代資本主義文明下人的處境，現代帝國主義–殖民主義體制下人的處境，現代這個歷史時代下人與環境的關係，人和自然的關係，以及人和他的生活、他的勞動之間的關係，都是人文主義攝影家在藝術創造過程中關切的主題。

這樣看來人文主義攝影在表現上的現實主義（realism）這一點上，和所謂的「自然主義攝影」（naturalist photography）乍見有類似之處。但其實二者又有根本的不同（Bill Jay）。這不同，又恰好與文學上的自然主義文學與現實主義（或新現實主義）文學之不同，頗為近似。

十九世紀，人類在自然科學上初有成就，一時全歐洲對科學充滿了信心。人們以為上帝已死，宇宙人生莫不可以用「科學」來理解、解決。這種歐洲十九世紀中產階級對科學的樂觀主義，在文學上，西歐作家開始用「科學方法」觀察、解釋和描寫人生，例如從遺傳學去研究一個家族，寫成龐大、精細的小說，盡量採取科學上「客觀」、「冷靜」的態度去寫，為寫實而寫實，造成一種不介入、不干涉的、冰冷的文學。這樣的文學思潮，也是受到十九世紀歐洲革命運動的批評，產生了批評生活、干涉生活的現實主義文學。這現實主義要求不但以科學的態度去看人生，也要求以改造世界的態度去看人生，作家的目的，不在「客觀」地記錄和描寫人生，也要主觀地參與、干涉、關懷——為了建設一個公正和愛的世界。這個流派，又延發為歐洲尤其是東歐的激進的文學創作和批評。人文主義攝影，和文學上現實主義文學，頗有相同之處吧。

我的另外一個體會，是台灣攝影思潮的變化，和台灣一般文學藝術思潮的變化，有互相照應的地方。

先說文學。一九五〇年，韓戰勃發，世界上形成「自由」、「共產」二體制的對立。在「自由世界」對「共產世界」包圍和防衛線的形成過程中，台灣組織到反共世界戰線的前哨。在文化和思想上，受到主要以美國為首的西方五〇年代冷戰文化和思想的影響。文學上，抽離現實生活的、比較探究內心心理葛藤的、晦澀的、形式主義的這些概稱為「現代主義」的東西，全面影響了台灣的文藝界。現代詩、意識流、反小說等等流行了幾十年。

對於台灣戰後攝影史，我理解很粗淺。但依我看，除了淵源較長久的沙龍藝術攝影之外，戰後一代的年輕攝影家不免也受到五〇—七〇年間西方現代主義詩、文學、繪畫和音樂的影響，比較側重表現怪異、詫奇的影像效果。思想上的表現，無非是孤獨、苦悶、空虛、無聊、無法溝通……這些模仿性的東西，對一個時代的歷史、社會、生活的人，比較缺少關懷和思考。

這種「現代性」的攝影，其中好的，當然有存在的意義、自由和權利。張照堂就是戰後世代中自己摸索出自己獨特的攝影眼的、享受高度評價的攝影家，而且有相當大的影響力。問題在於其他跟著學的年輕一代攝影者，作品就顯得徒有怪異的視覺形式，卻缺乏比較真實的內容。

七〇年代開始，整個世界在二體制對立形式根本不變的基礎上，五〇年代以來的冷戰結構，有了廣泛的重組。「自由」「共產」二陣營內部各自產生複雜的變化和矛盾，台灣在外交、政治和經濟上經歷了五〇年以後重大挫折與變化，「現代詩論戰」和「鄉土文學論戰」基本上在對五〇年至七〇年間西化的、模仿的、形式主義的、心理主義的思潮的批判，提出文學的社會性和生活干涉的意義上，有文學思潮上的重要意義。

七〇年以後的攝影，也有明顯的變化。《漢聲》雜誌的攝影家走向農村和民俗，紀錄的、報導的攝影家登場，都是一些新的發展。一直到最近，比較大規模的紀錄和報導攝影，開了個展，印了書。彷彿間，攝影界一個反省、關懷、批評的潮流逐漸成形。

反省、關懷、批評，最重要的基礎是思想、哲學和人文上的積累。在台灣的文藝和文化界，缺少的恰恰好是這些。我一直認為，五〇年代以後，長期形成台灣文化和思想界的人文和哲學上的貧困。這貧困，可以從四十年來文學、藝術作品中思考的貧困得到證明。除了少數一些優秀小說家的作品(例如黃春明等)，一般地寫猥瑣、零碎、鬆散的東西，沒有或很少一種對人、人生和生活沉思的東西。我想攝影作品大概也這樣。因此，我們聽比較多「當代攝影」、「新色覺」(new color)、「心像攝影」、「生態攝影」，這些名詞和「運動」，卻缺少震撼人心、感人至深的攝影作品。

今天，文學界和攝影界一樣，一般說來，缺少一種嚴肅用功、勉力充實自己的思想和知識，努力生活，勞動之[2]作和創作，而又謙虛謹慎這樣一種風格。急功近利，「玩」攝影、「玩」筆桿的人多，這不好。我們需要一批勤勉踏實，修業練工，有思想，有藝術表現才華的新一代文學家和攝影家。這有待於我們，尤其是青年一代攝影青年，花費五年、十年的時間去建設。

在一個文化環境上，因為藝術創作都是社會的上層建築，一枝獨異，一枝獨秀，是不可能的。因此，文學和攝影，在報導和報告的一點上，似乎可以團結共事。報導文學，在台灣還沒有大的成績。報導攝影也還在探索。二者的聯合，相互切磋和學習，不但有其必要，而且甚有可能。

說了許多攝影的外行話，誤謬之處必多，還請大家多指教，謝謝大家。

初刊一九八五年七月二十日《自立晚報・副刊》第十版

1 本文為一九八五年六月二十五日作者在爵士攝影藝廊之演講稿。

2 「之」，疑為「工」之誤。

國家圖書館出版品預行編目(CIP)資料

陳映真全集／陳映真作. -- 初版. -- 臺北市：人間, 2017.11
23冊；14.8 ×21 公分
ISBN 978-986-95141-3-2(全套：精裝)
848.6　　106017100

陳映真全集(卷七)
THE COMPLETE WRITINGS OF CHEN YINGZHEN (VOLUME 7)

作者　陳映真
全集策畫　亞際書院・亞太／文化研究室
策畫主持人　陳光興、林麗雲
執行主編　宋玉雯
執行編輯　楊雅婷
版型設計　黃瑪琍
排版／印刷　中原造像股份有限公司

出版者　人間出版社
發行人　呂正惠
社長　陳麗娜
總編輯　林一明
住址　108台北市萬華區長泰街五十九巷七號
電話　886-2-2337-0566
傳真　886-2-2337-7447
郵政劃撥　11746473・人間出版社
電郵　renjianpublic@gmail.com

初版一刷　二〇一七年十一月
定價　一萬二千元(全套不分售)
ISBN　978-986-95141-3-2